U0115224

臺灣現代詩的現象學批評
理論與實踐

陳政彥　著

推薦語

陳政彥在本書中的實際批評，我特別喜歡他針對洛夫詩中的
火和唐捐詩中的水所作的分析。誰說水火無情，恰恰相反，
陳政彥指出，在洛夫詩中，火具有傳遞愛情和親情的功能；
在唐捐的詩中，水可以緩慢，可以快速，也可以是靜止的，
各自有其喻指。陳政彥耐心且細心地分析它的個別性意義，
以及脈絡化以後的多義性。

　　——李瑞騰（國立臺灣文學館館長・中央大學中文系教授）

《臺灣現代詩的現象學批評：理論與實踐》在嚴謹的哲學起
源上，脈絡分明，釐清胡塞爾、海德格、梅洛龐蒂的傳承與
異同；在主體感悟的實踐上，面度開闊：洛夫、李魁賢、向
陽、孫維民、唐捐、原住民，都在論述之列。透過這本書，
讀者可以認知主體自我、詩人、詩作、以及詩作中的客體現
象，既能延伸認識現象學，又可在此基礎上再實踐詩與詩學。

　　——蕭蕭（詩評家・明道大學中文系副教授）

詩與現象學都有要從虛與實、色與空、有與無、可見與不可
見交錯互動中抽取出其能動性的特質，此書融理論與實踐於
一爐，寫得可見可感、常有創發，每能挖掘詩與生命哲學最
具關鍵處，將二者之展現推至極致，誠臺灣中文學界之創舉。

　　——白靈（詩評家・臺北科技大學化工系副教授）

以現象學視角耙梳、論述臺灣現代詩，陳政彥提出對於臺
灣現代詩中有關「水」、「火」、「惡」、「社會」、「時間」、
「空間」等不同面向的觀察與詮釋，讓人驚艷。

　　——李長青（詩人）

目　次

自　序

　　本研究最初的起點是〈原住民現代詩中的空間意涵析論〉此篇文章，起源於筆者自己的成長經驗。筆者出生於南投埔里，成長過程中總是有許多原住民好友陪伴，步入研究領域後，頗有好好研究臺灣原住民現代詩的期許。以此出發，加上自己在都市與鄉下居住經驗的反省，便寫成〈原住民現代詩中的空間意涵析論〉一文發表在「2004青年文學會議：文學與社會研討會」之上。但此文還沒有現象學的方法論反省。

　　直到近年來，在國際會議上陸續結識香港大學黎活仁教授，以及他的兩位高足史言與余境熹先生，研究童詩的夏婉雲女士與當時正在撰寫博士論文的逢甲大學博士班劉益州等諸位先生，他們的研究或多或少都透過現象學為方法，討論詩人詩中的主體意識與意向客體，乃至於詩中的時間、空間等議題，分析精彩深刻，令人心嚮往之。這才發現到原來自己過去對原住民空間的分析當中就有類似的思考，現象學做為方法論則可開拓出更多的論述空間。於是開始進一步研讀現象學批評的理論與研究方法，並嘗試應用於臺灣現代詩人詩作的實際批評上。

　　本書第二章多為理論的介紹，筆者知道這部分只是整理他人說法，缺乏學術創見，但在自己摸索現象學批評的過程中，深感目前國內詩壇較缺少對此一研究方法的介紹文章，於是斗膽作一個回顧性的理論介紹，疏漏謬誤必多，只是希望提供日後學者研究參考，或有糾

正本文之處，筆者一概虛心接受，也期許現代詩的研究後出轉精，更上層樓。

在本書成書過程中，感謝簡政珍、蕭蕭、陳鵬翔、渡也等諸位教授以及陳巍仁學長，在會議場合上以論文講評人的身份給予本書單篇論文許多重要的提點。感謝嘉義大學徐志平教授、南華大學曾金承學長與兩位年輕學人周盈秀、劉益州在本書的草稿階段給予許多建議。感謝蕭蕭、白靈兩位老師與詩人李長青先生願意推薦本書。特別感謝我的授業恩師國立臺灣文學館李瑞騰館長給我的指正，讓本書更趨精鍊。本文多有侷限，書中凡有過失之處都是筆者學力不足，凡有精彩論述都要歸功於諸位師長學友的提點。

還要感謝萬卷樓出版社願意出版冷門的學術書籍，感謝編輯部陳欣欣小姐永遠俐落又準確地處理成書的相關編輯事宜，是本書完成的一大功臣。感謝我的父母、弟弟與妹妹的支持，讓我無後顧之憂。最要感謝妻子康珮生活上無微不至的照顧以及討論學問時永遠令我佩服的機智聰穎，點點滴滴都成為我持續研究的動力。

陳政彥

2011年12月筆於嘉義大學

第一章　導　論

　　目前現代詩研究的專書以及相關學位論文的數量相當多，諸如詩人、詩社、詩選、詩的主題、風格乃至於詩史、詩論等面向都已經累積了豐富的成果。[1]但在目前的現代詩研究成果中，較少看到針對現代詩的研究方法進行討論的篇章，因此本文希望討論「現象學批評」此一研究方法，也就是說明現象學及其相關文學思潮，如何運用在台灣現代詩批評上，思考此一研究進路可以開展的論述空間。本文將簡單介紹現象學批評的哲學起源，對相關文學思潮的影響，進而回顧台灣詩評家當中，曾經運用過現象學進行批評的研究成果，最終透過六篇詩的實際批評，來看現象學批評可能開展的論述潛力。

　　本文希望討論現象學及其相關文學理論作為研究方法，其理論發展脈絡與實際應用，現象學重視人的意識，排斥理論至上的論述方式，因此本文旨在說明一種強調詩的作者意識、讀者意識及評論家意識的研究方法，希望方法的討論能幫助我們更深刻地認識瞭解詩作，同時兼顧讀詩時的主體感受。至於為何會選取現象學批評作研究主題，可以從兩位詩評家的分歧看法說起。

---

[1] 台灣現代詩研究的成果可參考張默：《台灣現代詩編目》（臺北市：爾雅出版社，1995年）此書的整理1949年到1995年間的相關成果目錄。1995年之後發表現代詩研究論文數量龐大，光以碩博士論文來看，筆者在國家圖書館的碩博士論文系統檢索以「現代詩」為關鍵詞的論文就有163筆，檢索「新詩」為關鍵詞的論文也有52筆，（檢索時間2011年12月20日），數量之多可見一斑，而確切的研究成果編目，還有待學者進一步整理觀察。

　　1991年游喚透過〈新世代詩學批判〉一文表達他對當時台灣現代詩評論的看法。他批評當時的現代詩評論過度仰賴西方文學理論，詩論讀來令人有切割、破碎、生冷之感。詩作成為解剖的樣本，評論者竟無法指出一首詩真正令人感動的地方。為此，游喚提出「主體性詩學」的主張，希望改變此一狀況。他在文章的最後做出以下結論：「而這樣具有主體性介入的閱讀大有別於理論套用，也不致迷於術語技巧，我以為批評是要綜合閱讀過程之現象，自由之抒發，輔以賞鑑，資以學識，綜合而成的完形批評，才叫詩學。這種詩學其特色在閱讀性的強化，在主體解悟的深入，在反應感受的默會淋漓。吾人可總名之曰：主體性詩學，讓我們回歸主體思考，佔有主體地位，為人文心靈做出活絡豐富的探索。」[2]我們可以發現在以上的論述中，游喚所期許的是一種不過份仰賴理論，真能與研究者的主體感悟有所契合的詩學體系。

　　孟樊在1998年出版的《當代台灣新詩理論》中則說：「就台灣新詩發展的歷史來看，迄今為止相較於小說，詩論評的成績仍不能令人滿意；事實上，詩評的工作做得並不少，報紙副刊雖然雅不願刊登詩評，但一般前撲後繼的詩刊，始終很樂意刊登，問題在比較紮實、嚴謹的詩評很少見，而這又歸因於詩壇長久以來繳不出像樣的『理論成績單』，換言之，我們缺乏理論的研究和引介。」[3]依照孟樊的說法，台灣新詩批評史以八〇年代初為分水嶺分成前後兩期，前期以印象式批評與新批評為主，之後雖然百家爭鳴，應用各種西方文學理論的現代詩研究增多，但孟樊認為總體來說質量都不夠令人滿意。

　　在早期曾經佔多數的印象式批評，稍接近游喚的理想，但孟樊卻

---

[2]　游喚：〈新世代詩學批判〉《當代青年》一卷五期（1991年12月），頁34。
[3]　孟樊：《當代台灣新詩理論》（臺北市：揚智文化事業，1998年），頁31、32。

認為這是不夠嚴謹的方法。孟樊說：「蓋以直感直覺之印象來評詩，很容易流於武斷，一首詩之好壞全繫乎評者個人之好惡⋯⋯詩評的公道性和準確性，為黨同伐異的利害關係所破壞，流於濫捧瞎罵，致喪失批評的普遍意義。」[4]在這兩種看似互相矛盾的言論當中，其實有值得我們進一步討論的詩學議題。

　　游喚期許一種評論者主體投入的詩學，但並非排斥體系化、學科化的評論。孟樊對印象式批評的批評，主要來自於印象式批評不夠嚴密嚴謹，率爾操觚，毫無標準，但也不排斥主體性詩學。因此，兩位詩論家所共同期許看到，也許是一種能夠兼顧主體感悟以及嚴謹學科要求的詩學論述。孟樊自己也指出：「『主體性詩學』一詞較為籠統，廣而言之，印象式批評、現象學批評（或意識批評）、讀者反應理論等均可納入，此類批評名曰『主體性』，係因評者在詮釋詩作時，出現主體性介入的情形，注重所謂的『感應』。」[5]那麼針對台灣現代詩進行現象學批評，或許可以做為此一問題的答案。

　　現象學批評符合孟樊期許詩評論應該具有嚴格學科的要求。現象學做為胡塞爾（Edmund Husserl，1859～1938）所開創的哲學運動至今已經超過一個世紀。最早，胡塞爾希望將現象學建構成嚴密哲學方法論，對於意識與意識對象的規定有完整豐富的論述。正由於這種嚴格，胡塞爾思考許多議題的手稿都沒有出版，這些手稿日後給予現象學的後學者相當大的啟發。此外，受現象學所影響而出現的各種文學、哲學思想，如存在主義、讀者反應理論、日內瓦學派等足以做為評論借鏡，現象學詩批評可以避免過去印象式批評沒有嚴謹學術要求的問題。

---

[4] 孟樊：《當代台灣新詩理論》，頁69。為避文冗，引用書目在同一章節重複出現時，僅舉人名、書名、頁碼。

[5] 孟樊：《當代台灣新詩理論》，頁51。

　　現象學也可以回應游喚的要求。游喚所指出評論者過份依賴文學理論，將詩視作客觀之物加以剖析的批評現況，其實是科學實證主義的延伸。也就是將詩視為客體，評論就是將研究素材代入文學理論的公式中，試圖得出答案。過程無涉於評論者自己對詩的感受好惡，也無關乎作者在詩中的意圖。相對於此，現象學原本就是為了維護人之主體性的重要而發。德穆·莫倫說：「現象學的中心論旨，也正是它一貫訴求的一部分，在於對世界的所有知識與描述中，嚴格辯護主體與意識基本且不可或缺的地位。」[6]現象學對於人的主體、意識、知覺有深刻的研究，正是為了恢復知識體系中人應有的位置。因此以現象學做為現代詩批評的根據，或許可避免生硬割裂的弊病。

　　那麼何謂現象學呢？美國學者詹姆士·艾迪（James M. Edie）簡要解釋可做為我們討論的起點，詹姆士·艾迪說：「現象學並不是純是研究客體的科學，也不純是研究主體的科學，而是研究『經驗』的科學。現象學不會只注重經驗中的客體或經驗中的主體，而要集中探討物體與意識交接點。因此，現象學要研究的是意識的意向性活動（consciousness as intentional），意識向客體的投射，意識通過意向性活動而構成的世界。主體（subject）和客體（object）在每一經驗層次上（認知和想像）的交互關係才是研究重點。這種研究是超越論的（transcendental），因為所要揭示的，乃純屬意識、純屬經驗的種種結構；這種研究要顯露的，是構成神秘主客關係的意識整體的結構（noetic-noematic structure）。」[7]現象學研究的是人如何認知世界的意識活動，包含了能夠認知的主體自我以及被認知的客體萬物。這個乍見

6　德穆·莫倫（Dermot Moran）著，蔡錚雲譯：《現象學導論》（臺北市：桂冠圖書公司，2005 年），頁 21。

7　轉引自鄭樹森〈前言〉收錄於鄭樹森主編《現象學與文學批評》（臺北市：東大圖書公司，1984 年），頁 2。

之下簡單的定義，事實上大大影響了二十世紀以來的各種哲學與文學思潮。

　　超過百年前的胡塞爾所提出的現象學（Phenomenology）之所以發展至今，成為方興未艾、不斷持續發展中的哲學運動，是因為其突破性的思考轉向，一改過去主客觀分離的思考方式，將研究焦點轉向意識本身。過去我們都理所當然地認為我們活在一個客觀物質世界當中，人透過大腦思考，透過身體在空間中運動，意識只存在我們的腦裡，它收集客觀世界的各種感官材料，並且在意識中重新組合，形成我們的思想。但是胡塞爾要我們暫時擱置這種對世界的基本認知，反過來要我們思考什麼是意識。循著胡塞爾的分析方式，我們會發現，意識具有指向性，總是指向某事某物，心靈與世界彼此關連在一起，事物的本質真理就在我們所見的現象之中，而非現象之外。要如此思考並非易事，因為我們已經習慣透過意識去認知萬物，我們以為萬物總是客觀地存在，其實是忽略了不容易發現的意識，就像已經習慣通過眼鏡看世界的人，自己已經看不見眼鏡的存在。但是通過現象學的思考轉向，我們重新發現了過去被科學框架限制下所看不到的世界，也讓我們更清楚知道我們如何去認識世界。因此現象學家羅伯・索科羅斯基（Robert Sokolowski）說明什麼是現象學：「我們可以明證事物的存在；當我們如此做時，我們發現對象，也發現自己正是做為揭露的接收者，做為事物對之顯現者。我們不只能夠思考在我們經驗中的事物；我們還可以瞭解思考它們的我們。現象學正是這樣的瞭解：現象學是理性在可理解對象的顯現中所獲致的自我發現。」[8]誠如斯言，通過現象學，我們認識了世界，但更深刻認識了自己。

---

[8]　羅伯・索科羅斯基（Robert Sokolowski）著、李維倫譯：《現象學十四講》（臺北市：心靈工坊文化公司，2004年），頁18、19。

如果透過現象學的角度來看待文學，也會得到很不一樣的結果。過去，文學作品被視為傳達作者想法的文字，被印在紙上的客觀物質存在。因此考證作者原意成為文學研究的重要內容，最終文學研究與歷史研究相去不遠，都是企圖在記錄歷史的文件中找尋證實作者之意的證據。但是當我們透過現象學的角度看待文學作品，就會發現經過解讀之後，文學作品具體化出現在我們的想像世界之中，而且隨著不同讀者，也呈現各自不同的想像。今日我們已經熟知讀者意識在文學活動中的重要性，但其實這是二十世紀之後通過現象學才帶起的新觀點。所以現象學批評認為文學解讀不應只是考證原意，更重要的是去了解文學活動中的意識，也就是包含作者意識與讀者意識的交流。現象學批評也因此獲得許多不同的稱呼。

現象學批評的名稱眾多，除了上述孟樊提出印象式批評、意識批評、讀者反應理論之外，在西方文學研究領域中，現象學批評還有以下稱呼「存在批評」、「本體論批評」、「發生批評」、「主題批評」、「意識批評」。「意識批評」淺顯易懂指出這種批評的重點。「存在批評」點出意識是人與其所感知世界存在的本質，因此也稱為「本體論批評」。「發生批評」說明現象學批評重視作品的發生，也就是作者意識創造文學作品的瞬間。本文所以選取「現象學批評」做為討論此方法的稱謂，因本文旨在討論研究方法，希望強調其發生自現象學的方法依據，其他名稱雖然更具有普遍性、共通性，但較不易凸顯其研究的方法進路，故在本文中以「現象學批評」名之。

現象學批評並沒有一套固定的研究方式，不同的現象學文學評論家所寫的評論彼此往往差異很大。但是不管名稱如何，或者風格不同，現象學批評有一個共同的前提：「他們都把文學當作一種覺知的活動：覺知內在自我，覺知外在世界，以及覺知表現此種覺知的語言結構。雖然，每個批評家各自展開他們的意識觀點，但他們都認為：

文學具體表現意識的經驗。」[9]通過文學作品的分析，現象學批評家從中看到的是一個具有生命力的人如何看待世界與自我。

台灣的現代詩評論家們較少標舉特定的理論以成批評流派，多半是針對不同議題或者不同詩人詩作時，援引適合的文學理論進行討論。但是台灣現代詩批評場域當中卻不乏應用現象學進行批評的傑出評論家，他們是葉維廉、簡政珍、翁文嫻。專門研究比較文學的葉維廉，為了向西方文壇介紹古典漢詩之美，歸納出古典漢詩在視覺空間意象當中，具有道家美學安排。那是沒有人為造作的自然之美，海德格與胡塞爾的相關討論成為其有力的論證。簡政珍接受了海德格對於存有的討論，詩是詩人抵抗死亡與虛無的唯一武器，現實則成為創作的重要根源。留學法國的翁文嫻受到日內瓦學派評論家莊皮亞・李察（Jean-Pierre Richard）的啟發，嘗試結合中國古典詩法與現代文學研究，建構了「賦、比、興」的現代詩分析方式，藉以觀察現代詩人靈魂的躍動。他們豐富的評論已為台灣現代詩的現象學批評做出重要的貢獻。

雖然台灣不乏透過現象學進行現代詩評論的重要評論者，但是截至目前為止，還沒有全面概述台灣現代詩現象學批評的相關論著，除了上述少數論者匠心獨運進行實際詩作分析外，目前還未得見一本專論現象學詩批評的著作。因此本文希望通過現象學詩批評的理論概述以及實際批評的實踐兩層次來回應此一空白。

理論概述對於台灣現代詩的現象學批評，或許是適當的陳述方式。因為現象學本身就是難以定義的學問。現象學被視為是一種哲學運動，而非嚴格封閉的學術體系。有人說有多少現象學家就有多少種

---

[9]　拉瓦爾（Sarah N. Lawall）、馬樂伯（Robert R. Magliola）著，李正治譯：《意識批評家：日內瓦學派文學批評導論》（臺北市：金楓出版社，1987年），頁34。

現象學。最早，胡塞爾希望將現象學建構成研究意識本身的嚴密哲學方法，但是胡塞爾的學生海德格及其後學者，卻受到了胡塞爾的啟發，站在「回到事物本身」的立場上，各自透過自己的方式闡釋現象學。保羅·里克爾（Paul Ricoeur，1913～2005）便曾說：「現象學無非是一連串脫離胡塞爾的故事；現象學的歷史亦即胡塞爾的異端史」[10]

胡塞爾很失望地看到以為能接替他的哲學事業的學生馬丁·海德格（Martin Heidegger，1889～1976）轉向思考人存在的問題，之後的英加登（Roman Witold Ingarden (1893～1970)）、沙特（Jean-Paul Sartre，1905～1980）、梅洛龐蒂（Maurice Merleau-Ponty，1908～1961）等等，每個學者都提出了極富個人創見的現象學。赫伯特·施皮格伯格（Spiegelberg，H.）說明他用「運動」一詞形容現象學發展的理由：「（1）現象學不是一種靜止的哲學，而是一種具有能動要素的動態哲學，它的發展既取決於內部固有的原則，也取決於它所遇到的『事物』，它所遇到的領域的結構。（2）它像一條河流，包含有若干平行的支流這些支流有關係，但決不是同質的，而且可以以不同的速度運動。（3）他們具有共同的出發點，但並不需要有確定的可預先指出的共同目標。」[11]現象學運動深遠地影響了歐陸哲學，即使是後現代主義代表人物如德里達（Jacques Derrida，1930～2004）等人，早年都是研究現象學起家。

現象學的影響也跨越到不同領域。[12]受到現象學所啟發的思想流

---

[10] 德穆·莫倫（Dermot Moran）著，蔡錚雲譯：《現象學導論》，頁3。

[11] 赫伯特·施皮格伯格（Spiegelberg，H.）著、王炳文，張金言譯：《現象學運動》（北京：商務印書館，2011年），頁34。

[12] 中山大學哲研所蔡錚雲教授反省現象學在哲學領域的發展趨緩，但在不同學科應用上卻日漸增加。蔡錚雲說：「好在哲學的沒落並不意味著現象學的終結，相反地，它此刻才真正地落實在生活世界之中，例如：在藝術、心理學、護理學、人類學等

派，至少有存在主義、詮釋學、讀者反應理論、日內瓦學派等都受到現象學的啟發，但卻都保有各自的發展與目標。現象學應用在台灣現代詩的實際批評上，葉維廉、簡政珍、翁文嫻時常只是從現象學的某些觀念出發，結合自身的體悟，開創出各具特色的現象學詩評論。於是想要為現代詩的現象學批評歸納出一個理論體系變得十分困難。

但也許不以強制定義框架住可能發展的視野，才更接近現象學的精神。胡塞爾提出「回到事物本身」的口號，就是質疑科學實證主義以抽象的原理、定義侷限了人的視野。現象學的思維方式是要我們擱置抽象概念思考，對事物進行本質直觀，也就是「我們必須盡可能看到所給予的一切事物。」「現象學直觀必須是描述性的」[13]因此本文的第二章將嘗試透過這種理論的概述，描述從現象學運動影響到文學理論，接著第三章說明現象學批評如何落實在台灣現代詩評論家的實際批評中。第四章則歸結出以現象學批評進行現代詩評論的方法思考。

對現象學批評的理論進行簡要描述之後，更重要的是思考現象學批評如何具體實踐在台灣現代詩的分析中。之後第五至十章篇將分別透過洛夫詩中的火、唐捐詩中的水、孫維民詩中的惡、李魁賢詩與詩論中的社會、向陽《四季》中的時間、原住民詩中的空間等六篇論文，透過實際批評的方式以落實以上所討論的現象學理論。

現象學研究意識的意向性活動，人的意識主體與世界中的客體的交互關係正是現象學的研究重點。詩正是這種意向性活動的紀錄。之所以選擇這五位詩人以及原住民詩作進行討論，是因為這些詩人及其詩作特質，正好吻合本文所期許的現象學批評的兩種特質。一者是希

應用學科中的銳不可檔。」見蔡錚雲〈導論：回到事物本身〉收錄於羅伯‧索科羅斯基（Robert Sokolowski）著、李維倫譯：《現象學十四講》，頁13。

[13] 洪漢鼎：《重新回到現象學的原點－現象學十四講》（臺北市：世新大學，2008.7），頁79。

望可以體察詩作中詩人的人格風格。二者本文希望能討論真實人生中可見可感的具體事或物。兩端分別對應意向性活動中，詩人的意識主體以及所對應的意識客體。

首先，詩不以敘事功能為重，以物象的連結創造閱讀的感受，喚起讀者或喜悅或驚怵或惆悵的情緒。如果只著眼在技巧論或者詩中的主題論述，在討論結束之後，往往無法指出詩吸引人的地方。本文認為，多數時候，讀者之所以喜歡特定詩人的詩作，往往是因為特別喜愛這位詩人透過詩作所展現出來的人格特質，瀟灑、沈鬱、浪漫、狂傲詩風各自不同，這位詩中的詩人引導讀者看待世界、看待生命。正因為讀者喜歡這位詩人的獨特視角，因此才喜歡他的詩。相反的，如果讀者看完了詩人的詩，卻無法在詩中拼湊出詩人的面目，無法留下具體印象，就算其詩句優美，比喻換喻的技巧高超，這樣的詩人時常無法得到讀者的青睞。同時研究者也會不知如何為這樣的詩人下定論。最後無法在詩中彰顯出個人面目的詩人便淹沒在歷史洪流中，消失在文學史上。

文如其人，這原是中國詩學傳統中相當重要的部分，也是現象學批評所認為詩學研究的關鍵，研究者應該在詩作之中與詩人的意識交會。當然詩中的作者並不等於現實世界的作者，現象學批評重視的是，透過詩所呈現出來詩人意識的經驗模式，馬格拉廖說：「經驗模式是作者在作品中『顯現』的態勢。遵循我們系統性描述的核心線索，我們還要對經驗模式進行深入的闡釋。經驗模式是自我與世界的最基本關係，它潛在於真實或想像的具體化之中。」[14] 也就是說，詩是詩人如何看待世界的呈現。人們喜歡詩，其實是喜歡詩人看待世界的

---

[14] 羅伯特·馬格廖拉（Robert R. Magliola）著、周寧譯：《現象學與文學》（瀋陽市：春風文藝出版社，1988 年），頁 53。

方式。

　　因此，本文所選取的詩人都是具有獨特風格，詩作面目清楚。從他們的詩中，我們可以看到洛夫對詩藝的深刻地追尋，看到唐捐馳騁想像力跨越了物質的邊界。透過詩，我們能感受李魁賢對於世間不公之事的義憤，孫維民安靜而不倦的虔誠。在詩裡，我們可看到向陽對詩形式的自我要求中淬煉出對土地的愛，以及原住民的心靈世界中，早已倦於流浪的心情是最深沈的悲哀。當我們能感受詩人從詩的另一端所傳來的抑鬱與狂喜時，所有詩的技藝以及主題分析都因為出於對「人」的認識有了更深刻的意義。

　　其次，本文希望能討論真實人生中可見可感的具體事或物，而非抽象難以理解的理論概念。晚年的胡塞爾有感於德國納粹黨的崛起，痛苦地思索問題出自於哪裡。他發現到科學至上的思維使人的生活偏離了軌道，科學將人從生活世界中抽離，告訴人們日常經驗的世界都只是表象，真理藏在我們看不到的地方。因此我們習慣於透過數學方程式來解釋世界，將萬物的存在等同物理與化學或數學的集合。當科學影響人的生活越深，人越忽視日常經驗世界，追求抽象目標的傾向也就越強烈。胡塞爾說：「理性從自身出發賦予存有者的世界以意義；反過來，世界通過理性而成為存有者的世界。」[15]胡塞爾期許理性的存在不應該將人異化物化，而應該是幫助我們發覺世界存在的意義。為了抗拒這個趨勢，現象學想研究的是生活世界，是人類經歷科學思維之前的世界，是尚未被抽象化思考、能知能感的知覺世界。

　　文學研究亦然，詩人的創作多是針對真實生活世界的所知所感而發，詩句紀錄了生活經驗的片刻。詩的研究應該是說明詩人如何看待

---

[15] 埃德蒙德・胡塞爾著、張慶熊譯：《歐洲科學危機和超越現象學》（臺北市：桂冠圖書公司，1992），頁12。

生活中這些可知可感的事物，而非列舉深奧理論，經過繁複的分析，將詩導向更令人費解的結論當中。因此本文將通過水、火、惡、社會、時間、空間等六種現實世界中可接觸可見的事物與概念，做為詩的討論焦點。

水與火是人類生活離不開的兩大元素，從神話時代一直到現代，水與火是人類文學作品中的重要成分。我們對水與火都有直接接觸的經驗，也因如此，我們才能深刻地了解洛夫與唐捐詩中的火與水，體會兩位詩人如何將人人都曾經有過水與火的遐想，透過詩句具體地展現出來。

社會是抽象的名詞，其真實的含意是人群的聚合，凡是人與人的相處就無法脫離權力運作的架構，李魁賢詩中書寫了世界各地不同種族不同國家的人們，如何抵抗強權的統治，也由於這種普遍性使李魁賢的詩能夠引起跨越國際的讀者肯定。惡是抽象的概念，但絕非難以理解，生活中的缺憾、不完滿，近至身旁同學同事的敵意陷害，遠至新聞中遠方國家不休止的戰爭。想來沒有人會認為自己已經活在一個充滿美善的完美世界，惡反而像所有人生活場景的背景，揮之不去。孫維民的詩冷靜看待這些惡的存在，描摩惡的行蹤，但是詩的基底卻是對上帝的虔誠信仰，這使我們在詩中即使逼視惡的存在，卻仍對救贖懷抱希望。

我們恆生活於時間與空間中，但是卻無法直接說明到底什麼是時間、空間。所幸詩人們以詩的直覺，為我們說明了時間與空間的存在。向陽的詩集《四季》是以二十四節氣為題的二十四首二十行詩所組成，一年的流動時間被詩的形式所捕捉，詩中有向陽對台灣土地的深情，我們也可發現向陽對四季的身體感受以及精神主體對於時間流動的紀錄。

當莫那能說出這樣的詩句：「我們要停止在自己的土地上流

浪」[16]，這是多麼感傷的紀錄，從平地被趕到山上，又從山上被趕入都市，原住民詩人們對於空間變化的體會之深，他人難以體會，唯有詩能道盡。透過六篇詩作主題的專論做為台灣現代詩現象學批評的實際操作，期許第二至四章中所討論的現象學理論，因為有具體的批評實踐而落實，則具體批評也獲得更多理論的佐證。

---

[16] 莫那能：〈恢復我們的姓名〉《美麗的稻穗》（臺中市：晨星出版社，1989年），頁13。

第二章　現象學批評的理論概述

　　現象學批評源於哲學領域中的現象學，如果對現象學沒有基礎認識，自然無法掌握現象學批評。故本章旨在介紹現象學批評的理論，提供讀者相關的知識背景。首先從現象學的哲學起源開始談起，介紹三位重要的現象學家及其思想，之後介紹現象學在美學與文學領域中的發展，最終介紹進行現象學批評的日內瓦學派。

一　現象學批評的哲學起源

　　現象學最早是由艾德蒙德・胡塞爾（Edmund Gustav Albrecht Husserl，1859~1938）所提出。胡塞爾最早研究數學，之後在維也納追隨布倫達諾（Franz Brentano，1838~1917）[1]學習心理學。胡塞爾深深被布倫達諾所吸引，布倫達諾對於研究的態度嚴謹深刻，使得胡塞爾立志將現象學建構為「科學的科學」，一種嚴謹嚴密的學科。布倫達諾透過心理學描述意識如何認識客體的研究，則直接啟發了胡塞爾

---

[1]　弗朗茲・布倫塔諾（Franz Clemens Honoratus Hermann Brentano，1838～1917）德國著名哲學家、心理學家。他在其代表名著《從經驗的觀點看心理學》當中提出人的心理活動對客體具有指向性，對客體的觀察包含了主體的情緒想法，現象學當中的「意向性」概念可以說是布倫塔諾對胡塞爾的啟發。但是布倫塔諾仍然是在心理學的架構下進行研究，並未如胡塞爾突破了主客二分的框架。此外布倫塔諾另一個學生著名的學生弗洛伊德則開啟了精神分析的方向。布倫塔諾被視為啟發現象學與精神分析兩大思想潮流的重要思想家。

現象學當中意向性的思考。

　　胡塞爾希望將現象學建成超越哲學與科學界線的基礎方法。胡塞爾說：「現象學：它標誌著一種科學，一種諸科學學科之間的聯繫；但現象學同時並且首先標誌著一種方法和思維態度；特殊的哲學思維態度和特殊的哲學方法」[2]胡塞爾認為自然科學未經檢驗地將自然萬物的存在視為客觀的事實，忽略了人的主體性。相對於自然科學完全忽視人的精神主體，哲學、史學等人文學科又落入主觀與相對主義的困境中，也沒有客觀方法可以依循進行研究。為此，胡塞爾提出「以具備種種意識作用，而又在經驗中直接呈顯出來的意識流作為整個現象學研究的出發點。」[3]做為現象學的出發點，也就是說現象學研究的不是人的心靈主觀，也不是萬物的客觀存在，而是萬物在人認知時，呈現在人的意識中此一狀態作為思考的重點。胡塞爾提出「回到事物本身」，這句口號的意思就是回歸到人認識事物的當下，而不受其他背景知識的干擾。

　　胡塞爾確定了以意識做為研究對象的方針之後，就需要分析意識的特質。胡塞爾指出意識具有意向性（intentionality）的特質。所謂意向性是「在每一活動的我思中，一種從純粹自我放射出的目光指向該意識相關物的『對象』指向物體，指向事態等等，而且實行著極其不同的對它的意識。」[4]也就是說，當我們反省我們的意識，就會發現每一個意識活動都具主客觀合一的特質，能夠認識的自我以及被感知的世界是同時存在的。這個顯而易見的事實，卻大大跳脫了西方哲學

---

[2]　胡塞爾著、倪梁康譯：〈現象學觀念的第一講〉，《胡塞爾選集（上卷）》（上海市：上海三聯書店，1997年），頁40。

[3]　蔡美麗：《胡塞爾》（臺北市：東大圖書公司，1990年），頁39。

[4]　胡塞爾著、李幼蒸譯：《純粹現象學通論：純粹現象學和現象學哲學的概念Ⅰ》（北京市：中國人民大學出版社，2004年），頁140。

傳統。自從笛卡兒、洛克等人的學說之後，我們的意識被認為是一個密封的盒子，外界的事物在我們心靈上留下印象，我們的心智搬動這些印象與概念，將其組合成思考，主觀與客觀、精神與現實、本質與現象都是分離的。胡塞爾提出意向性，說明了我們的意識由自身心靈躍出、跳向意識外的意向對象。人的意識不再只是反映事物的黑盒子，在意向活動當中主客體合而為一，對客體的意向構成了主體，客體也由於有主體才能有存在意義。

　　蔡美麗歸納出胡塞爾討論所意向的對象如何在意識當中被構成的三層架構。蔡美麗：「一系列變動不拘的『識之所對者（Noemata）』環繞著一個做為中軸的『對象（object）』而構成意識對象，意識對象卻又必然地被包圍在一種稱為『界域（horizon）』的存在之中。」[5]胡塞爾從柏格森[6]的學說中吸收了意識流的說法，認為人的意識是具有時間性的流動不已的意識流。人的意識在流動中，所有的認識客體的片段都是一閃即逝，但是人會發現某一意識對象雖然永遠以不同的方式呈現，但卻具有某種同一性，讓我們能在變動的片段中掌握他們，於是這些「識之所對者」構成了意識對象。但意識對象不是憑空存在，它們存在於意識對象所存在的界域，胡塞爾區分為「時間界域」、「空間界域」與「意義界域」。這三種界域就像意識活動的背景，在其中我們經歷著生命流動。

　　在胡塞爾的晚年，德國納粹黨崛起，取得政權，甚至通過法案迫害猶太後裔，胡塞爾也深受其害，被剝奪講座教席、逐出大學，最

---

[5]　蔡美麗：《胡塞爾》（臺北市：東大圖書公司，1990年），頁80。

[6]　柏格森（Henri Bergson，1859年－1941年），法國哲學家，曾獲1927年諾貝爾文學獎。他提出宇宙的進化是具有「生命衝力」，不斷向前推進，化作物質是其生命衝力停滯緩慢下來的結果。人的意識也同樣流動不止。柏格森對意識之流的「綿延」說法被胡塞爾吸收成為現象學討論意識與時間的重要依據。

後連公民權也被取消，在這種危機與傷痛中，胡塞爾趁著受邀演講的機會，提出生活世界（Life-world）的理論，並且將講稿集結改寫成《歐洲科學的危機與超驗現象學》。胡塞爾認為自然科學的發達，背後隱藏了人類為了駕馭自然滿足人類生存的實用性要求，科學家們為了達到控制自然的目的，只以實用性的態度來看待大自然，科學家所看到的世界即成為沒有信仰、美感、意義的世界，一個被科技控制的世界。他認為這就是歐洲文化危機的根源，胡塞爾說：「最為重要的值得重視的世界，是早在伽利略那裡就以數學的方式構成，理型存有的世界開始偷偷摸摸地取代了做為唯一實在的，通過知覺實際地被給予的、被經驗到並能被經驗到的世界，即我們的日常生活世界。」[7]胡塞爾所說的生活世界，就是尚未被科學化、抽象化的世界，是一個具有知覺能力的人，透過他的身體，去經歷感知這個世界，並且對他所感知的世界萬物直接給予情感的回應。物我之間，一切都還沒被量化，尚未有數學方程式的介入，純粹是人與世界交會時的知感交融。這個觀點把科學實證主義觀看世界的方法加以扭轉，轉化為充滿人主動創造的意義世界。這正是現象學最珍貴的貢獻，日後的人文學科研究者，不管文學、哲學、乃至心理學、社會學等各學門也都深受其影響。

　　除了胡塞爾之外，另一位影響現象學深遠的學者是馬丁‧海德格（Martin Heidegger，1889~1976）。海德格繼承胡塞爾的思想，並改變了研究方向，他開始嘗試運用現象學的方法來建構自己的存有論，亦即試圖解釋人與萬物之所以存在的原因。

　　海德格認為傳統的形上學仍是基於對世界實存，主客二分的基

7　胡塞爾著、張慶熊譯：《歐洲科學的危機與超驗現象學》（臺北市：桂冠圖書公司，1992年），頁51。

本假設而來，在現象學脈絡中，「海德格則寧願以一種新的『基礎存有論』，一種經由人存在結構來探究存有結構的方式。」[8]海德格以時間的角度來說明存有。過去的形上學將萬物存有視為一個形而上的客體，並將存有問題視為靜態不動的狀態。海德格提出存有是一種過程，萬物的存有首先就是在時間中延續下去的存有；反之，隨時間而消逝，便不再具有存有的特質。人在萬物的存有中顯得最為特別，因為只有人能夠瞭解自身的存有，其他萬物當然也有存有，但是他們不會思考並探詢何謂存有，唯有人具有此特質。因此海德格自創新詞「此有」（Da-sein）來指稱人。Da指在這裡，sein指存有，二者結合的含意就是存有在這裡。[9]在所有存有的萬物之中，唯有人能夠反思自身存有狀態，也唯有人能夠扣問自己在這種存有狀態中，自身存在的意義。

　　因此能夠反思的人，反思自身存在的質問便是關鍵。「海德格進一步把人的基本地位—進行質問的存在者—提昇到存有論的層次。正是這個對存有的基本質問標明出人存在本身。質問先於所有其他的互動形式。瞭解要怎麼樣才成為一個質問者，將把『在世存有』（In-der-Welt-Sein）純粹人的模式揭示為一種關切的投射與投身於世」[10]而人要能發現自己存有的狀態，就需要瞭解他所處的世界。人總是存在於世界中，二者是不可分的。世界並不是獨立於主體之外的客體世

8　德穆・莫倫（Dermot Moran）著，蔡錚雲譯《現象學導論》（臺北市：桂冠圖書公司，2005年），頁256。

9　陳榮華：《海德格存有與時間闡釋》（臺北市：台大出版中心，2003年），頁21-23。海德格所創的詞彙Dasein，在台灣習慣翻譯成「此有」如陳榮華在《海德格存有與時間闡釋》即翻譯成「此有」，在大陸習慣翻譯成「此在」，如王慶節、陳嘉映譯成「此在」，但含意一樣，都是指能夠尋思存有意義並提問的存有者，也就是人。在本文中，行文統一為「此有」。

10　德穆・莫倫（Dermot Moran）著，蔡錚雲譯《現象學導論》，頁257。

界，世界正是此有存在的一種性質。

那麼人要探問自己的存有狀態，就必須瞭解自己所存在的世界。海德格說：「在世的展開狀態，構成『此』之在的基本存在，是心態和領會。領會中隱含著解釋的可能性，即享有領會之物的可能性。只要心態和領會活動同樣源始，它就會將自身保持在特定的領會中。這就使心態適合於某種被解釋的可能性。」[11] 也就是說，人的存在並非不言而喻的事實，而是需要加以理解、詮釋的領會過程。人要探問自己存在的意義，就需要從瞭解世界開始，越瞭解世界，才越清楚自己在世界當中的位置。在這樣的過程中，語言是重要的中介。為了說明這種理解自身存有的過程，海德格將詮釋學引入自己的現象學體系中，成為此有了解自身處境的方法論。

海德格的說法提醒我們，不要忽略詮釋過程中，我們用來詮釋對象的中介，也就是語言與歷史的重要。海德格對詮釋學的改造直接影響了詮釋學大師高達瑪（Hans-Georg Gadamer，1900-2002），他認為個人看法是一種視域，而理解應該是個人看法與他人看法互相融合包容的過程。因此當我們與人交談或者閱讀歷史資料與文學作品時，去理解這些作品代表我們與古人、作者的視域得以匯通，高達瑪稱為「視域融合」（fusion of horizons）。由此可見，各種論述的歷史並非與我們當下的詮釋無關，詮釋應該是視域不斷進行融合的過程。此外法國的保羅・里克爾（Paul Ricoeur，1913~2005）也是從現象學出發，日後轉向詮釋學的重要學者。

海德格晚期思想偏好討論存有的真理如何透過藝術的方式，向人揭示其存在。這種存有的真理是指一種無蔽狀態，存有未被其他事物

---

[11] 海德格爾著、郜元寶譯：《人，詩意地安居－海德格爾語要》（上海市：上海遠東出版社，1995 年），頁 59。

的存在所遮蔽，因此海德格也用「敞開領域」、「存有之澄明」來形容此一狀態，而人要進入此一狀態的方式就是透過詩或藝術。因此海德格在〈藝術作品的本源〉中分析梵谷的油畫，畫中的農鞋原本平凡無奇，其存在被遮蔽，但是透過梵谷的繪製，農鞋獲得了新的存在。海德格說：「梵谷的油畫揭開了這器具即一雙農鞋真正是什麼。這個存有進入它的存有之無蔽之中。……在藝術作品中，存有者的真理已被設置於其中。這裡說的「設置」（Setzen）是指被置放到顯要位置上。一個存有者，一雙農鞋，在作品中走進了它的存有的光亮裡。存有者之存有進入了其顯現的恆定中了。」[12]除了藝術作品，人還能透過詩進入澄明的存有中。海德格說：「詩與思乃是道說的方式。而那個把詩與思共同帶入近鄰關係中的切近，我們稱之為道說（sage）我們猜度，語言之本質就在道說中。」[13]而基於以上討論，晚期的海德格著迷於分析賀德齡等德國詩人的詩作，希望透過詩的分析呈現出更多對於存有的洞見。

　　胡塞爾與海德格各自教出了許多重要的學生，進一步將現象學的方法傳播出去，之後法國出現了多位重要的現象學家，如沙特、梅洛龐蒂、保羅・里克爾等人，開創了現象學的新局面，施皮格伯格在《現象學運動》直接將現象學運動區分成德國階段與法國階段，足見法國現象學家的重要性。梅洛龐蒂則是法國現象學家中不可不知的一位。

　　莫里斯・梅洛-龐蒂（Maurice Merleau-Ponty，1908~1961）最早學習德國格式塔心理學[14]，早期著作多半是以格式塔心理學分析知覺

---

[12]　海德格著、孫周興譯：《林中路》（臺北市：時報文化出版公司，1994年），頁17。

[13]　海德格著、孫周興譯：《走向語言之途》（臺北市：時報文化出版公司，1993年），頁169。

[14]　「格式塔心理學」（Gestalt psychology），也翻譯成「完形心理學」。此學派認為人類

為主。一直要到1939年，梅洛龐蒂讀到悼念胡塞爾去世的專號，他才開始關注胡塞爾晚年提出的「生活世界」概念，同年四月他前往比利時盧汶胡塞爾檔案館查閱胡塞爾未刊行的手稿，奠定了他日後的思考方向。格式塔心理學強調整體性，深受影響的梅洛龐蒂有著從不可分割之整體看待事物的哲學傾向，因此施皮格伯格談到：「梅洛龐蒂的思想被稱為『曖昧性的哲學』。」[15]

梅洛龐蒂的思想相當大的程度是來自於對晚期胡塞爾思想的誤讀與創造性詮釋，《知覺現象學》的前言就花相當大篇幅分析胡塞爾的說法，梅洛龐蒂批判胡塞爾對於意向的分析，也令人聯想到胡塞爾自己所反對的笛卡兒或康德那樣，成為費解的玄思。梅洛龐蒂希望現象學能夠更加「回到事物本身」，觀察意識的現象本身，真理即在其中。因此梅洛龐蒂提出，所有的認識，不管是科學或者是意識的意向性，都建立在更本源的「知覺」之上。梅洛龐蒂說：「知覺不是關於世界的科學，甚至不是一種行為，不是有意識採取的立場，知覺是一切行為得以展開的基礎，是行為的前提。世界不是我掌握其構成規律的客體，世界是自然環境，我的一切想像和我的一切鮮明知覺的場。」[16]以知覺做為出發點，能夠知覺的身體，是意識與世界交會之處，我們透過身體才能認知他人認知世界，過去對身體的看法都是意識與身體的二分。但梅洛龐蒂提出，身體與意識不能分割，身體是靈性與物性的合一。

梅洛龐蒂對語言的態度也一樣，他說：「一旦人使用語言來建立

的認知，是一種經過系統組織後的整體輪廓，而非各自獨立部份的集合，整體大過於個別的組合。本學派反對將心理分解成各種元素，將行為解釋為條件反射，強調人的思維應該是一個整體的，有意義的知覺過程。

15　赫伯特·施皮格伯格（Spiegelberg, H.）著、王炳文，張金言譯：《現象學運動》（北京：商務印書館，2011年），頁722。

16　梅洛龐蒂著，姜志輝譯：《知覺現象學》（北京市：商務印書館，2001年），頁5。

和他本人、和他的同類的一種活生生關係，語言就不再是一種工具，不再是一種手段，而是內在的存在以及把我們和世界、我們的同類連接在一起的精神聯繫的一種表現，一種體現。」[17]語言所表達的，對我們來說是身心合一的表達經驗，而對聽者來說，則是聽者與說者連結在一起的共同意義場域。

　　總而言之，梅洛龐蒂想說明的是，透過身體，人應該看到不是科學分析過的物質世界，而是知覺告訴人的大自然。西方哲學一直以來希望透過理性完成除魅的目標，也就是除去世界的神秘風貌，讓理性足以解釋一切。但是梅洛龐蒂卻反其道而行，透過知覺第一的強調，要求哲學要能「復魅」，回復世界的神秘性與感性，「讓身體和事物在一個被宇宙生命所賦靈的自然世界中相互交織。」[18]

　　以上為現象學的簡要回顧，不是為了進行哲學討論，而是希望指出三位現象學家所開啟的看待事物的新觀點。胡塞爾關於意向性、生活世界的討論，給了人文學科研究的新角度；海德格對詩與存有的思考，將詩的研究提升到哲學境界；梅洛龐蒂提出身體知覺及語言是意識的姿態等論點，都對現象學文學批評產生深遠影響。

二　現象學在文學與美學領域的發展

　　現象學雖然做為哲學領域的重要思潮，但是由於提倡「回到事物本身」的思想特質，使得現象學成為一種思考方式，被廣泛地應用在文學、心理學、教育學乃至社會學等不同人文學科上。在文學與美學領域中取得重要成就的現象學者裡，英加登與杜夫海納是重要代表人

17　梅洛龐蒂著，姜志輝譯：《知覺現象學》，頁254。

18　楊大春：《楊大春講梅洛-龐蒂》（北京：北京大學出版社，2005年），頁89。

物。

羅曼・英加登（Roman Ingarden，1893～1970）出生於波蘭，是胡塞爾最親近的學生之一，他從1918年起就到德國哥廷根大學學習現象學，之後1916年更轉往費堡大學直接成為胡塞爾的學生，期間兩人有多次深刻的討論與長談。當英加登的美學著作《文學的藝術作品》出版時，胡塞爾給予高度讚賞，認為這是透過現象學的研究方法考察文學作品的重要成果，是延續並先於胡塞爾完成的現象學著作。

英加登在三０年代出版的《文學的藝術作品》及《對文學作品的認識》今日已成為現象學美學、讀者反應理論的重要經典，他對於文學本體論的細膩分析是他最為人所熟知的貢獻。

本體論是英加登晚期與老師胡塞爾思想分歧之處，胡塞爾堅持現象學應該是對於純粹意識本質的研究，但英加登認為物體或者概念的存在，其中一定有其本質上的特殊性，需要特別考慮。因此英加登考察文學作品的本體為何，也就是文學作品之所為文學作品的獨特性何在。這種思考，強調文學作品具有獨特本質，而不將文學研究歸結到史學、語言學、科學之上，對於新批評的代表學者韋勒克有深刻的影響，其與華倫合寫的《文學論》當中仍可看到這種思想。

英加登認為文學的本體為何呢？英加登認為文學的本體是一純粹意向性的對象。英加登說：「文學作品是一個純粹意向性構成（a purely intentional formation），它存在的根源是作家意識的創造活動，它存在的物理基礎是以書面形式紀錄的本文或通過其他可能的物理複製手段（例如錄音磁帶）。由於它的語言具有雙重層次，它既是主體間性既可接近的又是可以複製，所以作品成為主體間際的意象客體（an intersubjective intebtional object），同一個讀者社會相聯繫。這樣它就不是一個心理現象，而是超越了所有的意識經驗，既包括作家的

也包括讀者的。」[19]而文學作品是由四個層次所構成。分別是「（a）語詞聲音和語音構成以及一個更高級現象的層次；（b）意群層次：句子意義和全部句群意義的層次；（c）圖式化外觀層次，作品描繪的各種對象通過這些外觀呈現出來；（d）在句子投射的意向事態中描繪的客體層次。」[20]第一層次是語音的層次，透過聲音變化以表意。第二層次是指詞義句意的理解，第三層次是讀者通過字音與詞意句意的解讀之後，會升起該文學作品所建構的世界，最後一層次可視為全三個層次的統合。因此每個閱讀過同一文本的讀者都會建構起文本所指涉的文學世界。但是其具體的細節卻會隨著個別各自不同。這是因為在語言文字層次不可能描述細膩客體到達百分之百。當中會有許多空白的未定之域，需要通過讀者加以填補細節才能加以補足。以「這孩子正在拍球」為例說明，當我們通過第一第二層次解讀上述句子後，腦中所浮現的孩子的詳細資料就要靠我們自己補足，是男是女、是高是矮、膚色髮色，或是拍什麼種類的球，都需要讀者的給予更細膩才能完成。因此英加登用「具體化」來描述這種讀者以想像補足的狀態。

　　英加登透過現象學對文學進行分析，確立了閱讀過程中的讀者意識活動，他的思想啟發了德國康斯坦茨（Constance）大學的漢斯・羅伯特・姚斯（Hans Robert Jauss，1921～1997）與沃夫岡・伊瑟爾（Wolfgang Iser，1926~2007）等人，他們進一步發展讀者意識的相關論述，形塑了今日我們熟知的讀者反應理論。因此該學派最早被人稱為康斯坦茨學派，其後在1980年代有論者將相關說法編輯成《讀者

[19]　英加登(Roman Ingarden) 著，陳燕谷・曉未譯：《對文學的藝術作品的認識》（臺北市：商鼎文化，1991），頁12。

[20]　英加登著(Roman Ingarden)，陳燕谷・曉未譯：《對文學的藝術作品的認識》，頁10。

反應批評》一書，後來的批評家將此一批評思潮稱為「讀者反應理論」。

　　另一位現象學美學的代表人物是法國現象學家杜夫海納（Mikel Dufrenne，1910~1995）他深受梅洛龐蒂影響，其《審美經驗現象學》是現象學美學的重要代表著作。學者指出二人的關連性：「梅洛龐蒂的《知覺現象學》對杜夫海納影響很深，甚至還可以大膽地說，《審美經驗現象學》是梅洛龐蒂關於『知覺第一』的論點在審美經驗方面的延伸。」[21]甚至在梅洛龐蒂最後著作《眼與心》出版之後受到批評時，杜夫海納也為著文為梅洛龐蒂反駁。

　　杜夫海納在二次大戰期間被德軍俘虜，在戰俘營期間德文書是唯一的讀物，因此杜夫海納開始初步接觸現象學，同時與另一位重要的法國現象學者保羅・里克爾同營，兩人共同合作寫作一本研究德國哲學家雅培斯的著作。戰後曾任普瓦提埃、巴黎等大學教授，以及法國《美學評論》雜誌社社長。

　　杜夫海納在《審美經驗現象學》中說明自己對審美經驗的看法「用審美經驗來界定審美對象，又用審美對象來界定審美經驗。這個循環集中了主體－客體關係的全部問題。現象學接受這種循環，用以界定意向性並描述意識活動和意識對象的相互關連。……它證明，被這種知覺所激起的感性，照一種古老的說法，是知覺者與知覺物的共同行為。」[22]杜夫海納深受梅洛龐蒂的影響，他認為審美客體只有與審美主體合一時才會成立。審美經驗本身就是類似於現象學還原的狀態。杜夫海納說：「全神貫注的觀眾毫無保留地專心於對象的突出表

21　愛德華・S・凱西著，韓樹站譯：〈《審美經驗現象學》英譯本前言〉，《審美經驗現象學（下）》（北京：文化藝術出版社，1996年），頁614。

22　杜夫海納著，韓樹站譯：《審美經驗現象學（上）》（北京：文化藝術出版社，1996年），頁4。

現，知覺的意向在某種異化（aliénation）中達到頂點。…我們敢說，審美經驗在它是純粹的那一瞬間，完成了現象學的還原。對世界的信仰被擱置起來了，同時，任何實踐的或智力的興趣都停止了。」[23]在讀詩、賞畫或聽音樂時，只有人的意識與所意識的事物存在，其他都彷彿消失了，計算考慮都不存在。

　　杜夫海納認為，審美對象以擬主體的方式出現，在審美主體的意識中，可以分成呈現、再現與想像、反照與情感等三種層次出現。審美主體與審美客體之間並非從屬關係，而是一種彼此存在的美好交流。杜夫海納在另一本著作中說：「審美對象為了自我實現要求我們同他結合，要求我們重新把握創造者的動作並且進入它的世界。…與審美對象的關係是一種幸運的關係，因為這就像愛情一樣。」[24]而這二者可以交流匯通是源於知覺。杜夫海納說：「審美對象實質上是知覺對象，這就是說，審美對象是奉獻給知覺的，它只在知覺中才能自我完成。」[25]由此可發現杜夫海納的審美現象學從梅洛龐蒂處繼承了知覺現象學的相關概念，進一步加以闡發審美經驗應該是主客交融的和諧狀態。

　　透過英加登與杜夫海納在文學與美學上的討論，我們可以發現其共通之處，不管閱讀愉悅或者審美欣喜，這些狀態不是只存在人的心靈裡，或只存在於物質，而是存在於人與所接觸之事物的動態過程中。英加登所謂的文學本體以及杜夫海納的審美活動，必定需要有「人」的去閱讀去欣賞才能成立。因此我們研究文學活動不能只是針對文本進行分析，而必須考察創作與閱讀活動中，讀者意識與作者意

---

[23]　杜夫海納著，孫非譯：《美學與哲學》（北京：中國社會科學出版社，1985年），頁65。

[24]　杜夫海納著，孫非譯：《美學與哲學》，頁57。

[25]　杜夫海納著，韓樹站譯：《審美經驗現象學（上）》，頁254。

識交會的狀態。由此，我們可以轉入討論進行現象學批評的西方文論家，也就是日內瓦學派的相關介紹。

三　進行現象學批評的西方文論家（日內瓦學派）

　　上述理論關注人的存在、語言與詮釋及閱讀的現象觀察，但是較少落實到實際的文學批評上。真正根據現象學理論來進行實際文學批評的評論者，當以日內瓦學派（Geneva School）最為人所熟知。

　　日內瓦學派並不是一個擁有明確理論批評體系的學術團體，只是其成員評論的基本方向相近，為了方便說明而以此稱呼。日內瓦學派最初的代表人物有馬歇爾・雷蒙（Marcel Raymond）和阿爾貝・貝甘（Albert Beguin），他們被稱為日內瓦學派的第一代。著名批評家喬治・普萊（George Poulet）是處於第一代和第二代之間的過渡人物。日內瓦學派的第二代成員包括莊皮亞・李察（Jean-Pierre Richard）、讓・盧塞（Jean Rousset）和讓・斯塔洛賓斯基（Jean Starobinski），以及希里斯・米勒（J.Hillis Miller）。但是，由於日內瓦學派體系鬆散，因此研究方式類似的研究者，也被納入此體系中。這些被視為日內瓦學派同道的批評家，包括斯泰格（Emil Staiger）、後期的加斯東・巴什拉（Gaston Bachelard）、早期的羅蘭・巴特（Roland Barthes）等。[26]

　　日內瓦學派之所以得名，是因為上述成員多在日內瓦大學任職或者有地緣關係。雷蒙與貝甘都出於瑞士，都曾就讀日內瓦大學，之後雷蒙就在日內瓦大學任教，貝甘則是前往法國任教，之後的盧塞和斯

---

[26] 羅伯特・馬格廖拉（Robert R. Magliola）著、周寧譯：《現象學與文學》（瀋陽：春風文藝，1988），頁31。

塔洛賓斯基也都在日內瓦大學任教，普萊是比利時人，但在蘇黎世任教。這些成員除了有地緣關係，彼此又有聯絡，彼此熟識互通聲息，加上研究方法互有類似融通之處，因此得名。但也有成員不願意接受這樣的稱呼，喬治‧普萊曾經根據其研究特色而提出更貼切的「意識批評」、「發生批評」、「主題批評」來指稱他們的批評。此外由於日內瓦學派論者多引用現象學討論人的意識，因此也被外界稱為「現象學批評」、「本體論批評」、「存在批評」。

　　日內瓦學派可視為具有共同目標，但是到達目標的方式各自不同的一個文學批評集團。拉瓦爾分析：「意識批評家的目標就在認識作品中具現的作者，或者說，重新呈現他的經驗。當『作者』開始具象顯現，而協調他對實在的各種觀點，批評家便以接受所有經驗的形式，及親擁作品的主題和文體的韻律，試圖再現此種覺知。」[27]日內瓦學派的這個目標，其實是延伸自現象學一路以來的發展。首先，以發覺作品中作者的意識為目標，便與形式主義的文學研究做出區隔，他們相信人的價值，研究的目的不是為了在個別的作品中抽取證據，來驗證抽象的理論學說。這是繼承了由胡塞爾、海德格一路以來希望在實證主義、科學至上的研究環境現況中做出復歸人之獨特地位的努力。

　　但是這個作者的意識只存在作品之中，而非指真實世界中的經驗作者。拉瓦爾說：「日內瓦批評家認為作者的特徵內在於文學作品之中，而且，大都認為：傳記批評或任何『未具現的形式』─亦即『在作品之外』處理作者『自我』的批評系統，都是無效的。因為現象學的批評只在文學結構的範域內運作，所以，他們認為他們的進路是內

27　拉瓦爾（Sarah N. Lawall）、馬樂伯（Robert R. Magliola）著，李正治譯：《意識批評家：日內瓦學派文學批評導論》（臺北市：金楓出版社，1987年），頁35。

在的。」[28]之所以形成這種特色，源於他們希望透過現象學的還原，也就是擱置意識型態與非文學的因素，只對文學作品進行本質的直觀。因此形成類似新批評擱置作者生平歷史的聯繫純從文本分析當中尋求作者的意識動向。

但是在這個共同目標之下，各個評論家的方法卻各有不同，現象學提出「回到事物本身」的口號，希望研究人如何認知世界此一狀況。實際上，一如現象學家提出各自的現象學，每個評論家也都是獨特的個體，有各自的興趣、嗜好，因此各自依照自己的方式「回到文學作品本身」之後，所展現出的評論方式也隨著各自不同。在喬治・布萊被研究者稱為代表日內瓦學派全景及宣言式的著作《意識批評》中，他考察了十六位評論家的評論方式，從中即可發現每位評論家都具有各自的風格。包括斯達爾夫人的欽佩，波特萊爾的忘我、雷蒙的參與、貝甘的在場、盧塞的靜觀、巴什拉的讚嘆意識、理夏爾的感覺、斯塔洛賓斯基的凝視。[29]而喬治布萊則試圖在眾多紛紜的評論風格中，進行批評的批評，希望為意識批評整理出較完整的理論說明。

喬治・普萊1902年生於比利時，曾在愛丁堡大學、蘇黎士大學和尼斯等大學任教。普萊在《批評意識》中通過意識批評家的個別討論以及意識批評的理論探討，擴大也加深了意識批評的哲學意涵。《批評意識》中討論的十六位批評家並不限於普遍為人熟知的日內瓦學派成員，普萊向上追溯意識批評家的系譜，從十七世紀的斯達爾夫人開始，一路細數波特萊爾、普魯斯特，到介紹完日內瓦學派成員後，他又將沙特、巴什拉、羅蘭巴特等評論方式接近的外圍論者一併納入討論。由此可見普萊希望跨越日內瓦學派的成員，將意識批評建

---

[28] 拉瓦爾、馬樂伯著，李正治譯：《意識批評家：日內瓦學派文學批評導論》，頁94。

[29] 喬治布萊（Geoge Poulet）、郭宏安譯《批評意識》（桂林市：廣西師範大學出版社，2002年），頁9。

構成具有普遍性的評論方式。而普萊對意識批評的深刻反省，明確說明了何謂意識批評。

普萊在〈批評意識現象學〉當中針對評論家的批評意識進行了本質直觀的描述。普萊分析透過閱讀，讀者會發現自己被語言虛構的世界所包圍，接著奇妙的是，讀者會發現自己變成另一個人，以另一個人的方式思考。普萊說：「閱讀是這樣一種行為，通過它我稱之為我的那個主體本源在並不中止其活動的情況下發生了變化，變得嚴格來說我無權再將其視為我的我了。我被借給另一個人，這另一個人在我心中思想、感覺、痛苦、騷動。」[30]在以上論述中我們可以看到詮釋學中，高達瑪所提出的視域融合以及英加登所提出的文學本體圖式的延伸與應用。

從看書前，到看書的過程，到最後闔上書本。普萊說：「從主體經由客體到主體：這是對任何闡釋行為的三個階段的準確描述。」[31]閱讀終將結束，合上書本之後，我們還是必須回到自己的生活當中，但是書中的那個我，也就是按照作者意識引導去思考的我，卻不會隨之消失，而是成為現實生活中的我的一部份，作者的思慮，融合成現實生活中的我當中，影響我之後思考事情，看待世界的經驗模式。

但是批評者的閱讀歷程與一般讀者卻不一樣。對寫評論這件事來說，批評者本身就是作者，因此評論文本中所呈現的應該是評論者的創作意識，即使其內容是針對另一個作者與作品而言。因此評論中評論者意識與作者意識彼此間的關係，就是值得深思的議題。普萊提出批評可能陷於兩難的局面：「一種是未經理智化的聯合，一種是未經聯合的理智化。我可以與我所讀融為一體，以致於我不僅失去對自我

30　喬治布萊（Geoge Poulet）著、郭宏安譯：《批評意識》，頁243。
31　喬治布萊（Geoge Poulet）著、郭宏安譯：《批評意識》，頁255。

的意識，同時也失去對作品中另一意識的意識。我與後者的逼近蒙住了我的眼睛，使我成了瞎子。然而我離開我所觀賞的東西，以致於我覺得這觀賞對象離我過於遙遠，不會想到與之建立聯繫。」[32] 前者的困境是太過投入作品中的世界，無法看到更深遠的含意，反映在評論文本上就是將作品的改寫、翻譯，沈浸在作品的氛圍中而無智性的分析。

但反之就是完全將作品的意識視為與自己的生命想法毫無關連的客體，那些通過評論者意識的文字的組成，只是成為評論者科學研究的素材，任其切割搬動，最後符合實驗的目的以得證文學上的科學假設。這也就是本文的開端，孟樊與游喚所分執的兩端立場。因此理想的批評應當是一種意識的交流，評論者意識與作者意識在評論文本中達成一種平等的對話，評論者意識有時需要與融入作者意識之中，讓作者意識流過自己的意識，使其喚起種種感受想法，但有時也需以理智將作者意識推至遠方，以補充的方式給予建議與批評，如果兩種意識能夠得到平衡，那麼「這種批評是一種純粹的理解的享受，是深入的理智和被深入的理智之間的同情的完美交流。」[33]

在普萊所討論的意識批評家當中，加斯東・巴什拉（Gaston Bachelard, 1884～1963）是相當耐人尋味的一位。他並非日內瓦學派的成員，但普萊卻將他列入意識批評家的行列，而且在多數討論意識批評的論著中，也都會納入巴什拉的論述。巴什拉的詩論一開始並非出自現象學的研究背景，但他透過自己的學思歷程，卻發展出與現象學批評不謀而合的論述。

加斯東・巴什拉出生在法國巴黎東部香檳地區，家境不好的他無

32　喬治布萊（Geoge Poulet）著、郭宏安譯：《批評意識》，頁249、250。

33　喬治布萊（Geoge Poulet）著、郭宏安譯：《批評意識》，頁251。

法受高等教育，十八歲就開始工作貼補家用，從十九歲開始一直到二十九歲的十年間，除了兩年兵役生涯外，他都一直在郵局工作，並且在工作之餘刻苦自習完成大學數學學士學位。原本希望能夠繼續進修成為工程師的他卻遇上第一次世界大戰，改變了他的人生方向。在戰事中，他的新婚妻子為他生下一名女兒不久便辭世，巴什拉從此不婚，獨身撫養獨生女長大。戰後回到故鄉的巴什拉開始在中學當理化數學老師，同時持續進修。在這之後，將近十年時間當中，他一方面教導孩子關於水、火、空氣等元素的基礎化學常識，另一方面在大學進修博士學位。終於在1927年取得博士學位。當他進入第戎大學任教時他已四十六歲，之後轉往索爾本大學工作。1954年已經七十歲的巴什拉退休，但仍然在索爾本大學進行研究工作。像是要彌補他早年的艱苦奮鬥一樣，巴什拉的晚年得到相當多的注目與榮耀，各種獎章與大眾的注目都聚集過來。但他仍持續長時間閱讀與寫作的習慣，一直到1962年他去世為止。[34]

　　雖然今日在臺灣巴什拉以法國重要的文學評論家身份見著，但是巴什拉的學思歷程不折不扣卻是從科學開始的。巴什拉最早是一個科學史研究者，其前期研究最重要的目標就是釐清人為何不能正確地進行科學思考，這種對「認識論障礙」的討論引導巴什拉提出了一種新的認識態度。在《科學精神的形成》中，巴什拉根據科學史上的各種假想與推測，分析人類前科學的精神狀態。在討論各式各樣諸如礦物有胎盤，水銀內部有別的顏色的奇妙問題後，他提出了理性思考當中也有感性的層面，理性與經驗或者與感性之間的界線實則不應是壁壘分明截然劃分。再加上撰寫過程中大量收集的關於火的神話、假說與

---

[34] 金森修著、武青艷、包國光譯：《巴什拉：科學與詩》（河北省：河北教育出版社，2002年），頁10～16。

文學例證之後，巴什拉大膽地跨向文學範疇，發表了《火與精神分析》，此時的巴什拉已經五十五歲了。

《火與精神分析》討論人在科學時代之前，對於火的各種遐想，並以各種文學例證說明。這個轉向對研究科學史哲學的巴什拉來說是相當大的跳躍，但是卻引起廣泛的迴響，讀者們都多半能從自己的生活經驗中，感受到巴什拉分析的深刻與睿智。從此巴什拉進行了包括地、水、火、風四元素的分析，完成了《火與精神分析》、《水與夢》、《大氣與幻想》、《大地與意志》等一系列作品。

跨行進行文學批評之後，巴什拉又回到自己原本的專長，發表了三本與科學史哲學相關的專業著作，並於七十歲退休。在他七十三歲這年，巴什拉發表了風格迥異的《空間詩學》，其序論中巴什拉明白提出他想要完成關於想像的現象學研究，這個轉變是在巴什拉過去著作中看不到的，研究者便將此稱為巴什拉「現象學轉向」。巴什拉接受現象學的歷程首先是他自己所說，受到現象學家尤金·閔可夫斯基《邁向宇宙論》的啟發。此外他的獨生女蘇珊娜，此時已經完成一本數理學科的現象學研究《理性的意識》，並且以翻譯胡塞爾著作而聞名。巴什拉於是吸收了現象學並進一步開展他的研究。《空間詩學》以直觀各種空間如家屋、茅屋、閣樓、地下室、抽屜等各種空間給人的感受，並加以分析。之後巴什拉最後一部重要的論著是《夢想詩學》，其中區分出夜夢與幻想的差別，並且討論幻想的本質與詩的關連性。整體來說，巴什拉最初為了進行科學史哲學的研究而考察人類意識如何認知事物，由於考察的是前科學的思維，他驚訝的發現這些思維充滿趣味與文學興味。其元素詩學則是明確描繪出人的意識意向地、水、火、風的過程。在現象學轉向後他考察想像，希望能會通胡塞爾所謂的我思。更可貴的是巴什拉對於科學史博學的閱讀以及優美充滿詩意的寫作令人著迷。這使他的論著獲得法國國家文學大獎，並

且被翻譯成各國語言流傳，普萊也曾深受其影響。

現象學所啟發的存在主義、詮釋學、讀者反應理論、日內瓦學派等思潮，比起純粹哲學的思辯，更加貼近台灣現代詩研究的現場，台灣五、六０年代現代主義詩當中，很多都接近存在主義所描述的心理狀態，詮釋學給予下文將談到翁文嫻對於古典詩法重新詮釋的論述基礎。而相對於其他日內瓦學派的學者，巴什拉在台灣現代詩研究當中較為人所知。早在1999年4月陳玉玲就在《文學台灣》第30期發表了〈空間的詩學：李魁賢新詩研究〉，當中透過巴什拉《空間詩學》、《火與精神分析》等觀點，分析李魁賢詩中的空間以及火、樹等意象。精彩深刻的論述使此文分別收錄在李魁賢《台灣意象集》、應鳳凰主編《但求不愧我心：閱讀李魁賢》當中。在2006年9月，陳義芝也以巴什拉《夢想詩學》為基礎，發表〈夢想導遊論夏宇〉在《當代詩學》第2期之上。

巴什拉應用在現代詩的研究上，香港大學黎活仁教授是重要的推廣者，他是陳玉玲在香港大學撰寫博士論文的指導教授，之後黎活仁的高足史言也於2010年07月《臺灣詩學學刊》第15期上發表〈「水」與「夢」的「禪語」：周夢蝶詩歌「水之動態」與「水之動力」的現象學研究〉，此文前半已將現象學批評的重點論述都已簡要提出。黎活仁教授本身也發表多篇相關論文，例如發表在2011年07月《臺灣詩學學刊》第17期上的文章〈上升與下降：白靈與狂歡化詩學〉，也是以巴什拉對大氣與飛翔的討論做為觀察白靈詩作的切入角度。

上述討論粗略地介紹現象學從哲學領域到美學領域，乃至於文學理論到實際批評的進程，但是這只是做為瞭解現象學批評的背景知識，更值得我們關心的是，現象學批評如何被臺灣的現代詩評論家接受，並且進一步開展出精彩的論述成果。

第三章　進行現象學批評的臺灣詩論家

　　鄭樹森在八〇年代所規劃的一系列比較文學叢書中，所編選而成的《現象學與文學批評》則是國內現象學批評的重要參考著作，選錄翻譯了海德格、英加登、杜夫海納、伊瑟爾的文章，並且搭配劉若愚、葉維廉、王建元與奚密四位比較文學學者的文章。其中鄭樹森所寫的〈前言〉，簡單說明了現象學理論以及對文學理論的影響，關於詮釋學、日內瓦學派、讀者反應理論都有簡單提及，文末則說明現象學對古典文學的研究上的啟發。此外同一系列叢書還有王建元《現象詮釋學與中西雄渾觀》，也是以現象學討論中國古典詩法。但是這些論述都集中在現象學與古典詩學的對比討論，並無觸及現象學與現代文學批評的問題。開始真正將現象學應用在現代詩批評的現代詩評論家有葉維廉、簡政珍與翁文嫻。

一　提出「純粹經驗」的葉維廉

　　葉維廉1937年生於廣東中山，師大英研所畢業後赴美深造，獲愛荷華大學美學碩士、普林斯頓大學比較文學博士。長期任教於加州大學聖地牙哥校區。葉維廉也以創世紀詩人的身份見著，與洛夫、瘂弦等人推動現代主義的創作技巧，在六、七〇年代引領現代詩風潮，

也因此在當時，葉維廉曾入選為十大詩人之一。雖然，葉維廉獲得學位開始大學教授生涯之後較少進行現代詩的評論，但是他仍然持續創作詩作並且與創世紀諸君保持聯繫。他早期所提倡純粹詩的概念也對六〇年代現代詩造成相當大的影響。

葉維廉提出「模子理論」用以建構東西方比較文學的體系，透過道家美學會通現象學，完成一系列以「純粹經驗」為討論核心的東西方詩歌論述。龔鵬程說：「在方法論上，葉維廉以現象學哲學為理論架構，由語法分析的角度出發，研究中國古典詩歌的語言美學，企圖從語言、語法的分析中，作中、西文化之匯通。」[1]早在六〇年代顏元叔開始與朱立民在台大籌辦比較文學碩士班，到1971年成立比較文學博士班，在過程中葉維廉都以客座教授的身份協助建立臺灣比較文學研究體系。到了八〇年代之後，葉維廉也應邀到大陸巡迴演講，並且協助建立北大比較文學研究所，葉維廉所提出的「模子理論」與「純粹經驗」都已成為今日海峽兩岸比較文學研究的重要論述之一。

葉維廉的詩學歷程最早是從為了向西方文學界介紹古典漢詩為起點，為了說明由於背景文化的不同所造成的誤讀將影響異文化詩作的評價，因此葉維廉首先反省文化差異與相互瞭解的可能性，因而提出模子說。其次，為了向西方人說明古典漢詩中所呈現的美感，於是他會通東方道家美學思想以及西方現象學的學說，提出純粹經驗的說法，並且進一步用來解釋現代詩、古典漢詩、小說等各種不同文類。而隨著關心的面向越來越廣，葉維廉也開始討論各種文化現象，並且討論面向觸及解構主義等後現代思潮。但是歸究其文學思想，最重要的還是重視人的意識如何面對解讀藝術作品之上，他的「純粹經驗」論述可以說是一種具有特殊要求的主體性詩學。

---

[1] 　龔鵬程：《美學在臺灣的發展》（嘉義縣：南華管理學院，1998年），頁216。

（一）模子理論與傳釋學

　　葉維廉最早在1974年〈東西文學中模子的應用〉中提出模子理論，後收入《飲之太和》中，之後題目改為〈東西比較文學中模子的應用〉，列為《比較詩學》之首篇，可見葉維廉欲以此篇做為論述基礎的用意。葉維廉曾說明提出模子理論的原因：「我對於『模子應用』的關心，是起自實用批評的。我見了太多的中國詩受到西方語言結構大大的歪曲，而這歪曲的起因是對中國美感觀物型態的缺乏瞭解。」[2]

　　葉維廉以魚與青蛙的寓言告訴我們，每個人都只能透過自己的「模子」來理解所經歷的事物，因此青蛙形容的人、車，在魚的理解中都成了穿衣服的魚、撐傘的魚、四個輪子的魚。人處於較大的文化的模子之下，要解讀不同文化的文學作品，就無法避免透過自己原有的模子才能解讀這些迥異的作品，當然難免會產生無法判斷的狀況，往往只因不能理解而貶抑了不同文化的作品。此處葉維廉必須面對一種質疑，結構主義者所提出人類思考中有共通結構，因此跨越文化的比較是可行的。葉維廉反駁這種說法，並且提出不經過模子而想直接比較的困難。他以海德格與日人手塚富雄的對談為例，說明語言是存有的屋宇，若是不在同一個屋宇下，那麼「一種從家到家的對話就幾乎是不可能的。」[3]。因此希望進行比較文學研究的前提必須是要能夠溝

---

[2]　葉維廉：〈前言〉《中國古典文學比較研究》（臺北市：黎明文化事業公司，1977年），頁3。

[3]　海德格 (Maritn Heidegger) 著、孫周興譯：《走向語言之途》（臺北市：時報出版，1993年），頁78。

通中西雙方的模子，葉維廉稱其為「同異全識」，也就是盡可能掌握所討論文學議題中，東西方模子的相同與相異之處。葉維廉說：「我們必須要從兩個『模子』同時進行，而且必須尋根探固，必須從其本身的文化立場去看，然後加以比較加以對比，始可得到兩者的面貌。」[4]而這種同異全識的努力除了是歷史的瞭解之外，還必須是美學的，也就是掌握各自的理論發展歷程之餘，還需要能夠瞭解彼此的美感發生方式。葉維廉的模子理論，類似於讀者反應理論當中「期待視野」的概念，但是期待視野仍然是在同一文化之下。可以說，葉維廉更早地提出的跨文化視域融合的問題。

　　從模子理論出發，實際執行作品的分析時則進入作品的闡發詮釋的階段，葉維廉將「詮釋學」翻譯為「傳釋學」，透過這個新的譯名呈現出中國文化傳統對於詮釋的想法。葉維廉說：「我們不用『詮釋』二字而用『傳釋』，是因為詮釋往往只是從讀者的角度出發去瞭解一篇作品，而未顧到作品傳意。讀者通過作品釋意（詮釋）這兩軸之間所存在的種種微妙的問題，如所謂『作者原意』、『標準詮釋』之難以確立，如讀者對象的虛虛實實，如意義由體制化到解體到重組到複音複旨的交錯離合生長等等。我們所要探討的，即是作者傳意、讀者釋意這既合且分、既分且合的整體活動，可以簡稱為『傳釋學』」[5]。相對於海德格、高達瑪的詮釋重視讀者如何理解，葉維廉更重視中國文學「以意逆志」的詮釋傳統，更希望能在作品中掌握作者之意。當然葉維廉也知道要小心落入重建作者心理的陷阱，此處的作者之意是存在於文本中的作者意識。「傳釋」比「詮釋」更深刻之處便在於「傳釋」更多了作者意識與讀者意識交會的傳達行動。當中可

4　葉維廉：《比較詩學》（臺北市：東大圖書公司，1983 年），頁 15。

5　葉維廉：《歷史、傳釋與美學》（臺北市：東大圖書公司，1988 年），頁 17。

能有許多變數需要考慮。年輕學子陳秋宏歸納葉維廉傳釋學的全體面貌：「他以『作者』、『作品』、『讀者』為主軸，兼顧『語言』、『意義』、『歷史』、『社會』、『文化』等因素的的思考，詳細闡發從『作者傳意』到『讀者釋意』的整體活動中，可能開放交錯、衍變著不同層次的意義生發的過程，開顯出不斷成長、對話、增生輻射的美學空間。」[6]討論模子理論與傳釋學，事實上都是為了更進一步討論中國詩作中的特殊美感，這種特殊美感葉維廉稱為「純粹經驗」。

（二）純粹經驗

龔鵬程說：「葉維廉援用現象學做為道家美學的匯通理論，並以之作為中國古典詩歌與英美現代詩的美感經驗之比較的基礎，由此建構傳統中國詩歌美學之特質。」[7]那麼，這種特質是什麼呢？葉維廉提出「純粹經驗」來解釋這種特質。

葉維廉說中國古典詩中往往沒有人稱代名詞，因此經驗就不是某個特定個人的情境：「儘管詩裡所描繪的是個人的經驗，它卻能具有一個『無我』的發言人，使個人的經驗成為具有普遍性的情境，這種不限指的特性，加上中文動詞沒有變化，正是要回到『純粹經驗』與『純粹情境』裡去。」[8]

「純粹經驗」是指人接觸世界萬物尚未有思慮智識作用之前，純

6　陳秋宏：《道家美學的後現代傳釋——葉維廉美學思想研究》（臺灣大學中文所碩士論文，2006年1月），頁163。

7　龔鵬程：《美學在臺灣的發展》，頁216。

8　葉維廉：〈中國現代詩的語言問題〉《秩序的生長》（臺北市：志文出版社，1975.11），頁167。葉維廉這裡所指的古典詩特質，陳秋宏歸納為「純粹經驗」。但是在王正良：《戰後臺灣現代詩論研究》中則稱之為「以物觀物」，筆者認為「純粹經驗」較能涵蓋葉維廉之說，因此採取陳秋宏的說法。

粹觀物的感受。葉維廉說：「孟詩和大部分的唐詩中的意象，在一種互立並存的空間關係之下，形成一種氣氛，一種環境一種只喚起某種感受但並不將之說明的境界，任讀者移入、出現，作一瞬間的停駐，然後溶入境中，並參與完成這強烈感受的一瞬之美感經驗。」[9]這種特色是不能用一般西方語言的觀念來看待，西方語言中強調時態、重視邏輯的語法特色，使其文學作品對於時、空與萬物都有概念化的情形，「這種概念化的行為使我們遠離了現象中物象和事件的具體的感染力，不能使我們直接接觸它們。」[10]因此葉維廉希望提出的是一種新的觀察世界的方法，也就是「以物觀物」，將自己當成大自然的一部份，而不加以人為的造作。

這種思想傾向，葉維廉進一步透過道家美學的觀點來加以詮釋。有別於西方將人視為世界的核心，道家思想把人視為天地的一部份，世界就是道的化身，那不是人能夠用智識能夠分析所得，反之唯有從自己的存在去感受道，從觀看萬物就可以感受道的原本存在，葉維廉稱之「目擊道存」。葉維廉說：「我們張目一看，我們看到萬物，或是萬物呈現在我們的眼前：透明、具體、真實、自然自足。它們自然而然，無需我們解釋，無需我們界立名義而能自生自化。」[11]因此要能真正見道，必須放下人的智慮思緒，回到最初看到天地的剎那。葉維廉說：「道家為要保持或印證未被解剖重組前的真秩序，特別重視『概念、語言、覺識發生前』的無言世界的歷險。在這個最初的接觸裡，萬物萬象質樣俱真地，自由興發自由湧現。」[12]這種思考方式接近於胡塞爾所說的懸置，將多餘的思想概念都存而不論。葉維廉說明這

---

[9] 葉維廉：《比較詩學》，頁40。

[10] 葉維廉：《比較詩學》，頁41。

[11] 葉維廉：《歷史、傳釋與美學》，頁118。

[12] 葉維廉：《比較詩學》，頁98。

種還原近乎禪宗傳燈錄當中的公案，見山是山，見山不是山，見山只是山的三個層次，說明第一階段是未有思慮作用的認識，第二階段是涉入概念無法直接看到事物的階段，最終經過還原回歸本來的物象。葉維廉說：「按照現象哲學家胡塞爾（Husserl）的說法，是我們看物（Noema）的種種方式。我們可以直觀一棵樹，想像一棵樹，夢想一棵樹，哲理化一棵樹，但樹之為樹本身（Noema）不變。以上看樹的種種公式是Noetic（知性、理性）的活動，屬於心智的行為，其成果或成品是心智的成品，而非自然的成品，如果詩人從第二個階段出發，所謂Noetic的活動去呈現山水，他會經常設法說明、澄清物我的關係及意義；如果我們從第三階段出發，所謂Noematic的覺認，『物原如此』的意義和關係玲瓏透明，無須說明，其呈現的方式會牽涉極少Noetic的活動。」[13]

　　此外葉維廉也不止一次說明自己闡發道家美學的原因是希望為解困。葉維廉說：「我對中國傳統文化有著深厚的感情的關係……我始終相信可以把它恢復起來，相信它可以替現代人解困。」[14]這與胡塞爾《歐洲科學的危機與超越論的現象學》中所提出的危機有異曲同工之妙，都是希望恢復人文關懷，拋棄科學主義至上的思維方式。

　　除了胡塞爾之外，海德格後期思想強調大自然對人的啟發，與道家思想更接近。海德格曾討論德語多將老子的「道」翻譯成理性、精神、理由、意義等，但是海德格認為應該保留道的中文原意，他指出可以用德語的「道路」（Weg）來翻譯老子的道。海德格說：「也許『道路』（Weg）即道（Tao）這個詞中隱藏著運思之道說的一切神秘的神秘，如果我們讓這一名詞回復到它的未被說出狀態之中而且能夠

---

[13]　葉維廉：《比較詩學》，頁140。

[14]　康士林：〈葉維廉訪問記〉收錄於《人文風景的鐫刻者──葉維廉作品評論集》（臺北市：文史哲出版社，1997年），頁513。

這樣做的話。也許方法在今天的統治地位的謎一樣的力量也還是、並且恰恰是來自這樣一個事實，即方法儘管有其效力，但其實只不過是一條巨大的暗河的分流是為一切開闢道路、為一切繪製軌道的那條道路的分流。一切皆道路（Alles ist Weg）。」[15]

葉維廉也常引用海德格說法來說明純粹經驗，葉維廉說：「海德格認為物我之間，物物之間是一種互照狀態，是一種相交相參，既合（諧和親切）仍分（獨立為物），主客可以易位。由於肯定了原真事物為我們感應的主位，反對以人知去駕馭天然，我們發現海德格幾乎和道家說著同一的語言，尤其是後期的海德格。」[16]當然強調同異全識的葉維廉不會簡單就認為現象學與道家美學就直接相同。葉維廉說：「道家用的幾乎是詩的語言，往往用詩的意象，用事件直攻我們的感官；海德格則要費很多語言去解困，譬如『何謂物』？便是厚厚的一卷，反覆把先人虛造的架構用哲學的邏輯慢慢拆除。這完全是因為，在柏拉圖和他之間橫亙著二十三世紀的詭奇縛繭的關係。」[17]道家思想認為道成世界，而人在道中，世界的存有是超越個人存在，但現象學的存有則是純粹個人，主客觀不分的世界是個人的意識世界。二者雖不能等同，但是透過二者的比較，更豐富了彼此的意涵。

道家美學與中西文學模子的討論是葉維廉文學理論的重點，而葉維廉的現代詩批評便是與這些觀點一起建立生成。

（三）純粹經驗的現代詩批評應用

有別於古典詩境中靜觀萬物的超越性格，葉維廉的現代詩創作與

---

[15] 海德格(Maritn Heidegger)著、孫周興譯：《走向語言之途》，頁168。

[16] 葉維廉：《比較詩學》，頁130。

[17] 葉維廉：《比較詩學》，頁130。

批評卻呈現了一種強烈的個人情緒，葉維廉自己稱為「鬱結」[18]。他的現代詩評論便是如此融合了個人的生命歷程以及道家美學而獨樹一格。

　　葉維廉說明自己的生命歷程，在1937年日本侵華的大戰中誕生，戰爭的陰影籠罩了所有童年。在國共內戰的歷史悲劇中全家遷徙到英國殖民地的香港，經歷階級差別與種族歧視的成長過程也深深在葉維廉記憶中刻下痕跡。此時的葉維廉開始了新詩的創作。從十六歲寫第一首詩發表在香港星島日報學生園地，就與現代詩產生難分難捨的關係，早期葉維廉創作深受馮至、何其芳、王辛笛、穆旦、梁文星等人影響，葉維廉說：「我『賦格』以來的詩，很多是設法在辛笛的『氣氛』，卞之琳的『呼應』、『場景變換』、『現在發生性』、馮至的『事件律動的捕捉』和艾青的『戲劇場景的推進』之間求取一種融匯。還有戴望舒的『情緒的節奏』和卞之琳、梁文星把文言的凝鍊融入鬆散的白話，都是我當時努力的方向。」[19]，這些閱讀經驗日後更成為葉維廉在台大外文系作學士論文的題材。

　　在台大期間，葉維廉仍然熱切與香港同好創辦文藝雜誌，並且發表作品，他所發表的〈賦格〉被當時正在編《六十年代詩選》的瘂弦、洛夫、張默看上，並且積極聯絡結識，終於成為《創世紀詩社》的一員，葉維廉早期所發表文章〈論現階段中國現代詩〉、〈詩的再認〉多半討論現代主義與詩的關連性。葉維廉對中國古典詩境純粹經驗的完成，並落實在現代詩的評論上，大約是在葉維廉1960年臺灣師範大學念英語研究時，為了撰寫其碩士論文《艾略特詩的方法論》當中的一章〈靜止的中國花瓶〉時，開始有了基礎概念，之後在《比

18　梁新怡、覃權、小克：〈與葉維廉談現代詩現代詩的傳統和語言〉收錄於周志煌、
　　廖棟樑《人文風景的鐫刻者》，頁492。

19　葉維廉：《飲之太和》（臺北市：時報文化出版公司，1980年），頁372。

較詩學》中完全展開。

　　雖然在學術論述上葉維廉偏重討論西方現代詩與中國古典詩的比較，但是他對現代詩也有獨到的看法。葉維廉分析古典詩中沒有人稱代名詞、沒有時態以及沒有連接詞產生了對景物靜觀的效果，但這些特色在現代詩當中都不見了，那麼葉維廉建立古典詩之上的立論要如何落實在現代詩上？

　　葉維廉在〈中國現代詩的語言問題〉中提出古典詩的囿限：「這種詩抓住現象在一瞬間的顯現（epiphany），而其對現象的觀察，由於是用了鳥瞰式的類似水銀燈投射的方式，其結果往往是一種靜態的均衡。因此，它不易將川流不息底現實裡動態組織中的無盡的單位納入視象裏。這種超然物外的觀察也不容許哈姆雷特式或馬克白式的狂熱的內心爭辯的出現。」[20]古典詩所無法表現的動態與詩人內心的強烈情緒正是現代詩人需要表現之處。為了達成兼顧古典詩美感與現代詩特色，葉維廉要求在意象部分要做到「自身具足」。指的是意象表現特別突出，不需要其他詩句的陪襯。意象的抉擇與創造在詩學中最是困難，因為這是技巧論述難以觸及層面，葉維廉解釋說自身具足的意象來自於「詩人用以觀察世界的出神的意識狀態。在這種出神狀態中，時間和空間的限制不再存在，詩人因此便能將這一刻自作品其他部分及這一刻之前或之後的直線發展的關係抽離出來，使到這一刻在視象上的明澈性具有舊詩的水銀燈效果。」[21]當完成了一個自身具足的意象創造，在讀到這一句的瞬間，便產生古典詩中明澈的洞見。但是有別於古典詩，現代詩仍須有敘述性的部分，葉維廉要求敘述時需要將作者的主觀盡量減少，讓自身具足的意象彼此連貫。葉維廉說：

20　葉維廉：《秩序的生長》（臺北市：志文出版社，1975年），頁176。
21　葉維廉：《秩序的生長》，頁178。

「雖然詩人採用的是一種敘述的程序，但我們並沒有受到干擾。因為詩人的敘述是一種『假敘述』（pseudo-discursiveness）主要是用來滿足讀者思維的習慣。」[22]之所以稱為假敘述，是因為意象場景之間並沒有邏輯的連貫，彼此沒有關連性，但是敘述方式又將一個個自身具足的意象連貫起來，在敘述的連接以及意象的聯想切斷當中，葉維廉認為這種矛盾最足以表達當代生活緊張繁忙的動態，同時又具有中國古典詩中表達純粹經驗的美感。葉維廉舉例包括瘂弦、洛夫、管管、葉珊、鄭愁予、商禽等人的詩作，可以滿足上述的分析。葉維廉的詩作也實踐此一論述，葉維廉早期詩作如《賦格》、《愁渡》喜好呈現意象場景的連接，字面上雖然不相關，但實質上則有內在理路的關連。為此，蕭蕭寫了〈論葉維廉的秩序〉、〈空間層疊在葉維廉詩中的意義〉，顏元叔也寫了〈葉維廉的「定向疊景」〉都是討論這個特色。在六〇年代，葉維廉的創作、論述與創世紀詩人群的活動互相應和，陶鑄了一時的現代詩風潮，當然此結果的成敗互見，李豐楙曾經以〈中國純粹性詩學與現代詩學、詩作的關係——以七〇年代葉維廉、洛夫、瘂弦為主的考察〉檢討葉維廉的論述及影響。

所謂意象自身具足的判斷標準其實仍取決於閱讀者的判斷，葉維廉所強調的詩美學強調靜觀，強調避免人的意指，要求在瞬間感悟中發覺世界的原初面貌，這些與現象學的討論皆有契合之處，但後期的葉維廉對現代詩的關注開始轉移到兩岸三地的整體文化對於詩的影響，他近期發表〈文化錯位：中國現代詩的美學議程〉、〈臺灣五十年代末到七十年代初兩種文化錯位的現代詩〉、〈危機文學的理路——大陸朦朧詩的生變〉，都聚焦在現實世界中的文化錯位發展對

---

[22] 葉維廉：《秩序的生長》，頁183。

詩的影響。[23] 在葉維廉之後，致力於臺灣現代詩現象學批評，並且完成豐富論著的評論家，則是簡政珍。

二 沈默凝視存有的簡政珍

在美國奧斯汀德州大學英美所獲得比較文學博士的簡政珍。從學成回國以來，不管是研究、編輯、創作都交出豐富厚實的成績單。他曾加入創世紀詩社，擔任《創世紀詩刊》主編一段時間。著有詩集《季節過後》、《紙上風雲》、《爆竹翻臉》、《歷史的騷味》、《浮生紀事》、《意象風景》、《失樂園》、《放逐與口水的年代》；詩評論集《語言與文學空間》、《詩的瞬間狂喜》、《詩心與詩學》、《放逐詩學》、《臺灣現代詩美學》。[24] 另有散文集《我們有如燭火》，主編《當代臺灣文學評論大系文學理論卷》，《新世紀詩人精選集》，和林燿德共同主編《新世代詩人大系》，和瘂弦共同主編《創世紀四十周年紀念評論卷》。簡政珍曾任中興大學外文系教授、系主任，亞洲大學人文社會學院院長。現任亞洲大學外文系講座教授。研究簡政珍詩作的論文數量極多，再再都證明簡政珍的重要性。

有別於葉維廉大範圍地探討中西美學理論匯通的問題，簡政珍專注在詩的研究上，多年論詩寫詩，其《語言與文學空間》、《詩心與詩學》、《放逐詩學》、《臺灣現代詩美學》是現象學批評的代表性著作。加上簡政珍自己現代詩的創作經驗，簡政珍可說是臺灣現代詩現象學批評最重要的代表論者。簡政珍主要從海德格對詩與存有的討論

---

[23] 葉維廉：《中國詩學》（北京市：人民文學出版社，2006年），頁259～372。

[24] 1991年時報文化所出版的《詩的瞬間狂喜》，於1999年增補簡政珍在1991年後發表的詩論七篇，改編成《詩心與詩學》，由書林出版社出版。以下引文皆以《詩心與詩學》為準。

中獲得啟發，但是在重新詮釋海德格對於存有的討論中，簡政珍建構了自己獨特的現象學批評。

（一）存在與道說

簡政珍的詩學是從人的存在狀態開始談起，這讓人想到海德格的學說，但是簡政珍只是從海德格處取得基本的概念，然後透過自己的論述重新演譯。從《詩的瞬間狂喜》就可以知道時間是簡政珍詩學的重要成分，創作與閱讀的根本一剎那就是二者間稍縱即逝的意識交流。這種創作與閱讀的瞬間狂喜，則源於死亡的逼視。簡政珍說：「創作之所以顯現，是因為存有（being）感受即臨的死亡。死不一定威脅肉體，它只是將存有投擲於陰影下，讓其面對無以抗拒的黑暗，感受生命的閃爍與飄忽。當一個作者，尤其是詩人，感覺生命裸露坦裎，暴身於死將帶來的催折，作品將記下心靈中的轉移，將時間性的生命轉化成佔有空間的文字。」[25]

簡政珍所謂死亡並非指真實生命的結束，而是接近海德格《時間與存有》當中的「畏」。簡政珍說：「詩人的存有早命定和外在世界或『他』及未來的死亡糾葛辯證，因此也正如海德格所說，生命一定布滿焦慮、恐懼、痛苦。」[26]是人（此有）恐懼自身存有的消失的抵抗。由於時間不斷流逝，在世上的一切都難逃時間的催折，化為烏有，唯有透過書寫而能抵抗時間，突顯出自己的存在。簡政珍說：「詩人寫詩猶如頸項感受刀刃的冰寒時，還用嘴巴尚有的餘溫吐出此時此刻的存有。寫詩正如即將墮入黑暗前，面對最後一絲光線的微笑。詩是存有在虛實間擺盪，它發出類似時鐘的滴答，一方面告訴世

25　簡政珍：《語言與文學空間》（臺北市：漢光文化，1989年），頁172。

26　簡政珍：《詩心與詩學》（臺北市：書林出版社，1999年），頁168。

人時間無影的魔影，一方面以即將咽啞的聲音，標示存有一秒秒的消失。寫詩因此使存有瀕臨滅絕時突顯，詩人的存有在危機感中確立」[27]

　　簡政珍所謂唯有詩的創造抵抗死亡與消逝，與海德格晚期思想是一脈相承。海德格說：「由於語言首度命名存有者，這種命名才把存有者帶向詞語而顯現出來。這一命名（Nennen）指派（ernennen）存有者，使之源於其存有而達到於其存有。這樣一種道說（Sagen）乃澄明之籌畫，它宣告存有者作為什麼東西進入敞開領域。籌畫是一種投射的觸發，作為這種投射（Wurf），無蔽把自己遣發到存有者本身之中。而籌畫者的宣告（Aasagen）即刻成為對一切陰沈的紛亂的拒絕（Absage）；在這種紛亂中存有者蔽而不顯，逃之夭夭了。籌畫者的道說就是詩：世界和大地的道說（Die Sage），世界和大地之爭執的領地的道說，因而也是諸神的所有遠遠近近的場所的道說。詩乃存有者之無蔽的道說。」[28]也就是說，萬物雖存在，但他們無法意識到自己的存在，唯有人可以意識自己存在。因此也唯有人意識自己的存在，反省自己的存在之時，人才真正地存在。在這種清明的意識之中，語言將萬物命名，使人能夠指認萬物，進而思考甚至創造。此時人所見的世界不再是雜亂無名的物品堆疊，而是對人敞開自身的存在。語言源自最初的語言與物體的連結，這種連結是詩的特徵而非敘事的特徵。也因此詩才是最接近語言的語言，海德格才會說：「詩乃存有者之無蔽的道說」。這種思考方向，在簡政珍的詩學體系中，以更具體的「意象思維」[29]的方式來說明。

27　簡政珍：《詩心與詩學》，頁92。

28　海德格著，孫周興譯：《林中路》（臺北市：時報文化出版公司，1994年），頁52。

29　「意象思維」是簡政珍所提出的術語，意指透過詩之意象，揭示人的存有。討論簡政珍詩學的研究者多以此做為簡政珍詩學重要概念。可參見胡衍南：〈以意象思維

詩源自語言，但是與一般日常敘述性的日常語言不同，敘述語言將人綑綁在日常生活中，讓人忘了自己的存在，與物沈淪。海德格也指出閒聊正是人逃避正視存在的方式之一。也因此詩有超越日常語言的獨特之處，就在於意象思維。簡政珍說：「形象經由意識轉化為意象。詩是詩人意識對於客體世界的投射。意象是詩人透過語言對客體的詮釋，是詩人的思維。……意象既是思維的轉形，它已是詩人觀察、聯想、哲思的濃縮。它的靜謐滲透著讀者的心靈，以精簡取代口語的冗長。」[30] 語言給予詩人萬物之名，但是唯有詩人能在世界中通過意象思維，找出萬物之間新的關連，給予自己與讀者靈光一現的剎那感受。簡政珍對於「意象思維」還有兩個不同面向的討論，分別是沈默與現實，這正是簡政珍在海德格詩與存有的討論之外，提出自己新的創見。

（二）沈默與現實

意象思維創造詩意，讓人洞見存有。意象本身就具有沈默的特質。簡政珍說：「意象以空間的型態，在意識默默浮現。意象的本質是沈默的。它無聲道出語言，這就是意象的姿態。」[31] 那麼什麼是沈默呢？詩句以聲音或文字的方式呈現而能被人所察覺，而在發聲出現之前或看完文字之後，存在的是沈默。簡政珍解釋：「沈默不受制於時空，語言佔有的是有限的時空，語言中的沈默使其有限趨近無限。語言的痕跡在空間所占的位置和浩瀚沈默的宇宙相比微不足道。」[32] 具

　　體現生命的厚度：專訪詩人簡政珍教授〉《文訊》216期（2003年10月）；王正良：《戰後台灣現代詩論研究》（臺中市：國立中興大學中文所博士論文，2006年）等。

30　簡政珍：《詩心與詩學》，頁100、101。

31　簡政珍：《詩心與詩學》，頁106。

32　簡政珍：《語言與文學空間》（臺北市：漢光文化，1989.2），頁172。

體的說，簡政珍所謂的沈默是指文學作品中非文字的其他部分。簡政
珍分析中西詩作中非文字部分的藝術效果之後，指出：「以上作品內
的標點，跨行，留白，隱喻，置喻都能產生空隙。其他類似如角色的
眼神手勢，舞臺的佈景動作，布郎寧戲劇性獨白，以及任何想像活動
所遭受的阻礙，都留有空隙。空隙是沈默的，他不是我們聽到的聲
音，但卻不斷向我們發出訊息。只要作品中有沈默，作品就不會被詮
釋盡。」[33] 這裡的沈默是指詩作中文字敘述之外，需要讀者自行補足之
處，也就是英加登與伊瑟爾所說的空白、不定點。但是沈默的另一層
含意是相對於詩或語言之外的存在，也就是詩人在世界之中生活，一
切尚未被語言所表達表現出來的部分，這可能是外在於詩人的現實社
會，也可能是詩人意識之中尚未被語言化的情緒意念。由於尚未被語
言化，無法為人所知，因此是沈默，但這種沈默卻是產生詩的前提。
由此我們可以看到簡政珍詩學中最具原創性的部分，就是對於詩來自
於社會的討論。

　　海德格的詩學崇尚自然之美，海德格所謂的沈默是重視大自然對
於人的啟發，但是簡政珍則從沈默中提出原創的看法，詩來自於沈
默，而沈默不語的除了大自然外，冷酷的現實同樣也對於人的存在加
以沈默漠視。現實社會並非無聲，反之充滿了各種資訊，各種吵雜
的發言卻絲毫無法為人的存在發聲，所以社會也是沈默的。因此簡
政珍說：「現實不是詩，但它是詩的素材。詩作永遠離不開現實，即
使詩人隱藏於表像的禪意和與世隔絕的自我。詩作是和現實辯證的
結果。」[34] 有別於海德格對於自然的偏好，簡政珍是十分重視現實與社
會的詩人，在簡政珍的詩論中對於現實社會的討論篇章相當多，而

33　簡政珍：《語言與文學空間》，頁54。
34　簡政珍：《詩心與詩學》，頁38。

簡政珍自己的詩作絕大多數都是關注現實、社會與歷史。只是簡政珍所反映或批判的現實並非傾向特定政治傾向或者特殊事件的描述，而是將社會現實在詩人意識中打散重組過後的詩意現實，因為簡政珍很清楚：「歷史的事件一再重複，詩所處理的現實，只有進入哲思的層次，才能在不同的時空迴響。把詩作一種特定事件的訴求或吶喊無異將詩貶抑成陳情書。只有透過意象沈默的語言，詩才能引起震撼和冥想。」[35]

簡政珍的詩論著眼於詩與存在的關連性，因此其實際批評較少專注於個別詩人的討論，而多關懷詩人主體存在的狀況，此特色可在《放逐詩學》與《現代詩美學發展史》當中得見。

（三）《放逐詩學》與《臺灣現代詩美學》

《放逐詩學——臺灣放逐文學初探》是簡政珍1982年獲得奧斯汀德州大學英美所比較文學博士的英文論文，原題為〈放逐詩學：中國現代文學中的放逐母題〉，這本論文獲得奧斯汀德州大學博士論文獎。雖名為放逐母題的考察，但是簡政珍的研究方法是現象學，尤其是海德格對存有的討論來立說，他先將語言分成為了溝通目的而作工具性語言，以及表達人的生命存有的生命性語言。放逐文學正是生命性語言的表達，簡政珍說：「放逐的處境是揮之不去的夢魘，個人淹沒於時代的喧囂，能抗持周遭聲浪的是語言潛在的沈默。『語言是存有的屋宇』。作者只有經由書寫才能在流放的時空中看到自我。」[36]在這本論文裡已經可以看到簡政珍具體而微的現象學批評詩學體系。

35　簡政珍：《語言與文學空間》，頁184。

36　簡政珍：《放逐詩學——臺灣放逐文學初探》（臺北市：聯合文學出版社，2003年），頁17。

　　《放逐詩學》一共考察了余光中、葉維廉、白先勇、張系國、陳若曦這五位離鄉或留學的作家。簡政珍一一細膩分析每位作家的意識經歷了現實世界的離鄉以及精神世界的異國流放。在余光中的詩中透過戲劇性的瞬間感悟明白指陳自己的放逐。葉維廉則是透過不斷變換的空間意象，企圖透過景物的呈現掩飾迷途的意識，顏元叔指稱葉維廉的詩善於空間層疊，背後深層的含意其實象徵了意識的不斷行旅。白先勇以高超的敘述技巧刻畫角色除了被空間放逐之外，也被時間所放逐，流落異鄉的人們緬懷的其實是回不去的過往。張系國小說中的主角不管身在美國、臺灣或外太空，總是無法停止對自身存在處境的探詢，簡政珍稱其為海德格《存有與時間》的哲學論證最佳的文學註腳。最終，唯一的臺灣人陳若曦，在文化大革命期間，身在美國卻狂熱地選擇回到文化的母國，「回歸」竟弔詭地成為再一次的「放逐」。海德格曾說人要如何詩意地棲居：「築造的本質在於：它應合於這種物的特性。這種物乃是位置，它們提供出諸空間。因此由於築造建立著位置，它便是對諸空間的一種創設和接合。……說到底，真正的建築物給棲居以烙印，使之進入其本質之中，並且為這種本質提供住所。」[37]也就是說，人想在世間安心地棲居，就需要找到自己的位置，一個被所從屬的意義所包圍的地方，關鍵不在於空間是否舒適，生活條件是否優渥，而是在於自己能否從中找到自己立基於此、存在於此的意義。余光中、葉維廉、白先勇、張系國、陳若曦五位作家所追尋的地方，其實是一個讓自己能覺得充滿意義的歸屬之地。

　　簡政珍在《放逐詩學》中的分析，目標在於深層探究身為「人」在放逐的情境中所生的心情想法。在此我們看的不是文學文本的解

37　馬丁・海德格爾著、孫周興編譯：《依於本源而居──海德格爾藝術現象學文選》（杭州市：中國美術學院出版社，2010 年），頁 70、71。

剖，而是作家心靈的探詢，當他們放逐的心境不僅於自身的感懷，而能成為感動多數人的故事，能超越六〇到八〇年代的時空框架，成為後世都能閱讀感受的存在。他們其實已回到了語言的居所，簡政珍說：「假如作家在現實裡無以面對放逐嚇人的身姿，作家的筆以書寫使放逐者變成反放逐。作家以書寫銘記存有。」[38]

　　如果說《放逐詩學》為簡政珍詩學的起點，那麼《臺灣現代詩美學》則無疑是簡政珍詩學體系的高峰。翁文嫻便說：「2004年出版的《臺灣現代詩美學》，光看書目就令人幾乎不敢再寫評論。牽涉的外國文藝理論超過150種，中文評論及詩集約一千部。讀此書，除了要消化許多平日見都未見過的詩被他引論，還需一一理解這百多名西方當代有頭有臉的文評家，通常是，簡氏引述他們並列出臺灣論者在同一議題上的缺失，讀者頭腦還要用力明辨，看看簡政珍褒貶得有沒有道理。」[39]讀者想要消化此書尚且需如此投注心力，作者寫作時之煞費苦心更不在話下。

　　《臺灣現代詩美學》雖不以此為名，但實質上已力圖建構臺灣現代詩的美學史，從五、六〇年代為起點一直到該書出版的前一年，2003年的詩集都包含在簡政珍的討論範圍中。書中將討論的區塊分成三大部分。首先第一部「美學與歷史的辯證」討論五〇到八〇年代詩美學的發展，第二部份「後現代風景」討論八〇年代以降臺灣後現代詩的美學表現，第三部「美學的歷史刻痕」則討論詩的技巧以及臺灣長詩發展歷程。第一二部份已囊括臺灣現代詩美學發展的全貌。而第三部分別就技巧與詩的次文類討論，其實仍是對臺灣現代詩美學史的補充說明。在這樣的結構中，簡政珍打消了過去關於以詩社為重心

38　簡政珍：《放逐詩學──臺灣放逐文學初探》，頁219。

39　翁文嫻：〈西方美學與臺灣詩壇之連結──簡政珍詩學評析〉《臺灣詩學學刊》第16期（2010年12月），頁227。

的慣例，也取消以各種西方文學理論為標籤的分類方式，甚至於取材上也不拘泥於詩壇慣見已成典律的詩人群，大膽以許多過去未曾有人討論的詩人詩作為例，在在顯示此書只以詩文本的美學表現為評論標準的寫作企圖。

在這種突破性的架構下，五、六〇年代與七、八〇年代不再被視為西化與本土，現代主義與寫實主義衝突的兩極光譜，而是詩人關心的重點由物象轉向現實的過程，早期詩人寫純粹物象的觀照不見得不關心現實，而七、八〇年代詩人筆下的現實仍是經由想像創造重組的詩性現實。在後現代風景的部分簡政珍除了分析後現代理論之外，他更重視的是能否真實地從文本分析出發，確實掌握詩作的真意，才來討論是否適合透過後現代來分析。而真正呈現出後現代風貌的詩作，則透過結構與空隙、意象與「意義」的流動性、詩的嬉戲空間、不對稱的美學來詳細討論。

雖然乍見之下，會以為《臺灣現代詩美學》是一本討論現代詩美學發展的文學史著作。但是細究之下，簡政珍詩學中以詩扣問存有的基本原則仍然不變。簡政珍勇於擺落各種主義與詩社的傳統討論。只以詩的美感表現來論詩的發展。事實上也唯有透過這樣的前提，本書才得以成立。過去被區分不同陣地、不同主義的詩作可以透過另一種論述基礎而得以消去隔閡。也就是說上述數量如此龐大，各自信奉自己美學的詩人的詩作，其實都是做為人扣問自身存在，表達自身存在，以詩表現自己與世界關係的一種發言，那麼就可以在現象學的方法論下，考察其表現方式的流變，詩人們在各自的時空背景、詩學潮流下創造出各式不同的意識樣貌，最終又收攝於簡政珍的閱讀感受的檢驗考察之下。

相對於研究簡政珍詩作的討論，認真討論簡政珍詩學的論文還是很罕見。在目前的論文中，章亞昕的觀察準確地說明瞭簡政珍詩學

的全貌：「簡政珍以現象學的眼光來建構詩學，其詩歌觀念在於通過『生之真言』，來創造生命的本真境界，從而走向立足於真實的審美理想；詩人認為詩作的白紙黑字，即是沈默之海中凸現的語言之島，而沈默是言外之意，是社會人生的本質真實，詩人必須清洗假像，用語言來還原現實的本質。」[40] 不管在理論建構或者實際實踐上，簡政珍都已為臺灣現代詩的現象學批評交出豐厚的成績單，本文此處的簡短篇幅尚不足以說清楚簡政珍詩學體系，關於簡政珍詩學的進一步研究，相信仍然有相當大的討論空間，值得後來的論者繼續討論。

三　詮釋詩學傳統的翁文嫻

相對於簡政珍透過海德格存有立論，翁文嫻無疑開展出臺灣現代詩現象學批評的另一條道路。

翁文嫻出生於香港，從小就在融合中國傳統與西方科技的環境中成長。大學時來到臺灣師大國文系就讀，並開始了詩與散文的創作旅程。她回憶結識周夢蝶的詩與人，使她體悟現代詩中可以有古典風貌，古典素材也能被賦予現代感。

從臺灣師大畢業後回香港，進入新儒家研究的重鎮，新亞研究所攻讀碩士。並且得以親炙兩位新儒家大師徐復觀與牟宗三之學風。新儒家原本就尋求西方哲學與中國儒家思想的當代會通，尤其牟宗三對康德的深刻體悟，都轉化進入其學術體系。新儒家的哲人如牟宗三、唐君毅、徐復觀等人對於中文涵養皆高，因此往往能做到使文字除了富含哲思之餘，還能具有感人力量。這些都為翁文嫻日後的詩學研究

40　章亞昕：〈人文的詩心與貫通的詩學——論簡政珍的詩與詩論〉《明道文藝》298 期（2001 年 1 月），頁 105。

奠定了方向。

完成碩士學位的翁文嫻前往法國巴黎第七大學繼續攻讀東方語文系博士學位。在法國巴黎八年的留學時間，西方思想與語言的訓練深刻影響了翁文嫻，但是她也更體會到，人文研究必須回歸到自己文化的根源當中挖掘探詢，才能找出源頭活路，不至於迷失在競逐時尚的岐途上。從法國完成學業後，翁文嫻定居於臺灣，歷任文化大學副教授、屏東科大通識中心副教授，現任國立成功大學中文系副教授，並為《當代詩學》、《現在詩》詩刊編輯委員。

在法國留學期間，翁文嫻深為日內瓦學派第二代成員莊皮亞‧李察（Jean-Pierre Richard）的評論所感動。翁文嫻說：「直到此刻，其實已看過無數次，但莊皮亞‧李察對一個詩人瞭解的深微細緻之程度，仍令我無限激動。一個人對另一遙遠文化如此難以忘懷，我最後想，此乃源於這『人』本質上的一項需要，而其所處當前文化背景裡，又是闕如和無法滿足他的。」[41] 為此，翁文嫻希望能夠建立起一套詩學體系，讓臺灣現代詩評論也能提出同樣感動人心的深刻評論。

翁文嫻的詩學是以詮釋學做為融通中國古典傳統以及西方現代思潮的理論架構，藉此將兩種不同文化結合做為思考的依據。而落實在實際批評上，則拈出詩六義中的「賦比興」，給予當代詮釋，使其成為翁文嫻詩論當中獨特而深刻的研究方式。以下分別說明：

（一）會通東西文化的詮釋學架構

翁文嫻特別著迷於討論中國古典傳統的當代詮釋，這與她的生命歷程有關。香港原本就是中國與英國兩種文化交錯混雜的環境。來到臺灣留學，又就讀以中國傳統學術如經學、詩詞見長的國立臺灣師範

---

[41] 翁文嫻：《創作的契機》（臺北市：唐山出版社，1998年），頁23。

大學。在新亞研究所期間，領受徐復觀、牟宗三的教導，體會中國文
化的深邃美好。此外，許多前往外國留學的學人往往會反過來對自己
擁有的文化產生更深刻的感情，詩人當中如余光中、張錯等人，都是
身處異地之後才深刻感受到中國文化的優美。她在法國以法文完成李
白詩的研究，最後又回到臺灣。因此如何透過西方嚴密哲學思維來
釐清東方瀟灑但不易掌握的情調，便成為翁文嫻論述的起點。翁文
嫻說：「要疏通臺灣當代的文字，有兩個源頭是必要的：一是古典中
國，另一是西方的當代。在古典裡我欲探取流續至今顛撲不破的思維
模式；在西方我想借取他們語言的分辨層次，一張肌理豐富的網，來
固定來說明我們飄盪不定，大而化之的情懷。」[42]

　　如何將中國傳統的評論帶入現代語境，並且重新賦予其當代意
義，翁文嫻透過詮釋學的討論來說明這種結合的可能性。在〈接近那
創作的契機〉一文中，翁文嫻點出中國學問所區分的考據、義理、詞
章，事實上就包含著由字詞的把握，進而推演文本當中的涵義，最終
到達代表文學創作的詞章。翁文嫻說：「一種源於閱讀而來的創作靈
感，延伸了這文本的骨幹，由於文本的開放性感動，遂引出另外一個
創作主體──文化因此得以生生不息」[43]，但是處於現代社會，中國傳
統要如何與當代銜接？翁文嫻透過詮釋學的討論來說明：「海德格的
詮釋學，著重作品中向未來開放的內涵。更進一步說，他直認為：人
的一生都是處於『詮釋學的關係中』，我們的每一刻之思維、意念，
不外是對過去（曾經）的扣問，賦予新的意義，並將這意義帶向未
來。但可能更多更大的記憶，因為永不曾被扣問（被詮釋），它們便
永遠像不曾出現過般消逝了，凡是能向未來啟示的，值得我們一再回

42　翁文嫻：《創作的契機》，序頁8。
43　翁文嫻：《創作的契機》，頁101。

憶的，它才有了真實的『曾經』存在。」[44]對於當代中文研究者而言，過去古典的傳統的意義是值得深思的，過去的時代與生活已不可能復歸，如果一昧守舊堅持傳統的界線，只會使古典死亡，更重要的是要賦予古典新的、創造性的詮釋，使其在開創出未來，才得以在當下存在。因此翁文嫻特別舉出傅偉勳在《從創造的詮釋學到大乘佛學》一書中所提出的詮釋的五個層次，「實謂」的原典考據稽實，「意謂」的語意分析瞭解原意，「蘊謂」是回到文本所在的時空背景中，瞭解在各朝代的詮釋，「當謂」是加上詮釋者自己的價值判斷，或是給予當代的解讀。最後「必謂」的層次則是能夠解消原有思想的內在難題，並且能接續其精神，完成其未盡之思想課題，使詮釋開發出新的創造。[45]

　　翁文嫻對於詮釋學的討論可視為理論的基礎建設，透過詮釋學的討論使得西方現象學理論與中國古典詩法的融通，取得可行的理論基礎。落實在現代詩實際批評上，翁文嫻透過賦比興的重新詮釋，做為現代詩的研究方法論。翁文嫻說：「筆者嘗試將賦比興三個基型，作為現代詩語言的三種想像模式——賦是『敘事』、比是『變形』、興是『對應』。三種型態，在《詩經》時代以至在現代詩語言中，均各有其呈現，或潛在的美學法則，冀能一一耙梳，令二者在三千年往返中映照滋潤，而現代詩亦藉此『賦比興』架構曲盡其語言的變化。」[46]賦比興三者中，又以「興」具有特殊的理論位置。

44　翁文嫻：《創作的契機》，頁105。
45　傅偉勳：《從創造的詮釋學到大乘佛學》（臺北市：東大圖書公司，1990年），頁1～46。
46　翁文嫻：〈論臺灣新一代詩人的變形模式〉《中山人文學報》13期（2001年10月），頁85。

（二）興：對應詩學

　　「興」在翁文嫻的詩學架構中是最早提出的概念，可以用來說明翁文嫻所認為現代詩評論的目的。翁文嫻談莊皮亞‧李察的評論所帶給他的震撼時在於：「他們從語言探討起但並不止於語言，而是將語言做為一橋樑，直探作者整個心靈世界，探討作者萌生創作意念的那一契機──主體與客體世界相交匯而生的那點意識。」[47]在主體與客體相觸所生的一點創作意識，正好合於詩經學當中對於「興」的討論。通過文字學以及詩經學等相關學者體系龐大的歸納統整之後，翁文嫻提出自己對「興」所下的定義：

> 當詩人內心性靈修養至通明的狀態，他與外物的界限，變得軟嫩溫潤，如小孩初生觸物的眼睛，一切的外界，是新鮮無比、活潑無比，他碰著任何的事物，都忍不住要說出來，要描繪它要記住它，因為外界任何物象，可驟然間成為他心念萌生的線條，「物」與「他」之間，可以忽然湊泊結合，但又未至於情景交融般二者變為一。[48]

　　在這裡興的第一層涵義是主體與世界接觸時，彷彿初生嬰兒的喜悅，這種觸動是創作的動機。在詩人感動論者的詩作中，找出感動了詩人也感動了評論者的那點初心，可說是現象學批評的重要起點，不管在簡政珍跟翁文嫻的討論中都可以看到。這也見於普萊對巴什拉的評論中，普萊說巴什拉的詩論中善於挖掘出一種驚奇意識，像兒童在荒野中的冒險，最普通的事物都新鮮。普萊：「例如發現一個鳥巢，

---

[47]　翁文嫻：《創作的契機》，頁24。

[48]　翁文嫻：《創作的契機》，頁81。

這乃是發現我們自己，我們感到驚奇、震顫，而面對這一隱秘的東西我們充滿一種偉大的欽佩感，其理由不得而知，但這打動了我們個人。」[49]這正與翁文嫻的論述相呼應。有了這第一層的感動之後，就要落實在文字的討論上，翁文嫻接著說：

> 「興」的模式無疑是更自由地，它顯示了這「物」與「心」之間，二者的彼此吸引、追逐、可以結合的因素；但又同時顯示，「心」與「物」之間彼此的獨立性、分離性，或隨時準備與另外物件新結合的可能性。在「興」的世界裡，物的質地是變動不居的，隨時移位，完全失去固定邏輯的領域，「物」永遠在興致勃勃地等待，與另外一完全不同界域裡的「物」，結合在一起。這些物群像的主人，就是那如小孩般，軟嫩溫潤的心靈。[50]

由於失去以固定邏輯規定物的秩序，因此詩作中的萬物得以用各式各樣的方式重新組合安排位置，於是現代詩意象的奔騰跳躍，不合乎語法便有了詩法的肯定，翁文嫻重視詩中意象的結合安排，物象結合的創新、不落俗套來看待詩作。翁文嫻說：「詩經裡『興』之妙，是妙在不必交融，而是對應。裡面沒有優劣美醜之分，差別在於什麼物件擺在什麼東西的旁邊，而令彼此有了意義。」[51]在翁文嫻的重新詮釋之後，透過「興」的論述來分析現代詩便十分恰當，也不必拘泥古典風格的詩作。此外翁文嫻也借詩經中，興句與應句的對應結構來詮釋現代詩。興句屬景象，應句多屬內心情緒，於是「比較三千年前，

---

[49] 喬治布萊（Geoge Poulet）、郭宏安譯：《批評意識》（桂林：廣西師範大學出版社，2002 年），頁 173。

[50] 翁文嫻：《創作的契機》，頁 81。

[51] 翁文嫻：《創作的契機》，頁 93。

興句應句的狀態那時有相同音韻及四字一句的固定模式，尚不致太突兀，但在白話詩句裡，同樣的設計，其空隙卻好像增大很多，變得很陌生，耐人尋味。」[52]然後素來人稱難懂的夏宇詩作為例，說明「對應結構」可以解釋情句與景句，虛句與實句。

「興」還有另一層意義。古人研究詩經時發現有些物象的相連全無道理，因此鄭樵提出興體句子間可能只有聲音相應的關連，找不到詞義句義的相關。這原本是詩經學的一個題目，但是翁文嫻依此延伸出對興的第二層詮釋：「物與物之間聯繫，聲音會比圖像意義來得更直接，迅速和緊密。接近原始時代的詩經，其『興』的模式裡，聲調的作用很大聲符的效果可以傳達比物之意符更深微細緻的意義，興句應句間的關係，可以透過聲音的線索，超越概念以我們全身的觸覺去體味。」[53]此處將「興」與現代詩的音樂性討論結合為一，讀詩不必汲汲探求意義，可以用耳朵、用身體體味詩人隨興所至的意象連結與音韻和諧。

（三）比與賦：變形與敘事詩學

相較於「興」，比與賦屬於近期慢慢建構的觀念，目前多發表在單篇期刊論文中，尚未集結成冊。翁文嫻以「變形」來說明現代詩越離正常語言模式的狀態，以西方詩學來說是隱喻、意向，以中國詩法來說則是賦比興當中的比，因此翁文嫻透過比的觀念來分析現代詩人特異的語言表現。翁文嫻說：「『變形』的觀念，（Deformation、Transfiguration），雖亦源於西方，特別源於藝術界，但它已深入民

52　翁文嫻：〈《詩經》「興」義與現代詩「對應」美學的線索追探——以夏宇詩語言為例探研〉《中國文哲研究集刊》31期（2007年9月），頁135。

53　翁文嫻：《創作的契機》，頁81、82。

間，成為一普通語彙。而且，它可包括意象的隱喻及明、喻單句或整個情節的虛擬。」[54]為了說明變形，翁文嫻舉出洛夫的變形反映在組合意象的跳躍，管管與商禽使句與句之間夢幻式連結，瘂弦、周夢蝶使段與段之間戲劇的時空易位變形，黃荷生則以不斷分裂的語法做出最大的突破。之後再舉出唐捐、駱以軍、林燿德、零雨、羅智成各自不同的變形方式。[55]

而賦做為敘事，原是文學作品的基礎，但在現代詩領域中，較少看到直接的敘事，但翁文嫻卻慧眼獨具，以顧城的詩為例來說明「賦」可以做為詩的重要技藝。翁文嫻：「顧城後期詩，卻完全相反地，不用意象，連形容詞性的片語都避去，幾乎每一句都只有名詞、動作、簡單而人人理解的表情。但他極善於運用語氣及虛字的變化來變化場景，又擅於將各場景深藏的內在意義交相重疊，利用位置之不同（如遠古的詩經配當代小菜館），而驅使他們自己產生新的意義。這令事物產生新意義的人自然是讀者，顧城只提供簡單線索。於是，讀者經驗學養越豐富就愈可挖取更深的趣味。」[56]

在翁文嫻的重新詮釋之下，賦比興成為具有當代意義的現代詩技法。但詮釋的基礎仍是意識的批評，在古代詩法的詮釋架構下，其實是透過翁文嫻大量深刻的文本分析，挖掘出讀者能從詩中獲取的美感來源，那些美感經驗首先是感動過翁文嫻，她再以此為基礎，架構起批評。翁文嫻除了以賦比興架構詩法之外，她也積極尋求一種更能喚起讀者感受的評論文字，而非死板的科學句式。例如她分析夏宇的

---

[54] 翁文嫻：〈在古典之旁辯解現代詩的「變形」問題〉《創世紀詩雜誌》128期（2001年9月），頁115。

[55] 翁文嫻：〈論臺灣新一代詩人的變形模式〉《中山人文學報》13期（2001年10月），頁85～101。

[56] 翁文嫻：〈顧城詩「呈現」界域的存在深度──「賦」體美學探討系列之一〉《當代詩學》第1期（2005年5月），頁201。

詩〈更趨於存在〉的最後一段：「為那些終究要犯的錯／我走音／而且無法重複走過的音」，翁文嫻說：「錯是終究要犯，故『走音』，而且走了也不能更正再重複一次也做不出來。——這行止，正是詩題的『更趨於存在』嗎？全詩每一句、每一情節都含正反相存又相消的語意，令讀者滑溜溜地執不著，但又不會全未摸到，至於真相，卻恍如投影、如萬花筒折射出的光環，難以觸及。」[57]以滑溜觸感及萬花筒視覺經驗來形容夏宇的詩，也讓人得見賦比興框架下，翁文嫻身為一個批評者意識的靈光乍現。

翁文嫻以詮釋學的進路，嘗試銜接中國古典詩法賦比興，給予當代含意，翁文嫻詩學的終極關懷始終是在西方科學與思想的當代，尋求復歸中國文化體系，讓當代詩與歷史結合。翁文嫻以〈臺灣現代詩在白話結構上的貢獻〉中強調現代詩的變異創造，最終都拓展了漢語的領域，詩往往是一種語言最精華藝術的展現，其中的美感往往只有使用此語言的人能夠體會，正如艾略特在〈詩的社會機能〉中所說的：「詩人的直接義務是對於他的語言，首先加以保持，繼之加以擴充和改良。」[58]而對於詩的研究，翁文嫻也有相同寄望，在高度肯定簡政珍的《臺灣現代詩美學》之餘，翁文嫻也不免喟嘆：「想及他人的理論，原是在他們社會上出現。然則更困難的步伐是：我們中文學界，有無可能『相體裁衣』地生長出自己的美學呢？」[59]

但透過詮釋，所架構的古典詩學之當代運用並不是翁文嫻的最終目的，真實令人感動觸動的剎那，相信才是翁文嫻評論最初的動機與

---

[57] 翁文嫻：〈《詩經》「興」義與現代詩「對應」美學的線索追探——以夏宇詩語言為例探研〉《中國文哲研究集刊》31期（2007年9月），頁142。

[58] 艾略特（T. S. Eliot.）著、杜國清譯：《艾略特文學評論集》（臺北市：田園出版社，1969年），頁107。

[59] 翁文嫻：〈西方美學與臺灣詩壇之連結——簡政珍詩學評析〉《臺灣詩學學刊》第16期（2010年12月），頁233。

最終的目標，她一定更希望能當一個如此的評論者，「將一名讀者如此深深地納入其文字漩渦裡。『去觸及創作的契機』，令我們可超過世代，飛越空間，與所有偉大的心靈同在一線上。自太古以來靈光爆破，原本也無所謂先後，因為一剎的感通，我們便立即穿過，去到那兒」[60]

四　學位論文與專書研究成果

　　除了上述三位詩論家之外，透過現象學觀點，研究現代詩的學位論文也已日漸增多。1997年由翁文嫻指導，張梅芳在文化大學的碩士論文《鄭愁予詩的想像世界》首先嘗試透過現象學來考察鄭愁予詩中的想像模式，張梅芳透過分析「窗」、「女性」、「白色」的意象以及討論鄭愁予的心靈曲線來分析其想像模式。同樣在1997年，陳鵬翔所指導，詩人陳大為在東吳大學碩士論文《羅門都市詩研究》中考察羅門的創作，由於羅門創作思想中頗受存在主義與海德格的影響，因此陳大為對羅門的思想考察也間接觸及現象學批評。

　　在2006年由何金蘭指導，夏婉雲所完成臺東大學兒童文學研究所碩士論文《台灣童詩時空觀之研究》做出令人眼睛一亮的研究成果。在此論文中，夏婉雲透過時間與空間的討論來分析童詩創作，時間與空間的討論原本就是現象學批評關注的焦點之一。透過現象學理論分析童詩的時空設計是相當適合的研究進路。夏婉雲說明自己的研究方法是：「主要用現象學來分析，尤其是梅洛龐蒂『身體-主體』和『情境空間化』的論述。兒童喜愛用身體體驗，靠『親臨』觸摸來感受；所以兒童詩頗適合用梅氏的知覺現象學來詮釋。他的現象學靠

---

[60]　翁文嫻：《創作的契機》，頁24。

不斷交錯、互動，產生動力的變化，超越主客的分野而求得澄清。其次，胡塞爾、海德格等現象學家對『內在時間意識』和『意向性』的重視，提供 詩學上的重要意義：因為人如能從時間造成的『結果』，『意向性地』轉向時間如何流動或擾動的『過程』，使其有如當下正在持續進行的行為，即是詩之所以成為詩的重要關鍵。」[61] 在論文中夏婉雲細膩分析童詩當中時間與空間的建構，並且討論詩句的設計會如何喚起讀者的感受。此外豐富的圖表分析也是此文的一大特色。詳實的理論說明以及細膩的文本分析，使得本文獲得豐富的研究成果。無怪乎林文寶教授在序中肯定：「今見夏婉雲擺脫童詩教與學的限制，勇於嘗試，以『時空』開拓兒童詩的論述領域。並用西方哲學的現象學來研究童詩，可說是臺灣童詩論述的新起點。」[62]

　　2010年翁文嫻在成功大學所指導的兩篇碩士論文也展現了現象學批評的不同面向。蔡林縉在成功大學的碩士論文《夢想傾斜：「運動──詩」的可能──以零雨、夏宇、劉亮延詩作為例》，透過分析巴什拉與德勒茲（Gilles Deleuze）的哲學論述，從中推論「運動──詩」（movement-poem）的詩學想法，並以零雨、夏宇、劉亮延之詩作進行實際分析。而李妍慧的成大中文碩士論文《探索顧城後期詩人主體的「創造性轉化」》也同樣運用巴什拉與德勒茲的論述，討論顧城的意識主體。上述應用現象學批評的學位論文都屬於碩士論文，要到2011年由鄭慧如在逢甲大學所指導劉益州的博士論文《意識的表述：楊牧詩作中的生命時間意涵》，才有第一本以現象學方法論討論現代詩的博士論文。現象學特別關注時間議題，胡塞爾、海德格與梅

---

[61]　夏婉雲：《台灣童詩時空觀之研究》（臺東大學兒童文學研究所碩士論文，2006年），頁1。此論文改寫後，已在2007年5月由富春文化事業公司出版《童詩的時空設計》。

[62]　夏婉雲：《童詩的時空設計》（臺北市：富春文化事業公司，2007年），序頁3。

洛龐蒂的現象學論述都有針對時間的詳盡討論。劉益州據此展開對楊牧詩作中時間的分析。草木與日月星辰原是人類觀察時間的重要依據，而楊牧詩作有著繁複的植物與天體意象，所以時間成為楊牧詩中的重要主題。此外，楊牧寫作為數眾多的敘事詩，多半出自對歷史的觀照，劉益州歸納出「以我觀史」、「以我入史」以及「透過歷史充實自己」等三種角度闡明楊牧的敘事詩，有其獨到眼光。透過分析，劉益州歸納出楊牧在詩作中所呈現的時間意涵，並點出楊牧透過詩的時間表徵所呈現的生命主體。此外，劉益州發表多篇應用現象學批評研究小說與現代詩的期刊與研討會論文，目前已積累豐富成果。

在學術專書部分，2000年12月李癸雲在臺南縣文化局所出版的《與詩對話—臺灣現代詩評論集》，收錄了多篇以現象學批評角度出發的現代詩研究論文[63]。簡政珍是李癸雲碩士論文之指導教授，李癸雲的初期研究方向深受簡政珍的影響，李癸雲說簡政珍：「是我所有理論思維的啟蒙，更重要的，簡老師對於讀一首詩的純粹要求，使我面對詩時，總是設法將種種意識型態雜音摒除，專注而謙卑的聆聽詩所試圖傳達的聲音。」[64]回到詩的本身，將其他的雜音存而不論的還原方式，正是現象學批評特質之一。

書中所收錄的〈風景與自我－蕭蕭《世紀詩選》導讀〉，透過詩中描寫的風景以及詩人主體意識的出入其中，討論蕭蕭詩中主客體的變化。〈林彧〈單身日記〉的現象詮釋〉則討論詩中以時間軸貫穿的都市人意識流動狀態，〈來回於詩與現實之間－論簡政珍的詩語言〉

---

[63] 李癸雲是中生代重要的詩論家之一，其《與詩對話—臺灣現代詩評論集》也是一本高度運用現象學批評的詩論集，但由於李癸雲之後的論著較少運用此一方法，因此本文僅討論此書，而不列李癸雲的專節討論。

[64] 李癸雲：《與詩對話—臺灣現代詩評論集》（臺南縣：臺南縣文化局，2000年），頁9。

是國內較早透過現象學角度分析簡政珍的篇章。〈蘇紹連詩中的存在悲劇感〉則透過存在主義的悲劇感談蘇紹連。李癸雲討論林彧論文開頭的這段話，允為此論文集研究方法的說明。李癸雲說：「個人生命存在於世界中，是一種無奈的姿態，是不得不的存在。然而唯有真正經歷過與世界的牽扯，個人方能體悟出真正存在的自我。在外在世界中的任何感受，都是現象學關注的焦點。本文試圖從個人生命落實於世界的點點滴滴來探究人生的本質，並由種種現象的展露來觀察主客交感的過程。」[65]

　　之後李癸雲的詩學研究雖較少看到現象學論著的引用，但是李癸雲之後的兩部論著《朦朧、清明與流動：論臺灣現代女性詩作中的女性主體》討論女詩人的精神主體，《結構與符號之間：臺灣現代女性詩作之意象研究》中討論女詩人詩中所呈現出的意向客體，如花、水、月等等，兩部論著分別對應意識主體與意向客體，在思考方向上似乎仍可見現象學的影響。

---

[65]　李癸雲：《與詩對話—臺灣現代詩評論集》，頁78。

第四章　現代詩的現象學批評方法

　　上述回顧了現象學家的創發，乃至於影響了四種文學思想，從葉維廉、簡政珍、翁文嫻等三位評論家所進行的詩論中，看見他們對現象學批評的接受，並且轉化為有個人特色的評論。但是現象學批評家的評論方式風格各自殊異，如何加以歸納成可供參考的研究方式，還需要加以討論。首先需要討論的是，什麼是詩？

一　什麼是詩？

　　從上述現象學批評的理論譜系的描述來看，回答「什麼是詩」此一大哉問的答案有兩個。首先是詩乃存有者之無蔽的道說，其次是詩表達出在進行理智判斷之前，人們最原始的感知思維。

　　海德格說：「詩乃存有者之無蔽的道說」，是指人存在於世，如果沒有振奮凸顯自己的存在，就會被萬物遮蔽，看不見存在。早期的海德格認為人在時間之中是否活出超越或者活得隨波逐流，單看其實否覺查自身處於時間之中，並且呈顯自身在時間中抵抗時間的流逝。人能夠活出生命的意義，稱之為「本真存在」。反之，若隨波逐流人云亦云的隨著他人的安排而活著，則稱為「非本真存在」。世界中的萬物也因人有互動才有意義，也就是「手前之物」與「及手之物」的差別。

　　晚期的海德格不再說世界，也不再強調時間，改以感性的方式，將人以外的存在稱為自然。在自然之中，有大地的承載，天空的覆蓋，萬物當中有神靈的存在，而人因其終將一死，而能立於天地神之前，因此天地神人稱為「四重整體」，人便居其中。但是這種居住唯有藝術創作才能加以顯現，例如一雙破鞋只是單純的存在，但經過梵谷的繪製，使得一雙農鞋顯現出其存在的意義。[1]而詩更是如此。陳小文詮釋海德格在〈築・思・居〉討論語言與存有的關係：「語言只有聽命於存在的顯現方能成為語言；另一方面，存在只有在語言的言說中才能顯現和在場。用『語言是存有的家』這一妙語來說就是：一方面存有是語言這個家的主人，語言這個家是由存在建立和裝配妥當的。但是另一方面，語言這個家一旦建立之後，又成了存在的棲身和庇護之所，也就是說，語言這個家一旦建立之後，又成了存在的棲身和庇護之所，也就是說，存在只有住在這個家中才能安身立命，即顯現在場，展示出它的意義和作用。」[2]透過語言，人才能說出自己的存有，才能認識世界。

　　如果沒有語言，那麼萬物對人來說就無法被分辨與記憶，世界對人就不具意義，只是一大堆雜亂無名物體的堆積，因此海德格說：「詩人為諸神取名，而又為本來存有的眾多事物命名。與其說這種命名，是給與那我們早知道了的東西一個名字，毋寧說，當詩人說出一個本質性的字，存在就因為這個命名而被呼為它自己。於是它就被當作存在的來加以了解。」[3]有了語言文字，才能指認萬物，萬物才能進

1　馬丁海德格爾著、孫周興編譯：《依於本源而居──海德格爾藝術現象學文選》（杭州：中國美術學院出版社，2010.5），頁64。

2　陳小文：〈語言是存有之家〉收錄於熊偉主編《現象學與海德格》（臺北市：遠流出版社，1994年），頁256。

3　海德格著・蔡美麗譯：〈賀德齡與詩之本質〉鄭樹森編《現象學與文學批評》（臺北市：東大圖書公司，1984年），頁19。

入人的意識中，成為能夠被意向的客體。

　　海德格：「只有當諸神開始被取了名字，而萬物的本質又獲得了
一個名字時，萬物才能第一次的爍閃出光芒來，人的實存才被導入一
種堅牢的關係性中而獲得它實存的基礎。詩人的言辭不單只是一種賜
給自由行動的建立，並且又是堅牢的把人存在建立在一個基礎上的建
立。」[4] 相較於閒聊漫談，詩人使用語言透露出美與存在的真理，將人
引導進入澄然無蔽當中。於是，詩的地位就不止於供人玩賞的文字消
遣物，而是有著提示人的存有，引導人進入無蔽的「道說」。海德格
以此建構了一套以詩表現出存有的理論。這對於素來強調人與天地
合一的東方思想來說更能夠體會，成中英提出「本體詮釋學」是一
種「天地人和諧統一、相互作用、運動發展的世界觀念」[5] 葉維廉更以
「道」的討論，來融通西方現象學與東方道家思想，詩則是人與自然
大道間的橋樑。

　　詩證明了人的存在，討論世界與創作主體的關連性。這一點正是
簡政珍詩論的核心。簡政珍說：「唯有詩人體認到人的存在本體，體
認到詩只存在於現在，詩人才真能看穿真實的人生。傳統的詩人總被
塗上浪漫絢麗的色彩，在花前感嘆，在月下吟誦，而將如此嬌柔的詩
詞寄託給『永恆』。永恆是失卻五官的面目。它是扁平的抽象概念，
留給某些詩人意淫。當詩人從永恆中醒悟，他所看到的是涓滴存在的
瞬間。詩人不再以未來作為一切自我延遲的藉口，因為沒有所謂的未
來，只有現在。」[6] 希望自己進入永恆，已經進入一種思慮的計算，詩
人創作詩句，就為了記錄當下的生命，只有體會沒有算計，一個活生

---

[4]　海德格著‧蔡美麗譯：〈賀德齡與詩之本質〉鄭樹森編《現象學與文學批評》，頁
　　19。

[5]　潘德榮：《詮釋學導論》，頁226。

[6]　簡政珍：《詩心與詩學》，頁38。

生的生命能夠感覺的當下，這才是存有的本質，也就是海德格所說的澄明無蔽。

除了彰顯存有，詩也表達出人在進行理智判斷之前，最原始的感知思維。這源於胡塞爾對於「生活世界」的討論，胡塞爾說不涉及生命的科學思維，卻成為指導人生活的最主要思維方式。對此，胡塞爾說：「我們對此能平心靜氣嗎？我們能在一個其歷史無非為虛幻的繁榮和苦澀的失望的無盡鎖鍊的世界中生活嗎？」[7]科學是從人在生活世界中慢慢歸納發展出來的，人在世界中的實際生活才是所有科學以及研究意義的來源。胡塞爾說科學研究的目的：「必定存在於這種前科學的生活中，並且必定跟它的生活世界相關聯。人們（包括自然科學家）生活在這個世界之中，只能對這個世界提出他們實踐和理論的問題；在人們的理論中所涉及的只能是這個無限開放的、永遠存在未知物的世界。」[8]因此胡塞爾提出現象學還原，要擺落與事物不相關的考慮算計思維，回到人接觸事物的當下，也就是前科學的思維。

葉維廉的「純粹經驗」也是著眼於此，葉維廉批判西方文化演化「把人的自我提升到壟斷和主宰原有真世界的高位」，最終「人的自我控制真世界的形義的做法也影響到歷史社會。這個壟斷自然的原則被轉移到人的關係上，即人壟斷人。人依著『用』的原則去取物、去了解物；現在人依著『用』的原則去取人、去了解人。在這個人人、物我的關係裡，物因此失去其獨立自主的原性；人因此失去他為人的真實。」[9]在這種關係中，人失去存在的尊嚴，成為被擺佈的物品，胡塞爾的晚年遭遇就是最好的例子。葉維廉強調提出道家美學就是為了

7　胡塞爾著、張慶熊譯：《歐洲科學的危機與超驗現象學》（臺北市：桂冠圖書公司，199 2），頁4。

8　胡塞爾著、張慶熊譯：《歐洲科學的危機與超驗現象學》，頁53。

9　葉維廉：《比較詩學》，頁118。

解西方文明的這種困結。葉維廉心中的理想美感是「道家為要保持或印證未被解剖重組前的真秩序，特別重視『概念、語言、覺識發生前』的無言世界的歷驗。在這個最初的接觸裡，萬物萬象，質樣俱真地，自由興發自由湧現。」[10]因此葉維廉透過「覺識發生前的歷驗」來分析中國古典詩，在現代詩當中，人在苦悶世界中的流浪失根，也透過這種直接未經分析的感受，記錄在詩句中。

　　研究科學史的巴什拉，反而著迷於人在前科學時代的紀錄，那是一切都有可能的世界，巴什拉從中得到啟發。他對四元素的討論，就是拋棄了科學知識，透過詩來談人充滿遐想的土水火風。在晚期的《夢想詩學》中討論的夢，不是夜間睡眠之夢，也正是這種回到觀物當下的覺識發生前的歷驗。巴什拉說：「在人類心靈的永久的童年核心，一個靜止不移，但永遠充滿活力，處於歷史以外並且他人看不見的童年，在它被講述時，偽裝成歷史，但它只在光明啟示的時刻，換言之，在詩的生存的時刻中才有真實的存在。……剩餘的童年是詩的萌芽。」[11]人在兒童階段，尚未有太多算計與概念的影響，所看到的是尚未分析判斷的世界，也因此看到的事事物物，無不充滿新鮮感。而在各種文學作品中，詩最能體現這種對事物的直觀，人剩餘的童年正是詩的萌芽，在詩中，人的生存才有真實的存在。

　　這兩個答案其實是同一件事。詩能夠突出人的存在，將人帶入澄明無蔽的存有之中，而海德格原本就是以人的存有做為本體論，詩引導人發覺自己活著的感受，感受自己的活著，而不只是被日常生活所追逐，被各種算計淹沒了自己的存有，所依靠的是就是這種對事物的直觀。巴什拉說：「透過詩歌對於存有者產生的強烈震撼，正是如假

10　葉維廉：《比較詩學》，頁98。

11　加斯東·巴什拉著，劉自強譯：《夢想的詩學》（北京市：三聯書店，1996年），頁125。

包換的現象學標記。」[12]對世界保持有如兒童第一次看見時的新鮮感。詩說出了以兒童之眼觀看萬物的純粹經驗，那份美好的悸動就是人存在的意義。

既然如此，要如何分析描述詩中的意識，就成為現象學批評方法的方向。

二　詩的研究

現象學批評主張要在具體經驗中發覺人的存在或存在物的本質，落實在文學作品中，就是要在作品中發覺作家的意識。陳慧樺在分析唐捐詩作時，就用了現象學批評的方法。陳慧樺說：「他的詩寫得很巧妙、慧點、機智，甚至非常的超現實。他把『我』分裂出來，擺在他上頭，然後以這個「我」的意識伸展出來，就像章魚伸出鬚爪、蟑螂伸出觸鬚，去感覺現實、超現實情境。同理，我們詮釋即是在閱讀——或者更具體地說，以我們的意識去吻合、迎合——他的意識活動；我們企圖以我們的感知界域去附和他的意識界域。」[13]現象學批評的方法正是如此：以評論者的感知界域去附和創作者的意識界域。

透過文學作品的閱讀，人可以暫時透過他人的意識，看見他人所看見的世界。如何挖掘作品中作者的意識，就成為現象學批評實際執行的方法。英加登所提出文學作品的四個層面，第四個再現的客體層面就是世界。這個世界不是單純的物質世界，是人的主體意識與物質萬物的互相交互作用的世界，當中有作者看待世界的經驗模式，也有

12　加斯東‧巴什拉著、龔卓軍、王靜慧譯：《空間詩學》（臺北市：張老師文化，2003 年），頁 42。

13　陳慧樺〈唐捐詩中的「意識網」〉收錄於唐捐：《暗中》（高雄市：高雄市立文化中心，1999 年），頁 277。

作者的想像力，能夠變異組合他理想中的世界。杜夫海納說：「作者在作品中取消了自己，作品告訴我們他是誰。以我們看來，這正是向一種使他展露出一個世界的呼喚所做的回應；這個世界決定了他的存在之先驗成分（a priori existentiel），因為他表露出作者所感受到的世界面貌。」[14] 我們正是要在作品中發覺作者以及所感受到的世界面貌。

　　但是這種意識並不是現實世界中的真實作者，不需要經過真實作者的印證，因此並不會落入新批評所反對的意圖謬誤中。現象學批評所討論的意識，不是作者具體的想法企圖，而是透過文本所呈現出來的經驗模式。馬格廖拉解釋何謂經驗模式：「經驗模式是獨特的，是作家一切活動之本，其中當然也包括想像活動。經驗模式構成作者整體生活風格的統一特徵。」[15] 胡塞爾曾經討論過人的自我其實也就是一種經驗的模式，在變動的意識流動中，自我以模式的方式存在。也因此對作品的討論也就得見出作家的人格。

　　從另一個方面說，在現象學批評中，文學作品也不能被簡化成是作者思想的表達，因為這樣，文學作品就變成傳達思想的工具。杜夫海納說：「這是一種不確定而又懇切的意義，它是人所不能主宰的；但只要我們拋開思想，訴諸感受，自能覺察其富潤豐盈。這種意義內在於文辭之中，作為這現象之本質：意義就在那裡，凝附於文辭之中，無論加以翻譯或概念化，都不能使它與文辭割離。」[16] 詩的美感不在於詩要傳達的意義，而是詩句本身所呈現的美。正如翁文嫻所說：「語言獨特性及感染力，成為詩能有思的首要條件。我特別珍愛那具

---

[14] 杜夫潤著、岑溢成譯：〈文學批評與現象學〉收錄於《現象學與文學批評》（臺北市：東大圖書公司，1984年），頁74。

[15] 羅伯特・馬格廖拉（Robert R. Magliola）著、周寧譯：《現象學與文學》（瀋陽：春風文藝出版社，1988年），頁50。

[16] 杜夫潤著、岑溢成譯：〈文學批評與現象學〉收錄於《現象學與文學批評》，頁71。

有奇異思緒程序的語法，這不屬平庸的網，正可負載某些尖銳清新、從未被濾出過的『思』」[17]文學作品的意義就在作品的整體當中，不能被拆解為能指所指。

　　因此經驗模式是文學作品中作家的生活方式，也是作品存在的主要理由。現象學批評家就是要揭示、評價這一經驗模式。那麼實際落實在作品批評上，要如何討論這種作者在文中呈現的意識？

　　現象學指出，意識的特質就是意向性，也就是自我與世界的關連性，如要細究，這種認識過程可以分成意識方式以及意識內容兩部份。

　　詩中的詩人都有其看待世界萬物的方式，這也就是前述的文學作品中的經驗模式，經驗模式個別因人而異，但是其意向客體的方式就有相同之處，就像對境起情，喜怒哀樂人人各自不同，但是情感則是其共通點，屬於類似的意識方式。馬格廖拉歸納現象學家對於意識方式的相關討論，整理出七種意識的方式，分別是：認識、意志、情感、感覺、時間、空間和想像。[18]時間與空間看似客觀世界的屬性，但其實是意識主體能夠意向意識客體的基本範疇，任何意向活動其實都是建築在時間與空間上。此外，想像又是最特別的一種。馬格廖拉說：「既然我們研究的是文學作品，作家世界觀，想像變形的結果，想像的意識方式就理所當然地成為文學活動的主導方式，想像的方式將不同型態的活動統一在一個集中的意識型態下」[19]透過對想像的分析，其他六個部分就可以被加以掌握。

17　翁文嫻：《創作的契機》，頁145。

18　羅伯特·馬格廖拉（Robert R. Magliola）著、周寧譯：《現象學與文學》，頁61。對於時間與空間歸屬於意識方式還是意識內容，各有討論，本文依馬格廖拉的區分，歸屬於意識方式中。

19　馬格廖拉（Robert R. Magliola）著、周寧譯：《現象學與文學》，頁61。

意識的內容，也就是被主體所意向的客體對象，則可分為世界、事件、他者、自我四種。[20] 世界泛指非人類的一切世界，也就是物質世界。不管是大自然裡山水或者由人所造出的機械，它們對人來說都不完全是純粹客觀的存在，有人的認知他們才有意義，而人也透過認知世界來建構自己。巴什拉的「四元素詩學」即歸於此類。事件是在世界中經過時間流逝所產生的變化，特殊事件足以改變人的思維想法，例如簡政珍對「放逐」的考察，就是對事件分析的精彩例證。他者是指其他的人，人的生存不可能離開其他人而生存，不只是現實生活當中的彼此依存，而是人所使用的語言、文化都是他者所建構起來，他人的存在深刻影響了每一個人所認知到的世界。相對於對他者的認識，人則可以透過回憶與身體認識自我的存在。反之也從認識自我的過程中，建立起他者與我們一樣的概念。

經過上述理論的介紹，本文希望透過六篇詩論的考察，針對台灣現代詩進行具體的現象學批評。以下將討論洛夫詩中的火、唐捐詩中的水、孫維民詩中的惡、李魁賢詩與詩論中的社會、向陽《四季》中的時間、原住民詩中的空間。其中水與火是具體可見之物，惡與社會是我們能感知但不可見之概念，時間與空間是意向的基本範疇。六篇當中，兩兩相對一組。本文希望這種安排能呈現出由具象可見，漸進至抽象可知，最終為感知基礎範疇的順序。

再以意識方式與意識內容來區分的話，水與火屬於意識內容中的世界，李魁賢詩中的社會屬於他人，對此三者的分析屬於意識內容的討論。時間與空間則是意識方式的一部份。惡看似事件，但其實是人的意志面對有侷限的世界所升起的感受，討論此問題的里克爾正是將其視為意志現象學的一部份，因此是屬於意識方式的討論。前三篇與

20　馬格廖拉（Robert R. Magliola）著、周寧譯：《現象學與文學》，頁62。

後三篇則區分出意識方式與意識內容的兩種層次。

　　上述討論的意識方式與意識內容，亦即在本文導論中，所討論的關注於詩人詩作風格以及關注日常生活可感可見之物。詩人看待事物的特殊方式，正是意識方式的討論，日常生活可感可見之物則是詩人意識的內容。

　　但意識主體與意識客體的區分只是為了方便理解，實際上不應區別看待，因為一次意向性活動當中，意識主體與意識客體始終是聯繫著的。杜夫海納便說：「現象學仍然是忠於其原初的口號的！它所描述的事物，乃與人渾然一體的事物。一種具有客觀化作用的思想，往往將事物推置於外，並將此事物予以約化與解釋；現象學正要在這種思想發揮作用之前，使這渾然一體的事物呈顯於人。」詩人的主體與所意向的客體正是渾然一體的，要透過水、火、惡、社會、時間、空間，我們才能得見詩人情性的特殊性，詩人的創意也寄託於此六者而表現出來。在意識主體與意向客體之間往返分析討論，都是為了更貼近詩作中詩人的心靈，並與之對話。

第五章　洛夫詩中的火

一　前言

　　洛夫從六〇年代開始，成名至今近五十年，高超的詩藝成就屢屢成為詩壇注目的焦點，而且洛夫從未放棄創作，至今仍然不斷有精彩詩作問世，質量俱佳。這樣的詩人當然會受到研究者的關注。到目前為止，已有十本碩士論文研究洛夫的詩作，其他相關單篇研究論文更是多不勝數。[1]在目前龐大的研究成果當中，早期論述多半討論洛夫詩作與超現實主義的關係，晚近研究則以洛夫自己提出的漂泊美學、悲劇意識為核心。研究洛夫詩作意象的論文為數也不少，從顏色、血、身體、眼睛、疾病等意象都有專文論述。奇特的是，火是洛夫詩中常見的意象。洛夫發表的第一首詩就是〈火焰之歌〉，他的散文集也命名《落葉在火中沉思》，除了火以外，焚燒、灰燼、鳳凰等與火焰相關的意象都不少，但是火的意象至今卻尚未有人討論，殊為可惜。

　　據費勇歸納，洛夫的詩中常見的意象大致可分為三類，首先是以

---

[1]　洛夫詩作相關評論分別集結成蕭蕭編《詩魔的蛻變：洛夫詩作評論集》（臺北市：詩之華出版社，1991 年）；侯吉諒編《洛夫石室之死亡及相關重要評論》（臺北市：漢光出版社，1988 年）；張默主編《大河的雄辯：洛夫詩作評論集》（臺北市：創世紀詩雜誌，2008 年）三本，皆相當有份量。十本碩、博士論文部分為避文冗，不於此贅述。

血液為主的身體意象，其次是以日月火光為主的意象，第三種是雲煙樹等意象[2]，這三類意象在洛夫詩中反覆出現。其中火的意象出現的次數眾多，頗引人注目。費勇曾經針對此而說：「洛夫運用『火』、『火焰』這些詞彙，卻側重火的效果所引起的聯想，即：火可以焚燒一切，因而火是一種會毀滅性的力量。……總之，在洛夫的作品中，有關『火』的詞彙所具有的喻義，都是從火能夠燒掉事物這個物理現象而來，因此這些詞彙總是讓我們想起一種過程，在這種過程中，世界上的某種東西不得不被摧毀，或不得不自行滅亡。」[3]基本上費勇的分析點出一部份洛夫詩作中火意象的意涵，但是深入分析就可發現，洛夫的詩並非只強調火的毀滅，火在洛夫的詩中應該還有其他更深刻的意義。

洛夫詩中運用火的意象次數之多，令人不禁好奇，為什麼洛夫的詩中會有這麼多的火？我們必須進一步追問，火在洛夫詩的體系中，具有什麼功能，佔有什麼地位，使得洛夫在創作時，自覺或不自覺地倚重火來表現？

火與人類的文明進程息息相關，從神話時代開始，中國古史中的燧人氏，西方希臘神話中盜火的普羅米修斯，火一直與人的生活緊密連結，火給予人光明、溫暖，焚燒更演變出驅邪淨化的宗教意味。直到現代，火在我們的生活中仍然佔有相當的比重，只是我們已經習慣於以科學眼光看待火，將火視為一種分子快速活動的物理狀態，遺忘了火帶給我們的奇妙感受，包括類似體溫的直接感受以及火焰燃燒過後具體物體消失的奇妙經驗。那正是洛夫詩中運用火焰的兩大功能，傳遞情感以及物質轉化為理念，成為永恆。

2　費勇：《洛夫與中國現代詩》（臺北市：東大圖書公司，1994年），頁14～24。據筆者粗略統計，洛夫詩中包含火或者燃燒、灰燼等意象共有一百多處。

3　費勇：《洛夫與中國現代詩》（臺北市：東大圖書公司，1994年），頁21、22。

　　但是要如何談論洛夫透過火焰傳遞情感，寄託永恆的詩意，或許加斯東·巴什拉（Gaston Bachelard）所提出關於火與人之間的論述，可以給本文提供一個參考的角度。

　　加斯東·巴什拉一般被認為是日內瓦學派的一分子，日內瓦學派是受到現象學所啟發進行文學批評的學者們之統稱。現象學家認為人的意識總是永遠朝向某事或某物，人的主觀意識以及客觀事物總是難以區別。羅伯·索科羅斯基說：「每一個意識動作，每一個經驗，都是與某一事物相關。每一個朝向（intending）總有它朝向的事物（intended object）。」[4]因此日常生活中的空間或者萬物，對於我們來說，都不單純是事物，都包含著我們主觀的感受與情緒，而這種主客觀交融的現象在詩歌中看得特別清楚，因為詩歌正是透過語言所建構的主客交融的世界。

　　加斯東·巴什拉最早是科學哲學家，對於人為何不能正確地進行純粹的科學思考感到好奇，因此進一步思考情感對於人理性認知世界的阻擾與糾葛，但是沒想到他卻被這些事物的美好想像所俘虜，轉變成其文學評論的根據。有很長一段時間，他一直「用佛洛依德精神分析學或容格的原型體系研究人類集體無意識內容。例如他曾根據四種宇宙原素，土、氣、火、水對作者分門別類。」[5]承前所述，如果人的意識不可能離開世界而單獨成立，總是透過朝向某一客體事物才能存在，那麼我們的生存中不可或缺的大地、空氣、水、火等四元素，一定也與我們的意識緊密相連。因此巴什拉針對火與意識之間的關係，寫了《火與精神分析》、《火的詩學斷簡》及《燭之火》等著作，對

---

[4]　羅伯·索科羅斯基（Robert Sokolowski）著，李維倫譯：《現象學十四講》（臺北市：心靈工坊出版，2004年），頁8。

[5]　羅伯特·R·馬格廖拉（Robert R. Magliola）著，周寧譯：《現象學與文學》（瀋陽市：春風文藝出版社，1988年），頁43。

於人會什麼對火感興趣有深刻的分析。他並非是從科學上解釋什麼是火，而是從火給人什麼樣的感受與認知來著眼立論。巴什拉說：「火於是成為能解釋一切的特殊現象。若：一切緩慢變化著的東西能用生命來解釋的話，那一切迅速變成的東西就可用火來解釋。火是超生命的。火是內在的、普遍的，它活在我們的心中，活在天空中。它從物質的深處升起，像愛情一樣自我奉獻。它又回到物質中潛隱起來，像埋藏著的憎恨與復仇心。惟有它在一切現象中確實能夠獲得兩種截然相反的價值：善與惡。它把天堂照亮，它在地獄中燃燒。」[6]巴什拉對火的討論，雖然源於其出身歐洲文化圈當中所見的例證，但是火做為全人類共通的經驗，也有值得本文參考借鏡之處，可以幫助我們更深刻的分析洛夫詩中的火。而洛夫寄託於詩之上的「創造」之意，則是巴什拉未曾談及之處。以下分別從傳遞情感以及物質轉化為理念，成為永恆兩方面來分析洛夫詩中的火意象。

二　火意象的傳遞情感功能

火給人溫暖感受，令人直覺地聯想到擁抱，生活中給予我們擁抱的不外乎親人與愛人，因此火在洛夫詩中具有傳遞愛情與親情的功能。

（一）愛情的傳遞

透過火的比喻來描寫愛情，是很容易想像的。在愛上他人的時候，或者因為愛情，男女之間有了親密接觸的時刻，身體發熱的狀態

6　巴什拉著，杜小真，顧嘉琛譯：《火的精神分析》（長沙：岳麓書社，2005年），頁13。

都讓人直覺的聯想到火。在遠古時代原始人需要透過摩擦生熱來生火，兩片木片快速摩擦產生了火焰，很容易讓人聯想到性與愛。巴什拉也說：「首先，必須承認摩擦是一種十分性化的經驗。瀏覽一下，古典精神分析所提供的心理學材料就會確信這一點。其次，倘若人們確實想把熱的感覺的特殊精神分析系統化的話，人們將確信，摩擦生火的客觀的試驗受到純屬內心經驗的啟發。不管怎麼說，從這個角度出發，火的現象和再次點燃的火之間的距離是最短的。愛情是客觀地點燃火的第一個科學假設。」[7]這種深刻的感受必定銘刻於每個人的生命當中，否則洛夫就不會有以下的詩句：「捧著你／你的筋絡有多長就捧多久／我摩擦雙掌取火／而後我們燃燒成／一堆灰／灰中最初的靜默」[8]在洛夫的詩作中，常可已看到詩人透過火的意象來表現愛情降臨的時刻：

> 我的語言沒有地方擱置／語言焚燒著我的嘴唇[9]

> 我以號角戰鬥，這仁慈的呼喚／愛與理性的旋律像野火追逐著草原／在霧的深林，落日的海上／我吹醒了黎明，吹燃了星辰的眼睛[10]

> 當我步過那些軒昂的建築，古老的聖殿／我老聽見許多聲音中閃著痛苦的淚，愛的火[11]

7　巴什拉著：《火的精神分析》，頁29。

8　洛夫：〈驚見〉《洛夫詩歌全集II》，頁145。

9　洛夫：〈吻〉《洛夫詩歌全集I》（臺北市：普音文化，2009年），頁31。

10　洛夫：〈吹號者〉《洛夫詩歌全集I》，頁46。

11　洛夫：〈兩棵果樹〉《洛夫詩歌全集I》，頁64、65。

　　我走過總要仰首凝望，期待那主題偶然的呈現／雙眉閃動，她
把影子投向我的眼中，情慾正擴展／忽然她髮間燃起一團火，
熱焰逼人／當鎖在睫毛裡的春天化作一片輕煙／我便捧臉走
開…[12]

　　除了透過木片摩擦生熱之外，當男女為了愛情而相擁時，體熱的
傳遞也很自然讓人聯想到火。而且這種火焰的溫和柔軟，帶給人美好
的經驗與滿足。洛夫也同樣以體溫的傳遞來表現愛情。例如〈你的雪
與我的血〉中的句子：「軟的是我們的黑夜／硬的是我們的白晝／不
軟不硬是我們用溫火燉過的舌頭」[13]，寫舌吻·的經驗，在〈和你和我
和蠟燭〉中寫歡愉之後的鬆懈：「用我的鑰匙／開你的房門／用你的
火／點燃我的蠟燭／蠟燭，摟著夜餵奶／夜胖了／而蠟燭在瘦下去／
再瘦，也沒有我自你房中退出／那麼瘦」[14]，在這首詩中，蠟燭除了有
形狀上的形似外，更深刻的是蠟燭上的火苗象徵兩個人之間愛情的火
熱。

　　正由於火與愛與性之間，有著千絲萬縷難以切割的關係，因此當
洛夫在詩中要透過性的象徵來比喻事物時，也喜歡用火的意象來表
現。例如洛夫在〈石室之死亡·32〉中寫一隻燒鵝時說：「當觀眾以
目光劃開了幕布／一盆炭火與性的新關係就此確定」[15]由於火具有溫
度，是生命的象徵，因此洛夫詩中賦予生命的意象往往透過火來表
現，此外如〈木曜日之歌〉中：「花朵／是火的舌頭／是臥榻上的臥
姿／是受孕了的／河流」[16]亦然。

12　洛夫：〈投影〉《洛夫詩歌全集Ⅰ》，頁80。
13　洛夫：〈你的雪與我的血〉《洛夫詩歌全集Ⅰ》，頁87、88。
14　洛夫：〈和你和我和蠟燭〉《洛夫詩歌全集Ⅰ》，頁89。
15　洛夫：〈石室之死亡·32〉《洛夫詩歌全集Ⅳ》，頁57。
16　洛夫：〈木曜日之歌〉《洛夫詩歌全集Ⅰ》，頁282。

今天我們很清楚，賦予生命與火並沒有關連性，但是在人的真實生活經驗中，能賦予生命的性愛以及火熱的肌膚接觸之間卻有著直接而強烈的連結，因此在詩歌當中，二者可以並沒有明確的界線，巴什拉說：「原始的現象學是一種感情的現象學：這種現象學製造出一些客觀的有生命體，混雜著想像出來的虛幻物體，製造出一些混雜著欲念的形象，製造出物的和軀體的各種經歷，製造出同愛情有關的火。」[17]例如洛夫描寫唐明皇與楊貴妃愛情故事的〈長恨歌〉，就充滿了這種兼具情緒愛欲的火焰。詩中的唐明皇：「他高舉著那隻燒焦了的手／大聲叫喊：我做愛」[18]手臂燒焦的意象一方面象徵唐明皇被情慾蒙蔽，國勢已然頹圮，但另一方面點出洛夫喜歡用「焚身」來表現愛情的特色。

在洛夫以火表現愛情的詩作中，有一個特別的傾向，就是喜歡用焚燒自身來表現愛情的強烈。在〈微雲〉一詩中說：「就這樣，我把自己焚燒／遠處的火，哦！那閃閃的光，我乃化為一縷煙，一片虹／本身沒有光，赤裸亦如我，謙卑亦如我／冉冉升起，我們同赴太陽的盛宴」[19]身體燃燒殆盡之後，只剩下一陣輕煙飄向天空，表現出詩人深陷在愛情當中，受著所求不得的煎熬，身心都呈現在火中燃燒的感受。

為什麼焚身與愛情有關？因為火焰的存在需要焚燒藉以憑藉的木材，倘若比喻火焰是木材之子，是木材的愛情所誕生的產物，但火焰本身卻會吞噬木材，最終火焰吞噬了自己的雙親，猶如希臘神話中的俄狄浦斯弒父，巴什拉提出火焰與愛情之間的相似處：「俄狄浦斯情結從不曾得到更好、更完整的表白：如果你未點燃，慘痛的失敗會使

17　巴什拉著：《火的精神分析》，頁43。

18　洛夫：〈長恨歌〉《洛夫詩歌全集Ⅰ》，頁344。

19　洛夫：〈微雲〉《洛夫詩歌全集Ⅰ》，頁72。

你痛心疾首，火將留在你身上。如果你燃起火，斯芬克斯會吞食你。愛情僅是一種可傳遞的火。火僅是一種使人驚訝的愛情。」[20] 愛情雖然讓人甜蜜猶如冬夜爐火，但是引火自焚卻會傷害身體與性命。

但是焚身並非洛夫詩中的重點，洛夫總是著眼於焚身之後，失去了身體，愛情反而變得更純粹更清靜。其隱題詩〈裸著身子躍進火中為你釀造雪香十里〉就是最好的例證：

> 進入火焰而又倉皇逃出／火滅時，赫然發現／中間卡著一根生鏽的脊椎骨／為何這般愛火／你蹙眉自問又恍然自答／釀酒不就是麥子火葬的一種儀式嗎？／造成如此結局有怨得誰來／雪融時／香氣自髮梢，自／十指之間裊裊上升[21]

題目的「裸著身子躍進火中，為你釀造雪香十里」本身就是一個極耐人尋味的意象，當身體焚燒殆盡後，感情卻得到進一步的昇華，變得更純粹、更美，猶如雪的剔透，猶如酒的香氣迷人。巴什拉說：「只有純潔化能使我們把深沉的愛的忠誠變得辯証，而又不損壞它。盡管純潔化捨棄了大量的物質和火，但它比自然的衝動具有更多的可能性，而不是更少的可能性。只有純化了的愛情才能尋求到感情。」[22] 在所有文化中都紀錄著透過火的提煉，可將雜質去除的神話，直接比擬到感情上，經過火焚燒了多餘不純的雜質，便成為昇華過後純粹的愛。類似的例子如〈我在水中等你〉，中說：「緊抱橋墩／我在千噚之下等你／水來我在水中等你／火來／我在灰燼中等你」[23] 透過尾生抱柱典故說愛之堅定，而火正是愛的象徵，是至死不渝的堅持。

20　巴什拉著：《火的精神分析》，頁30。

21　洛夫：〈裸著身子躍進火中為你釀造雪香十里〉《洛夫詩歌全集Ⅲ》，頁361、362。

22　巴什拉著：《火的精神分析》，頁103。

23　洛夫：〈愛的辯證・式一：我在水中等你〉《洛夫詩歌全集Ⅱ》，頁376。

　　愛通過焚身的考驗得以昇華，更感人的例子當數〈石室之死亡〉55～58則。這幾則是寫病中的覃子豪。在臺灣五、六〇年代佔有重要地位的詩人覃子豪，在創作與論述上都有成績，但影響更大的是覃子豪的認真教學，教出了許多臺灣詩壇的重要詩人，因此當他罹患胃癌住院時，許多詩人都前往照顧服侍。前往探視的洛夫在〈石室之死亡〉中記下了病榻前的點滴，其中也包含了覃子豪與其女友西蒙的愛情點滴。[24]〈石室之死亡〉中說：「焉知，伊的額角在你胸前輕輕揉出的／豈僅是火焰一閃」[25]又說：「是杯底的餘醉，是鳳凰飛翔時的燃燒／伊是枕邊不求結論的爭吵」[26]當感情面臨生死別離的考驗，才知道其動人的程度。

　　當愛情燃燒殆盡，或許正轉化成另一種溫和但更長久的感情，一如洛夫〈寒夜小札〉所說：「牀頭的燈火很小／而其熱度／卻適足以溫暖我這／小小的宇宙／寫到最後一行／冷白的信紙漸漸熱了起來／當你讀到時／縱或冷卻一半／還有一半，已足夠為你／化雪」[27]透過信紙傳達了愛情的溫度，當愛情不再火熱燒身炙人，卻成為猶如親情一般的溫度，抵抗寒冷。親情正是洛夫詩中以火表現的另一種重要主題。

---

[24] 小說家季季曾記下這段經過。西蒙，本名陳守美，當時就讀台大外文系，與覃子豪感情深厚，據說覃子豪去世時，曾落髮供祭靈前，於喪禮時哭倒在地。也因為曾一同照顧覃子豪過的緣分，日後與詩人楚戈結為夫妻。見季季：〈用微笑洗刷傷口，用喧嘩保持冷靜——素描楚戈，送別「袁寶」〉《印刻生活文學誌》第四期（2011.4）

[25] 洛夫：〈石室之死亡・55〉《洛夫詩歌全集IV》，頁81。

[26] 洛夫：〈石室之死亡・58〉《洛夫詩歌全集IV》，頁84。

[27] 洛夫：〈寒夜小札〉《洛夫詩歌全集II》，頁382。

（二）親情的傳遞

火焰除了表示炙熱的愛情之外，很多時候也象徵了家庭的溫暖。在許多人的成長過程中，最初感受到的溫暖，不是來自愛侶，而是來自於母親的擁抱，一個深層、柔軟並且傳遞了母親體溫的擁抱。除了父母親的體溫之外，分享食物或者爐火也傳遞了我們認知溫度最初的經驗。

洛夫也以溫柔的火來表示家庭的溫暖。在洛夫寫給女兒的詩中也可以看到火的意象。在〈石室之死亡〉51、52、53都是記錄洛夫自己初獲長女莫非的喜悅，「你是根，也是菓，集千歲的堅實於一心／我們圍成一個圓跳舞，並從中取火／就這樣，我為你瞳中之黑所焚」[28]，在圍圈跳舞狂歡的喜慶當中，抱起嬰兒，感受到由自己的生命所孕育出的另一份體溫，身為人父讓洛夫感動不能自己，這些情緒都可從這句「我為你瞳中之黑所焚」當中窺見。

洛夫寫給女兒的詩，選用火的意象也許源於擁抱愛女的體溫傳遞。巴什拉：「這種對深入的需要，對深入物的內部，深入有生命體的內部的需要是一種內在熱的直覺的誘惑。目所不及，手觸摸不到之處，熱在滲入。」[29]這種溫暖柔和的熱的滲透而且往往是人們最早及最美好回憶。我們可以看到在洛夫選用火的意象背後，有著火代表溫暖，溫暖代表家庭的心理歷程。

這種表現更集中地表現在悼念亡母的詩作〈血的再版〉當中，詩的開頭就說：「室內／慢火在熬著一鍋哀慟」[30]喪母的哀痛具體的表現

---

[28] 洛夫：〈石室之死亡・51〉《洛夫詩歌全集Ⅳ》），頁77。

[29] 巴什拉著：《火的精神分析》，頁45、46。

[30] 洛夫：〈血的再版〉《洛夫詩歌全集Ⅳ》，頁95。

在溫度上，慢火熬煮顯示了哀慟的緩慢醞釀。但更深層的分析，可以發現洛夫擇取這樣的意象是否也與印象中母親在廚房烹煮的形象有關，火在這裡便扮演了傳遞記憶的角色。更直接的詩句如：「你那暖如一盆火的擁抱／才會使我深深感知／取暖的最好方式就是回家／不論在夢裡／在康乃馨的微笑中／或一支蠟燭的小小火焰裡……」[31]母親生命的熱度曾經創造了自己，養育了自己，每個離開了家鄉與父母的遊子，不管到幾歲，必定總是想念著「那暖如一盆火的擁抱」。

只是在1949年7月，正值洛夫二十一歲那年，他離開河南衡陽的老家，選擇了從軍之路，隨軍隊搭船來到臺灣基隆。離開了朝夕相處的父母，親情一夕之間斷裂，遂隔絕了三十多年，家庭的溫暖從此不再，只剩下記憶中的溫度以及輾轉反側的思念。於是詩中的火也變得愁苦，會燙傷人。洛夫說：「讓我告訴你／化為一隻蛾有多苦／在燈中焚身有多痛」[32]當洛夫想念母愛，希望重回那個溫暖的家而不可得時，就像渴望光明卻的飛蛾撲火，只換得引火自焚的結果。

雖然無法與母親見面，但是由母親那裡繼承而來的溫度，卻仍持續燃燒，甚至成為千里之外聯繫彼此的唯一交集。洛夫說母親是：「你是岩石，石中的火」[33]，而自己則是：「我是唯一在光年以外的太空中／燃燒自己的海王星」[34]，「燃燒」成為洛夫想像自己與母親兩人唯一的聯繫，因為熱代表了生命。巴什拉說：「只有火才是主體和客體，在泛靈論的深處，總可以發現熱能。我們感到：富有生命的東西，直接富有生命的東西就是熱的東西。熱是實體富足和長在的最好

31　洛夫：〈血的再版〉《洛夫詩歌全集IV》，頁106、107。

32　洛夫：〈血的再版〉《洛夫詩歌全集IV》，頁97。

33　洛夫：〈血的再版〉《洛夫詩歌全集IV》，頁122。

34　洛夫：〈血的再版〉《洛夫詩歌全集IV》，頁114。

佐證；只有熱才賦予生命的強烈、存在的強烈以直接的意義。」[35]

　　由於長期分隔之下，無法再見到母親以及無法回到家鄉，鄉愁成為洛夫詩中或顯或隱的主題，表現鄉愁的方式仍然透過火。例如洛夫記錄與余光中一同在香港落馬洲眺望中國的詩作〈邊界望鄉〉，思鄉的鄉愁便以火灼的方式呈現：「而這時，鷓鴣以火發音／那冒煙的啼聲／一句句／穿透異地三月的春寒／我被燒得雙目盡赤，血脈賁張／你卻豎起外衣的領子，回頭問我／冷，還是／不冷？」[36]相較於余光中同樣在香港落馬洲遠眺中國所寫的〈獨白〉，洛夫喜歡以火表現情感的創作模式便突顯出來。此外如〈我在長城上〉：「我也曾有過淚／現已在胸中凝固成火／火將哀慟鑄成一把匕首／一揚手，便冷冷地／插在牆上的一幅地圖中央」[37]也是以火寫鄉愁。以《世說新語·黜免》母猿悲子肝腸寸斷的典故所寫的〈猿之哀歌〉，也說：「這一聲／用刀子削出來的呼喊／如千噸鐵漿從喉管迸出／那種悲傷／那種蠟燭縱然成灰／而燭芯仍不停叫痛的悲傷／那種愛」[38]總之，親情的別離使得記憶中溫暖的溫度轉變成燙人的高溫，造成極大的驚恐，像被火燙到，於是燙傷焦灼成為洛夫詩中鄉愁的符號。

　　在〈漂木·瓶中書札之一：致母親〉詩中，洛夫寫著：「從中可以看到一支爆燃的火把／透明的灰燼／時間的煙／玻璃和灰燼和時間一同拒絕腐爛」[39]火把代表熱度與光亮，是母親溫度的體現，但是如何詮釋「與時間一同拒絕腐爛」呢？這就必須談到洛夫詩中火之意象的第二個面向。

---

[35] 巴什拉著：《火的精神分析》，頁112。

[36] 洛夫：〈邊界望鄉〉《洛夫詩歌全集II》，頁171。

[37] 洛夫：〈我在長城上〉《洛夫詩歌全集II》，頁188。

[38] 洛夫：〈猿之哀歌〉《洛夫詩歌全集II》，頁193、194。

[39] 洛夫：〈漂木·瓶中書札之一：致母親〉《洛夫詩歌全集IV》，頁283。

三　火意象蘊含詩之創造、寄託永恆功能

　　火的溫度除了可以給人溫暖之外，另一個功能是促使物質變化。火可以淨化消毒，甚至可以消滅物質，在原始思維中，人們想著物體被焚燒之後，是否就進入另一個形而上的世界。於是火在人的直觀當中就有了創造重生、寄託永恆的功能，這些正是洛夫對詩的看法。

　　當我們讚嘆詩作之美，遙想詩人寫下如此精妙文字的瞬間，必定連天地都動容，杜甫正是以「筆落驚風雨，詩成泣鬼神」來讚揚李白的詩作。創造是世間最不可思議的奧秘，那必定是充滿了光與熱的時刻，萬物之中，火最足以形容。而詩作將人的心情化為文字，原本剎那即逝的感動成為抵抗時間的存在，不管經過多久，後世讀者都能透過文字，讓詩人在文字中現身，化為不朽。因此洛夫往往以火喻詩，體現出詩之創造與超越時間的特質。

（一）以火喻詩的創造特質

　　火的意象在洛夫詩中常常用來比喻詩。例如洛夫是這樣向美國詩人金斯堡致敬：

> 當詩句／在眾目低垂時／猝然爆炸／你曾是從熔鐵爐中／走出的一噸鋼／錘子剛剛舉起／你的血，便頓然濺成萬家燈火[40]

　　詩人的質地是熔鐵爐裏的鋼，詩人的血濺成萬家燈火，詩人所背負詩的才華是高溫高壓的火焰，熊熊燃燒。給予世人光與熱，被視為

---

[40] 洛夫：〈致詩人金斯堡〉《洛夫詩歌全集 I》（臺北市：普音文化，2009年），頁259、260。

詩人的職責。類似的意象還可在〈風燈〉中看到：

> 懸於小站／風中的一盞燈／是召引的手／路盡頭的旅人／愈走
> 愈近／／燈下／僅有手掌那麼大的／一塊佔領地／亦足以安置
> 天地那麼大的寂寞／他一再仰首／等火焰在冷風中爆燃／／倦
> 於白晝的喧囂／他自夜色中攝取孤獨的力量／猝然回首／祇見
> 那燃燒自己膏油的人／在歷史中踽踽獨行[41]

　　這首詩是為了記念高雄師院的風燈詩刊創刊所做，在此詩中，洛
夫比喻詩人的創作是把自己的生命當成膏油的一種自我燃燒，即使社
會上空氣冷漠，對於文學藝術視而不見，但是詩人仍須懷抱著自己靈
魂的熱度，在冷漠的世間踽踽獨行。以火喻詩成為洛夫詩中的特殊現
象。這種經驗模式是洛夫的特色，而現象學文學批評其主旨正是在於
揭示與評價作家特殊的經驗模式，因為經驗模式構成作者整體生活風
格的統一特徵。[42]洛夫將火與詩的創造連結此一特點，張漢良早已發
現，並透過分析〈石室之死亡・30〉來指出這種思想：

> 很明顯的，這首詩談論藝術的創作過程，包括詩人本身的被創
> 造與創作。前一段詩人自喻為一件雕塑品，經歷一段「燃燒」
> 過程後，肉體成形。也許讀者會憶起「石室之死亡」一開始，
> 洛夫便說：「我的面容展開如一株樹，樹在火中成長」這株生
> 命之樹（這也是一個普遍的原始意象）存在於一永恆的宇宙格
> 式之中，承擔這格式的Logos便是火。對詩人而言，不但創造

41　洛夫：〈風燈─為「風燈」詩刊創刊而寫〉《洛夫詩歌全集Ⅱ》（臺北市：普音文
　　化，2009年），頁146、147。1987年高雄師範學院，風燈詩社創社。

42　羅伯特・R・馬格廖拉（Robert R. Magliola）著，周寧譯：《現象學與文學》（瀋陽
　　市：春風文藝出版社，1988年），頁50。

生長是一個燃燒過程，即使生命本身也與火同一，因此在詩集
中，詩人數度自喻為火，光與火的意象也就變作生命的象徵，
和它們相反的黑暗意象也就變作死亡的象徵。[43]

　　此處張漢良的分析為洛夫思想中詩與創造的關係，做出最精確的
分析。在〈石室之死亡・30〉中，造物者以巨掌揉捏詩人的肉體，但
卻是透過燃燒，才賦予了詩人靈魂，讓他開始苦惱於生命的困境。這
與詩人創造詩作豈不相同，經過揉捏賦予文字形體，但要通過燃燒生
命，才能賦予詩句動人的力量。不管是詩的創造或者萬物的創造當中
都有火的形象。火是生命的象徵，這點不管在詩歌中或者在人的潛意
識中都一樣。

　　葉維廉曾經分析洛夫後期的重要主題之一：「企圖用詩的創造來
克服及取代肉體之被禁錮而達致騰躍的過程中，同時做出美學的尋
索－一種新的存在意識的發掘。」[44]在葉維廉分析中，詩的創造、肉體
解禁錮騰躍以及新的存在意識三種思想，正是透過火的意象來加以連
貫，詩的創造是生命光熱的散發如火，肉體焚燒後解禁騰躍飛升也要
靠火，焚燒後化入永恆正是一種新的存在意識的展現。因此火在洛夫
詩中扮演著寄託這種思想的媒介。一如洛夫的句子：「燭光下閃爍的
詩心／驟然冒起萬丈的青焰」[45]而懷抱著詩句的詩人，當然也就像抱
著火的爐子一樣，在世間發熱。洛夫說：「在體內藏有一座熔鐵爐／
我燃燒我自己／／當我跳進一口水缸／整個世界頓時沸騰起來」[46]詩

43　張漢良：〈論洛夫近期風格的演變〉侯吉諒編《洛夫石室之死亡及相關重要評論》
　　（臺北市：漢光出版社，1988年），頁153、154。

44　葉維廉：〈洛夫論〉蕭蕭編《詩魔的蛻變：洛夫詩作評論集》（臺北市：詩之華出
　　版社，1991年），頁39。

45　洛夫：〈無題四行・11〉《洛夫詩歌全集II》，頁274。

46　洛夫：〈無題四行・9〉《洛夫詩歌全集II》，頁273。

人透過詩句將自己生命的熱度傳遞出去，終於撼動了世界。

正因詩具有如此動人的力量，因此每一句詩句的誕生，都經歷了猶如鑽木生火的辛苦階段。在洛夫的長詩〈漂木〉中直陳：「火一樣傷人的／語詞，通常／出於被鑽得喊痛的木頭」[47]而當無法暢所欲言，詩句無法任意發揮的時候，便成了熄滅的火。洛夫說：「而我們的言語／卻卡在喉嚨深處，動彈不得／那是一把被鏽了的鐵絲捆住的／火／目的不再燃燒／而在／熄滅／化灰，一個冷冷的結局」[48]語言必須化為詩才能表現存在的意義，說些日常生活的語言，對詩人來說，語言就只是灰燼，毫無意義。因為日常語言終將隨著生命的結束而消失，唯有詩句能超越時間的束縛，成為不朽的存在。從這點，我們可以進一步觀察洛夫以火喻詩的另一層面貌，詩的永恆特質。

（二）以火喻詩的永恆特質

在前文中談到費勇說洛夫詩中火的意象多半指向不得已的摧毀與滅亡。這個觀察並非毫無根據，例如洛夫下列的三首詩：

無人在乎時間是死是活／名字通過火焰便自認為不朽／無人在乎／姓風，或姓雨[49]

突然想回去／回到時間的火焰中去／火焰的灰燼／灰燼的那麼一點點餘溫中去[50]

---

47 洛夫：〈漂木〉《洛夫詩歌全集Ⅳ》，頁218。
48 洛夫：〈漂木〉《洛夫詩歌全集Ⅳ》，頁253。
49 洛夫：〈深山無墓無碑，碑上無名無姓正所以天長地久〉《洛夫詩歌全集Ⅲ》，頁364。
50 洛夫：〈除夕記事〉《洛夫詩歌全集Ⅲ》，頁104。

我們一腳將他踢進焚屍爐，他便遽然坐起／享受這被燃燒時的片刻寧靜[51]

這些詩句都帶出在火焰中被焚燒的意象，焚燒成灰之後，在物質上只剩下沒用的灰燼，而大部分的質量透過燃燒似乎都消失在空氣中化為烏有，因此費勇才會做出以上的斷言。但是仔細審視洛夫的詩作就會發現，燃燒意象不是代表物體消滅成為虛無，而是透過焚燒，消去了物質性的存在之後，反而獲得永恆。例如在〈劇場天使〉中，洛夫以詩句刻畫劇場失火的場景：

（火，火，火／一個女人的尖叫像一口痰吐在每人的鼻子上／騷動，狂奔一個男孩的哭聲將另一個女孩剛吹起的泡泡糖炸裂／鼠群之歌泡沫之歌一個城市在眾目中陷落／號角齊鳴，而天使們將紅色披肩舞成一片紅雲）[52]

在失火的劇場背景中，兩個演員開始爭辯關於不朽的問題：

演員甲：（輕噓）我差一點就不朽了！

演員乙：你這瘋子，快逃啊！

演員甲：（大聲）不朽！懂嗎！我只差一點點就接近那麼一種很過癮的不朽[53]

不朽即是不鏽，成堆的純鋼鑄成一付大大的臉，在街頭與太陽各自佔領半個天空

我乃生為不朽吞食白晝而嘔吐黑夜我乃非白非黑，我乃黑白之間的那一枚差不多即將不朽的太陽

51　洛夫：〈雪崩〉《洛夫詩歌全集 I 》，頁136。
52　洛夫：〈劇場天使〉《洛夫詩歌全集 I 》，頁148、149。
53　洛夫：〈劇場天使〉《洛夫詩歌全集 I 》，頁151。

　　全詩以詩劇的形式寫成，以詩句建構角色與場景、對白。詩中很明確地指出透過火的焚燒，演員終將獲得不朽，但在焚燒之前，演員甲卻退卻逃生，失去了化為不朽的機會。這種透過焚燒轉化為不朽的詩句在洛夫筆下常可見，如〈石室之死亡〉也說：「如果火焰一直上昇而成為我們的不朽／燒焦的手便為你選擇了中央的那個人」[54]

　　透過火的焚燒，淨化了所有不純的物質之後，轉化為精神性的存在，相較於物質在現實世界中，不可避免隨著時間的流逝而消失，經過焚燒轉化為形而上存在的精神，反而才能抵抗時間的摧折，才能獲得真實永恆的存在。因此巴什拉在《燭之火》中分析到：「對於物質構成的詩學無論如何是嚴正的宣告，因為光的優先從火中奪去了絕對主體的力量。火只是在它變成光的過程結束時才能獲得自身真正的存在也就是當它在燭火的痛苦中擺脫其全部物質性的時候。」[55]這種形而上的存在，以東方思想來說，即可以用「道」來形容，因此透過了火轉化成道，火與形而上的秩序，便產生了連結。洛夫在詩中要說：「是水也是火／／是萬物／萬物中不被承認的秩序」[56]要說到透過焚燒，消失了形體反而獲得永恆的生命者，就不能不提到神話中能透過自焚而再生的鳳凰。喜用火焰意象的洛夫筆下當然也少不了鳳凰。例如：

　　　　我們都是從火焰中走出／歷經萬劫而永不化灰的鳳凰[57]

　　　　我躍進火焰中／一面聽著脂肪燃燒的滋滋聲／一面暗想：／千

---

[54]　洛夫：〈石室之死亡・50〉《洛夫詩歌全集IV》（臺北市：普音文化，2009年），頁76。

[55]　巴什拉著：《火的精神分析》，頁158。

[56]　洛夫：〈不被承認的秩序〉《洛夫詩歌全集I》，頁325。

[57]　洛夫：〈漢城之楓〉《洛夫詩歌全集II》，頁28。

　　年後才熬成一隻鳳凰／豈不太久[58]

　　火焰把一隻鳳凰烤得又香又脆，於是我們從灰爐／中找到了焦味的新生，而禍源／便是那／失而復得的心之荒原[59]

　　鳳凰的意象顯示洛夫詩中火的意象並非指向消失與虛無。相反的，鳳凰唯有透過焚燒自己，才能讓自己在火焰中獲得重生，獲得新的生命。洛夫詩中的火代表透過犧牲物質世界，轉而在精神世界得到永恆重生的象徵。

　　在洛夫的意識世界中，最足以代表永恆的事物就是詩。詩在現象學文學研究當中有著獨特的地位。簡單的說，人的意識透過萬物的名字開始能夠思考運作，而萬物也透過被命名而得以進入人的意識中，命名的本身就是一種連結、一種比喻，因此詩在詩人的眼中，就成了建構世界的特殊存在。當詩人為萬物命名，萬物獲得了存在的基礎，詩人便得以透過詩作記錄生命，詩句中的生命便獲得了超越時間限制的存在，不管是屈原、李白、東坡或徐志摩，詩人們的生命都在每一次閱讀時，鮮活呈現在讀者心靈之前，於是詩便有了超越時間的力量。

　　於是洛夫說：「意義潛伏在／單音節疊句的那一邊／火的那一邊」[60]，又說：「如著火的意象／從一冊唐詩中飛出」[61]就洛夫的經驗模式來說，就有了這樣的邏輯，物質燃燒之後，可以獲得精神的永恆，另一件可以碰觸永恆的事物則是詩，因此可以推論出詩也具有火的特

58　洛夫：〈夢的圖解・夢之四〉《洛夫詩歌全集Ⅱ》，頁245。

59　洛夫：〈刀子有時也很膽小掉進火中便失去了它的個性〉《洛夫詩歌全集Ⅲ》，頁418。

60　洛夫：〈聽徐廷柱酒後誦詩〉《洛夫詩歌全集Ⅱ》，頁58。

61　洛夫：〈夜登普門寺〉《洛夫詩歌全集Ⅱ》，頁132。

質。詩可以燃燒生命的光與熱，也足以抵抗時間的摧折。

由以上的分析，我們可以看到洛夫詩中的火焰意象，具有傳達感情（親情、愛情）以及成為永恆兩種含意。火焰在巴什拉的元素詩學體系中，也具有相同的傾向。根據黃冠閔的歸納：「依照巴修拉所抉發出之火的詩意象，其中還隱藏著兩項存有學原則：(1)藉著宇宙之火的想像，火焰的上升展示著存有的超越原則與增生原則，此乃「存有」在火中朝向「多有」（un plus-être）、「更有」（un plus qu'être）而變化；(2)藉著身體之火與親密之火，屋宇中的爐火展示著存有的盡善原則，在此種火之中，「存有」朝向「善有」（le bien-être）而增加強度。」[62]所謂朝著「多有」、「更有」而變化，是指火的向上跳躍以及淨化提煉不純物質的特性，讓人想到超越存有，對應洛夫的詩例，即是以火喻詩的表現。火朝著「善有」而變化，則是透露了親情與愛情的依歸，是溫和美好的象徵。這兩者的交集，正是在於詩。

正因為詩對詩人來說，是像火一樣散發光熱的生命的特殊存在，親情與愛情又時常透過詩來抒發，因此也有不少親情或者愛情寄託火的意象，象徵進入於永恆之境的詩句。例如洛夫憑弔母親的詩，就有：「你點燃它們然後穿過熊熊的火焰走向遠方／你燃燒自己／讓清白留給化灰的骨殖……你超越了／遺忘」[63]詩人意味著母親穿過了火焰，解脫了物質的身軀，幻化成為永恆，留在詩中的母親，則進一步超越了遺忘，這也呼應了前段〈漂木・瓶中書札之一：致母親〉中的句子，從此母親「與時間一同拒絕腐爛」。

不只是親情，在火與詩中得到永恆，愛情也是。洛夫的〈長恨歌〉最後一段寫道：「時間七月七／地點長生殿／一個高瘦的青衫男

62　黃冠閔：〈巴修拉論火的詩意象〉《揭諦》第六期（2004年4月），頁191。
63　洛夫：〈漂木・瓶中書札之一：致母親〉《洛夫詩歌全集IV》，頁287。

子／一個沒有臉孔的女子／火焰，繼續燃起」[64]雖然唐明皇與楊貴妃
已經天人永隔，但是在詩中仍然可以看到兩人的愛情持續燃燒，不隨
時間而熄滅。又如〈詩的葬禮〉中說：「把一首／在抽屜裡鎖了三十
年的情詩／投入火中／／字／被燒得吱吱大叫／灰燼一言不發／它相
信／總有一天／那人將在風中讀到」[65]詩被燃燒之後，寄託的愛情飄
散空中，於是化為永恆的存在，能讓傾慕的對象在風中讀到。其實洛
夫筆下的愛情、親情與詩情彼此交融，透過火的意象而存在，火的熱
度象徵了情感的傳遞，火化去了物質的特質，則是寄託情感於永恆的
希望。一如巴什拉的結語：「傾刻間，愛、死和火凝為一體。瞬間在
火焰中心，以它的犧牲為我們提供了永恆的榜樣。完全的、不留痕跡
的死亡是一種保証，我們整個地奔向另一個世界。喪失一切以贏得一
切。」[66]透過詩，洛夫的親情與愛情也得到了不朽的傳唱。

四　結語

　　洛夫詩中使用火的意象的比例相當高，數量之多在當代臺灣詩人
當中也屬罕見。沈奇說：

　　　　人類的精神是由情感的爭戰和對意義的冥思所構成。表現在洛
　　　　夫的詩歌世界中，這種構成則由「雪白」與「血紅」兩個核心
　　　　意象，亦即「白」與「紅」兩種主題色調的對立、擺盪與統一
　　　　所體現。「白」（雪、煙、雨、月、霧、風、灰燼、泡沫、蟬
　　　　蛻）代表著出世之傷／生命之痛；「紅」（血、火、燈、酒、

64　洛夫：〈長恨歌〉《洛夫詩歌全集Ⅰ》，頁352。
65　洛夫：〈詩的葬禮〉《洛夫詩歌全集Ⅲ》，頁316。
66　巴什拉著：《火的精神分析》，頁23。

虹、太陽、石榴、罌粟）代表著入世之痛／生命之痛；「白」即
「禪」，即「對意義的冥想」，「紅」即「魔」，即「情感的爭戰」[67]

　　沈奇的看法頗有洞見，白與紅、雪與火二者間的意象互換是洛夫
詩中極重要的動力，這正表示了火在洛夫的經驗模式中佔有獨特的位
置。沈奇的說法正可為本文的印證，想要深入研究洛夫的詩，針對火
的意象考察，相信是相當具有研究價值的課題。[68]

　　由於火能傳遞溫度，能讓人感覺到有人的體溫，因此洛夫詩中的
火首先具有傳遞情感的作用，不管是愛人火熱的吻，或是母親溫柔的
擁抱，人在火的溫度之前，都想起這些情感的美好特質。所以洛夫以
火表達自己面對愛情、親情的態度。火的另一個特質是燃燒物質，使
其消失，在人的原始思維中，消失的物質必定前往另一個世界，因此
直到今日眾多宗教儀式仍以焚燒做為送亡驅邪的儀式。而在洛夫詩
中，火的光與熱，就像詩的創造一般令人感動，詩抵抗時間的存在，
也讓人想起火的燃燒特質，洛夫便以火表達他對於詩不朽與創造的看
法。

　　巴什拉說：「火讓人產生變化的欲望，產生加快時間的欲望，使
整個生命告終、了結的欲望。於是，遐想就是真正迷人的和戲劇性
的。它擴展人的命運，它把小同大連結起來，把柴火的生命與世界的
命運連結起來。」[69]巴什拉點出了對於火焰，我們可以感受溫暖，並且
寄託永恆以無限的夢想。將洛夫富含玄思的詩與巴什拉的充滿詩意的
論述對比來看，可以看到二者互為註腳，成為對方更理想的補充。

---

[67]　沈奇：〈現代詩的美學史—重讀洛夫〉收入張默主編《大河的雄辯：洛夫詩作評論
　　集》（臺北市：創世紀詩雜誌，2008年），頁72。
[68]　相對於火，洛夫詩中的雪意象也已經有研究者進行分析，可參見李翠瑛：〈洛夫詩中
　　「雪的意象」之意義及其情感表現〉《臺北教育大學語文集刊》15期（2009年1月）
[69]　巴什拉著：《火的精神分析》，頁22。

第六章　唐捐詩中的水

一　前言

　　1968年出生的唐捐崛起於九〇年代，集結成冊的詩集共有《意氣草》、《暗中》、《無血的大戮》三本。發表的詩集數量不多，但是自有其詭異濃豔的風格，令人印象深刻，見之難忘。這點或許可以從唐捐自發表詩作之初，便年年獲得各式各樣文學獎肯定得知。在唐捐第一本詩集《意氣草》中，唐捐善於運用各種變形，讓感知的主體穿梭在人體與天地之間，不斷流轉變換。在集結了唐捐大部分詩作的詩集《暗中》中，陳克華說唐捐：「作者卻以更接近人間棄嬰的乩童身份，藉由鬼神的目光與氣息，重述人間爭亂與慾情的種種愚行。」[1]這樣的風格隨著時間流逝而變本加厲，到了最新一本詩集《無血的大戮》時，充滿各種描述地獄景象、鬼神扶乩與支離身體的詩句，劉紀蕙論唐捐詩風時說：「那個生鮮豐美，盈滿著果汁、果肉的詩之果實，在《無血的大戮》中，卻早已腐爛生蛆，轉化為一幅又一幅極盡恐怖而駭人的地獄圖景。」[2]

---

[1]　陳克華：〈附錄三：評《暗中》〉收錄於唐捐《暗中》（高雄：高雄市立文化中心，1999年），頁298。

[2]　劉紀蕙：〈以死人似的眼光，賞鑑這路人們的乾枯……〉收錄於唐捐《無血的大戮》（臺北市：寶瓶文化，2002年），頁6。

　　此種鮮明獨特的風格，也影響了後續研究者討論唐捐詩作的角度，黃文鉅以〈魔鬼化或逆崇高──唐捐身體詩再探〉、〈魔化、變身、支離、痙攣美感：論唐捐詩中的身體思維〉二文試圖解釋唐捐的殘酷詩風，而莊士玉以〈卑賤的「聖」母──論唐捐詩中卑賤姿態的呈現以及母親意象的雙重性〉闡釋集中在《無血的大戮》當中對於母親形象的討論。由此可見，年輕研究者們討論焦點多集中在唐捐風格特別強烈的《無血的大戮》，而找不到一個能包含唐捐前後期詩風的詮釋角度。這點殊為可惜。其實在唐捐的詩當中，有一項要素一直貫串著不同時期詩的主題，縈繞著所有的詩作進行，同時也比《無血的大戮》當中那些支離恐怖的地獄變相圖更深刻、更引逗我們的想像。那是貼近人潛意識的意象，也是唐捐詩作的核心，也就是「水」的意象。

　　其實這點並不難發現，劉紀蕙說：「在《無血的大戮》中，唐捐的書寫，仍舊是他所慣用的體液分泌模式如濃痰涕淚、經血尿液」[3]陳克華也早就指出唐捐的詩是「這由乩童體質『分泌』出的詩文字」[4]，只要稍加留心，不難發現「體液」在唐捐詩中份量之重。或許，身兼研究者的唐捐自己也努力透過論述，在其他詩人詩中找尋知音。唐捐曾發表了〈在惡露與甘露之間──臺灣當代詩的女性體液書寫〉，〈破體為詩，縱我成魔──洛夫前期詩的精血狂飆〉，還有與體液相關論著還有〈違犯‧錯置‧污染──臺灣當代詩的屎尿書寫〉。從洛夫、夏宇、顏艾琳、江文瑜、孫維民、陳克華、林燿德等詩人詩作中，討論體液書寫的詩例。除了體液是水存在的一種形式外，在唐捐詩中，以水為喻的相關詞，如分泌、消化、流動、滲透在詩中處處可

3　劉紀蕙：〈以死人似的眼光，賞鑑這路人們的乾枯……〉收錄於唐捐《無血的大戮》，頁9。

4　陳克華：〈附錄三：評《暗中》〉收錄於唐捐《暗中》，頁298。

見。可知，水在唐捐的詩作與論述中都佔了相當高的重要性，唐捐是深深被水所吸引的詩人。如何看待唐捐詩中的水呢？巴什拉（Gaston Bachelard）的《水與夢》或許可以作為研究的基礎。

　　巴什拉最早是一個科學史研究者，其前期研究最重要的目標就是釐清人為何不能正確地進行科學思考，但是巴什拉越是研究前科學時期人對於萬物的各種想像，就越加著迷，最後轉向研究人對各種事物，包括地、水、火、風四元素以及各種空間的種種遐想。如果，人不能不意向著這世界上的物質。那麼在萬物當中，人們必定有各自的偏好，透過了某種更基礎的元素，建立了自己的想像。巴什拉認為地、水、火、風四種元素，正是對人的意義來說正是如此：「這四種本原都有自己的熱烈愛好者，或者更確切地說，這其中的每一種本原都已經深深地，在物質上是一種詩學忠誠的體系。當我們在歌唱這些本原時，便覺得自己是熱烈地愛好著某種特別喜歡的形象，實際上是忠誠於某種原初的人的情感，忠誠於某種最早的有機的實在，一種基本的夢的秉性。」[5]

　　那麼唐捐為何會深刻地被水所吸引呢？這或許與唐捐的成長背景有關。唐捐出生於曾文水庫旁的嘉義縣大埔鄉。舉凡流入湖泊的河流小溪，故鄉人們種植的水田阡陌，在山坡竹林割筍時沾淌滿身的露水，都深深在滲透入唐捐的心靈深處。在離開故鄉到外地求學以前，唐捐的童年與水總是緊密連結。在唐捐自傳性質的散文當中寫著：

> 湖與少年之間，其實是有血緣關係的。他出生的村落就在湖底，人工造湖的計劃才把村人趕上高處。湖底飽含著童年的記憶：水井。阡陌。泡著水牛的池塘。土地祠。祖父母的舊墳。

5　加斯東・巴什拉著、顧嘉琛譯：《水與夢》（長沙：岳麓書社，2005年），頁5、6。

他總覺得自己與湖之間原來也有一條臍帶相連，跟魚一樣。[6]

　　出生的故居沈入湖中，當少年唐捐在湖上游泳漂流時，總是升起無限幻想。唐捐自己也剖析：「我的故鄉是一座小小的盆地，其中有湖，湖邊有高地。我曾經慨嘆她面積之狹隘，形勢之封閉。然而當我一旦遠離憂憂振翅，最掛念的還是盆地的草木風雨。是是，那是我靈魂的巢穴，夢的子宮，詩的發祥地。」[7]生於斯長於斯，晝夜看著湖面蕩漾波光，看著流水流向彼方的唐捐，心中難免生出對於水的各式想像。這點，巴什拉也一樣。巴什拉生長在法國北部的香檳地區，盛產葡萄酒的故鄉充滿河流湖泊。因此巴什拉完成了《水與夢》深刻地分析了水的各種想像及當中的深刻含意。研究現象學，並發表多篇巴什拉相關論文的國內學者黃冠閔，曾經扼要歸納巴什拉對於水的想法：「水的意象有種特殊性，即，水的流動構成一種存有學的變形，這種不斷的轉變意味著一種存有的動態過程；水的實體不斷地變形中，那既是夢的不斷變形，也是生命源於存有的不斷變形。」[8]，水的想像其實展現了人思考自身存有的一種類型，變形與動態做為水的特質，這正好相當適用於分析唐捐的詩作上。

　　水在唐捐的詩作中隨處可見，幾乎是無處不在，但是歸納起來，體液是唐捐水意象存在的最主要型態，因此本文將以水在身體當中的三種存在形態，分別是緩慢分泌的體液（痰、汗、唾液、淫水）、容納物質的體液（羊水、胃液）、噴射激流的體液（血液、精液、尿）作為分類的依據。這三種類型的體液，其實也是水的三種運動的型

6　唐捐：〈魚語搜異誌〉，《大規模的沈默》（臺北市：聯合文學出版社，1999年），頁15。

7　唐捐：〈後記〉，《意氣草》（臺北市：詩之華出版社，1993年），頁158。

8　黃冠閔：〈音詩水想──倫理意象一環〉《藝術評論》第16期（2006年3月），頁105。

態，分別是緩慢流動的水、靜止的水、快速流動的水，各自有著不同
的含意，以下分別討論。

二　緩慢的水

　　分泌與滲透，可能是唐捐詩作中最容易被察覺的水之動詞，水緩
慢的流動，甚至轉為黏稠泥濘，就像人體中的黏液，顯示出我們寄託
於水的物質與溶解之夢。

（一）物質的水

　　在唐捐最為熟知的詩〈我的詩和父親的痰〉中，唐捐自己便將自
己的詩比擬成父親的痰，過去學者們對這首詩的解讀，多聚焦於唐捐
父親的生命型態對唐捐創作之影響，但值得關注的是唐捐把自己的詩
比擬成痰，一種緩慢流動、半固體狀的水。

　　相較於水，火焰的特質是將燃燒物體，使其消失，同時火焰在人
類生活中又有淨化以及除臭的效果，因此人們會認為物質經過燃燒，
失去了形體卻轉化出光熱，象徵經過燃燒，具體物質轉變成抽象理
念，進入了形而上的世界。水與火相反，人們可以在日常生活中發
現，當天氣變冷，水滴會凝結在原本沒有水分的地方，轉化成能被人
的膚觸發覺的存在。從沒有到存在，彷彿形而上的理念轉化成為形而
下的物質，能被人所感知。而對應在人的身體上，各種黏液也隨著人
抽象、形而上的情緒所牽動，分泌產生具象、形而下的黏液。因此在
唐捐的詩中常可看到精液、淫水、鼻涕、痰等緩慢黏稠的水。詩中的
情緒與概念，也常以黏液的形式出現，以「分泌」的動態動作著。於
是情感有了物質想像，進而能被透過感官來感受。例如：唐捐以詩刻

畫降乩的瞬間，異己（鬼神）的意識進入了自己的意識當中：「誰在
開啟意識的罐頭　頭蓋骨猛然顫動／黑色的原油緩緩注入腦海　炫動著
光彩」，淨水混入污水的畫面呈現了抽象的降乩。此異己的意識不但
能有觸覺的描述還能有味覺的想像，一如：「有一碗神秘的湯汁湧現
心頭　如新煮的粥／香甜　濃稠　散著迷離恍惚的白霧」[9]意識的認知往
往難以被概念性的描述，但卻是與每個人的身體感官經驗緊密關連，
因此黏液的形象常成為唐捐詩中成為情緒的表徵。類似的句子還有：

> 不銹的意志種入對方的腦袋／頭皮就流出一灘烏黑的魂魄[10]

> 心不能影響貓　但貓能影響心／有一種濃稠的分泌物　布滿七竅
> 不知是貓鳴　還是心情[11]

> 黏稠的愛恨從鼻孔流出／十指雙掌擤不完，一而再／再而三，
> 三而懊惱四而緊張[12]

　　除了抽象的概念可以用黏液比擬之外，在唐捐的詩中，物體
也常消去了形狀，逐漸融化，成為介於固態與液態之間的介晶態
（mesophase），就像泥巴或泥團一樣。為此，巴什拉說：「泥團便是
唯物主義的基本脈絡之一。……泥團是切實內在深處的唯物主義的脈
絡，外形已被排除，消失，化解。因此，泥團提出了在粗淺形式下的
唯物主義問題，因為它使我們的直覺擺脫了對形式的關注。形式問題

9　唐捐：〈降臨〉《無血的大戰》，頁18。

10　唐捐：〈暗暝七發1〉《暗中》，頁216。

11　唐捐：〈暗中——2受害者〉《暗中》，頁13。

12　唐捐：〈來日大難〉《意氣草》，頁65。

就成為第二層次的問題。泥團造成了物質的初步體驗。」[13]例如唐捐刻畫父親形象的另一首廣為人所討論的詩作〈有人被家門吐出〉:「有人被家門吐出,濃稠/冷澀,如一口痰。/他的夢想紛紛滲入地面/只有一聲嘆息而上」[14]痰、膿是身體的廢物,人本能地就產生排斥感,但是單就其物質的質性來看,其實呈現出一種泯滅固體與液體界線的狀態。這種泯滅界線的狀態,正是人本能感覺排斥的原因。茱莉亞・克莉斯蒂娃說:「使卑賤情境出現的,並非來自清潔或健康的欠缺,而是對身分認同、體系和秩序的擾亂,是對界限、位置與規則的不尊重。是一種處於二者之間、曖昧和摻混的狀態。」[15]但有時人對泯滅界線的狀態,其實有著既喜歡又排斥的矛盾情結。茱莉亞・克莉斯蒂娃解釋道:

> 在此浸沒狀態中,主體不須和一個他者面對面,因而避開了閹割的危險。此外,這浸沒狀態同時亦賦予主體全能的力量,以擁有、甚至成為寓居於母體內的壞客體。如此,卑賤感受便代替了他者,甚至達到令主體獲得快感的地步——這往往是邊緣症患者所擁有的唯一快感——正為此故,這份快感便將卑賤體轉化為至高他者的位置。[16]

　　於是唐捐的詩與父親的痰有了相似之處,詩與痰都沒有特定的形狀,是物質卻又並非以固體常態所存在,又能以液體的方式來去穿梭,透過這種特質,唐捐藉以表現意識往返而各處的想像。陳慧樺便

---

[13] 加斯東・巴什拉著、顧嘉琛譯《水與夢》,頁116、117。

[14] 唐捐〈有人被家門吐出〉《意氣草》,頁84。

[15] 茱莉亞・克莉斯蒂娃(Julia Kristeva)著、彭仁郁譯:《恐怖的力量》(臺北市:桂冠圖書公司圖書,2003年),頁6。

[16] 茱莉亞・克莉斯蒂娃(Julia Kristeva)著、彭仁郁譯:《恐怖的力量》,頁68。

曾指出此一特色：「唐捐在詩中常能把意識客觀化、具象化，且又不失其投入並且隱身物象之中。……唐捐具象化內在積愫的特長是動感，這動感促使詩意鮮明。」[17]陳慧樺的分析切中要點，而其動感正來自於水的流動、分泌。在〈來日大難〉中說：「來日大難　魂飛魄散　家門如瘡疤／被一雙粗魯的手揭穿　擠出虛構的幸福／擠出你和你的生殖器　神主牌位　存款單／你像黏膩的膿　滑向陰溝與街坊」[18]流浪者如水，四處徘徊不安，讀者的意識也隨著唐捐筆下的水，穿透固體與氣體，穿透時間與空間，遊走於物質與思想之間。

（二）合成、滲透的水

水的另一種特質也深深吸引唐捐，那就是融化。巴什拉說：「尤其水是那種最利於闡明各種力量結合的主題。水吸收眾多的實體。水吸引眾多的要素。它一視同仁地吸收相反的物質，如糖與鹽。它浸透著各種顏色，各種滋味，各種氣味。」[19]在日常生活中，每個人都有過將糖或鹽融化於水中的經驗，不管是彩色顏料，或者滿手的灰塵，都會融化在水中。生活在湖畔的唐捐一定看過各式各樣的溶解，甚至於對詩的看法也是「溶解」來詮釋之。唐捐說：「古人早就發現天地是一顆爛掉的瓜子，人則是在其中蠕動的小蟲。這樣說來，詩大概可算是蟲的分泌物吧！我曾經想像自己像一支洞簫，在無邊際的海面上，漂流，海水不斷灌入體內，濃濃濃濃的經血淚汗就從孔竅裡流出再流出……。這些分泌物不能改變大海的質地，反而慢慢被它同化。我說

17　陳慧樺：〈唐捐詩中的意識網〉收錄於唐捐《暗中》（高雄：高市文化中心，1999.5），頁280。

18　唐捐：〈遊仙〉《無血的大戮》，頁35。

19　加斯東‧巴什拉著、顧嘉琛譯：《水與夢》，頁104。

的海，是語言的大海。」[20]唐捐的詩觀有點接近艾略特在〈文學傳統與個人才具〉當中的看法，個人的文學成就必須要放在整體的文學傳統當中才得以正確的評價，因此文學評論不是突出個人的獨特性，而是建立文學傳統的重要性。[21]但同樣的想法，唐捐卻是以海與分泌物為喻，點出其以水喻詩的特色。因此，我們常可在詩句中讀到，主體融化於客體當中，或者客體融化進入了主體之內的情境。例如遙想祖先鬼神的〈在天之靈〉：「靈其來兮，敬請就位。香火已經點燃，敬意與／蔬果魚肉準備一些。像鹽在海水，糖在／甘蔗莖或甜菜根，我聽說你們融解在我的精血／與涕淚當我舉手投足動心起念／你們就沿著內分泌與外分泌，參與這一切」[22]祖先的靈魂融化在週身的血液中，隨著我們一起生活為善為惡，在唐捐的詩中時常可見這種主體滲透、融化的形容，例如：

> 在暗夜的山頭趕路／有人被自己的幻想絆倒／／血液默默融入夜色／指掌可以讀到一點點溫度。腳可以／讀到泥土[23]

> 持續使力，向壁／專心體認反作用力，向自己／精神隨著力氣，滲進鋼筋水泥／像汗水滑入冷靜的湖泊──／壁中有浪，浪中有魚／吞沒無意義的力＆有力的意義[24]

---

[20] 唐捐：〈後記：不在場證明〉《暗中》，頁270。

[21] 艾略特說：「任何詩人，任何藝術的藝術家都不能獨自具備完整的意義。他的意義，他的鑑賞也就是他和過去的詩人和藝術家之關係的鑑賞。你無從將他孤立起來加以評價；妳不得不將他放在過去的詩人或藝術家中以便比較和對照。」艾略特（T. S. Eliot）著、杜國清譯〈傳統與個人的才能〉《艾略特文學評論集》（臺北市：田園出版社，1969），頁5。

[22] 唐捐：〈在天之靈2〉《暗中》，頁34。

[23] 唐捐：〈敗筆2〉《暗中》，頁56。

[24] 唐捐：〈力和反作用力1〉《暗中》，頁24。

她們的歌聲，如同浸酒的草莓／一滴一滴滲入緊鎖的腦髓——／讓體內的意志，化作鹽巴／在逐漸加溫的氛圍裡融解融解[25]

在水中包容了各式各樣的異質於其中，能夠消融的，失去了形體；不能溶解的亦在水中載浮載沈。通過水，所有原本不相干的物質都彼此有了關連性，彷彿合成一體。巴什拉說：「當水確實地進入到被碾碎的土中，當粉吸收了水，當水吃下了粉時，便開始了『聯繫』的體驗，即『聯繫』的漫長之夢。」[26]因此在唐捐詩中主體化作各式分泌物，穿梭天地間，而在文本之外，唐捐的詩集中也可看到溶解了各式文本典故。唐捐好用典故，但多半只借用作為題目，或者主詩之前的序言，例如在《無血的大戮》中，可以看到引用了古代經典如《禮記》、《國語》，用善書如《悟道心宗覺性寶卷》、用李商隱、吳偉業、蘇軾之詩句。[27]在《暗中》的〈形影神〉是用陶淵明詩典，〈鬼和神〉用了《易經‧繫辭傳》的原文，〈宇宙論〉援引張載的〈西銘〉等等，諸如此類詩例相當多。由此可以發現唐捐避免詩創作的單一純粹化，毫不諱言各種中國文學、民間善書、現代作家對他的各種影響，並且讓各種影響都呈現出來。對照前述唐捐的詩觀，可以發現唐捐的詩中也體現著水能交融各式異質，就像個人的詩作取之於諸多影響，也將反之影響日後眾多詩人的創作。

黏稠的液體在唐捐的詩中緩慢爬行著，不管是痰還是淫水，都是主體意欲跨越物與物之間壁壘分明界線的嘗試，誠如巴什拉所說：「若缺少了事物的這種非客觀性，缺少了能使我們在事物中看到物質

25　唐捐：〈懈慢界哀歌〉《暗中》，頁92。

26　加斯東‧巴什拉著、顧嘉琛譯：《水與夢》，頁117。

27　青年學子黃文鉅對此以上引用典故出處曾做過統計，可參見黃文鉅〈魔鬼化或逆崇高——唐捐身體詩再探〉《臺灣詩學學刊》第8期（2006年11月），頁206～208。

的這種事物的變形，世界就會散落成亂雜的東西，變成靜止的而且無生氣的固體，變成與我們自身無關的事物。心靈便會受缺乏物質想像之苦。水把各種形象聚合在一起，溶解實體，在想像的非客觀化使命中，在它的吸收使命中，幫助了想像。」[28]透過水的比喻，唐捐解開現實世界固定不變的界線，讓主觀的想像之水滲透其間。

三　靜止的水

靜止的水在唐捐的詩中也是隨處可見的意象，緩慢流動的河川在低窪處聚集形成湖泊，沒有河流的運動不已的生命力，取而代之的是寧靜無波，如同沈睡的水。當人置身於湖水之中，便生出兩種想像，其一是無中生有，像母親的羊水孕育了生命，其二是從有而無，像食物在胃液中浸泡，融化而後消失。在唐捐的體液模式中，靜止的水以胃液、羊水表示，象徵了死亡與母親，這兩種人類對於水的不同夢想。

（一）死亡的水

水令人聯想到死亡，這從水的兩種動態上來看。流動的水沒有片刻停留，不斷的流逝，消失在地平線的遠方而消失，當人觀看著水的流動時，很自然聯想到時間，因此孔子看著河流感嘆地說：「逝者如斯夫，不捨晝夜。」時，其實說出人普遍對河流不斷逝去的直接感受。巴什拉也說：「靜觀水，就是流逝，就是消融，就是死亡。」[29]河流使人聯想到時間，時間必然帶來死亡。而靜止的水呢？

28　加斯東‧巴什拉著、顧嘉琛譯：《水與夢》，頁14。

29　加斯東‧巴什拉著、顧嘉琛譯：《水與夢》，頁53。

　　流動的水雖然使人聯想到時間消逝，但是本身仍然展現出動態，彷彿富有生命，不斷奔跑，當河流不再流動，靜靜躺成湖水，便使人聯想到死亡與睡眠，二者在神話中原本就是密不可分。巴什拉說：「靜止的水使人聯想到死者，因為死水是沉睡的水。事實上，無意識的新的心理學告訴我們，死者，只要當他們仍然在我們當中，那麼對於我們的無意識來說，他們是一些睡著的人，他們在安息。葬禮後，對於無意識來說，他們是一些缺席者，也就是說，是一些更隱蔽的、更掩飾的、更熟睡的睡眠者。只有在我們自己睡著時做的夢比回憶更深時，死者才會甦醒過來；我們又同逝者在夜的國度裏相聚在一起。」[30]

　　可以想像當少年唐捐在夜晚凝視湖泊，湖水融化了夜色，無法區分二者的分別，沈睡的湖水喚醒各式鬼神的想像，所有已經沈睡了的亡者都紛紛醒來，在湖邊賦予唐捐各種奇妙的想像。唐捐說：「虛構過去是鬼，紀實的未來是神。每一個『現在』和『這裡』都叫作鬼神之際，淡薄，脆弱，無關緊要，如夢幻泡影如電亦如露」[31]唐捐詩中反覆出現的鬼神，其實就是活在過去與未來的人們，在靜止不動的水（時間）中短暫停留。

　　消化是唐捐另一個愛用的動詞。例如描寫黑暗中的黑貓：「黑貓被房間消化，只剩兩顆堅硬的眼球／在空中漂浮。」[32]，又如：「而那人已被木頭消化。木頭／正滿意地頂著鼓鼓的肚皮」[33]此詩描敘詩人回憶起父親，卻感嘆記起父親已經下葬，身體已經隨棺木消失。從擁擠的公車下車時：「從公車裡出來，你變瘦變矮。好像一份半生不熟的

30　加斯東・巴什拉著、顧嘉琛譯：《水與夢》，頁72。

31　唐捐〈後記〉《大規模的沈默》，頁214。

32　唐捐〈暗中——1目擊者〉《暗中》，頁11。

33　唐捐〈有人被家門吐出〉《意氣草》，頁84。

食物，差點被胃腸消化。你的表情也有些扭曲，原來是在剛才的推擠摩擦中，改變了身心耳目的結構。難怪你感覺越來越不像自己。」[34]

　　經過消化而使物的結構變質的動作較完整的呈現是在〈蛇喻〉一詩當中，這首詩以蛇比喻時間，當人隨時間改變，彷彿變成另一個自己不熟悉的自己，唐捐便寫成在蛇腹中被消化：

> 在蛇腹中體會被消化的感動。濃稠的胃酸／磨蝕我，像幻象摩蝕神經，噪音磨蝕耳膜／（這是有些可疑的比喻）。蛇在煩惱──／如何將陌生的血肉轉化成熟悉的觀念？如何／將烏黑的靈魂排泄到乾淨的水澤？牠用力／蠕動身軀，分泌大量沈積的新聞與秘密[35]

　　在胃酸中被消化，已被分解的，化作養分，流傳到身體其他部分，而不被分解的，就只能以支離破碎的身體，在胃液中浮沉。以此形象來看，這不就是唐捐在《無血的大戮》當中令人驚駭的地獄圖像？

> 我用傷殘的身體／遊走於火熱的鍋爐／這一塊是熟透的乳房　乳頭拴著兩片惶惑的嬰唇　這一塊是焦黑的根器　戒指般緊箍著殘餘的手掌　這一塊該是老母親的荒廢的子宮[36]

　　由湖水過渡到胃液，再由死亡的想像過渡到地獄，湖水的意象在唐捐的筆下越加淒厲，但此發展卻有其脈絡。在《無血的大戮》中地獄中的母親是另一個顯著的意象。

---

[34]　唐捐：〈忘形篇1搭車〉《暗中》，132。

[35]　唐捐：〈蛇喻──蛇腹第二〉《暗中》，頁30。

[36]　唐捐：〈蛇喻──蛇腹第二〉《暗中》，頁30。

（二）母親的水

　　靜止的湖面直接給人的第一個聯想是鏡子，另一個自己的形象混淆了真實自己的存在，因此唐捐喜歡用湖水來寫鏡子。在〈鏡子事件〉當中，二十歲照鏡時心情的心情激動，引發一場朝著朝著湖底泅泳的幻想，最後說：「然而湖底沒有頭顱，只是／安靜睡著一些崎嶇的魚族／在牠們的腹中有些東西……／啊，那竟是我碎　裂／的／五官。」[37]在〈夜釣〉當中，唐捐則開宗明義質問：「在波動的湖畔或者腦海／釣著自己／或者／魚？」[38]另一個自己透過水面而存在，而是誰生產了另一個自己？唐捐說：「對著鏡子射精／鏡子和我一起亢奮／湧出大量浸泡著影像的淫水／我看到毛髮與血絲慢慢／成形，鏡面凸出，如孕」[39]鏡面映射出雙身的想像，轉化成為鏡子受孕，詩句底下流動的是，水隱含的母親形象思維。

　　水在大部分文化當中都被視為陰性，在許多神話中，水則常以母親的形象出現。巴什拉說：「乳汁在液體實在物的體現順序上是首要的實體，或則更確切地說是首要的進入口腔的實體。」[40]在所有的物質當中，我們最早接觸到的食物一定都是液態的，多半來自於母親的乳汁，即使我們長大成人，在潛意識當中仍然會記得母親餵以我們乳汁的感受，因此：「熱愛一種形象就是在不知不覺中為一種先前的愛找到一種新的隱喻。熱愛無限的宇宙，就是賦予對母親之愛的無限性以一種物質涵義，一種客觀意義。」[41]當我們想要找尋一種可以說明我們

---

[37]　唐捐：〈鏡子事件〉《意氣草》，頁 14。

[38]　唐捐：〈夜釣〉《意氣草》，頁 15。

[39]　唐捐：〈單性生殖〉《無血的大戰》，頁 102。

[40]　加斯東・巴什拉著、顧嘉琛譯：《水與夢》，頁 130。

[41]　加斯東・巴什拉著、顧嘉琛譯：《水與夢》，頁 128。

對母親的愛的象徵之物時，水便立即浮現，而比其他大地、火與風來得更快被人們攫取形象。於是：「當水被人虔誠地歌唱時，當對水的母性的那種摯愛的感情是熱烈而真誠時，水就是一種乳汁。」[42]

當水被賦予一種母親的形象，那麼在靜止的湖水中，自然會讓人聯想到母親懷孕時的羊水。因此唐捐詩句中反覆出現在水中意外發現了自己，但是由於水使人聯想到死亡與異界，因此這個另一個自己，便趨於死亡的聯想。如〈瓶中嬰〉：「我再也不退出我黑暗的運命／浸泡著蝕骨的音樂／如瓶中嬰，沈潛於某種獨享的福馬林」[43]瓶中的嬰屍永遠不會腐爛，永遠處於被懷孕的狀態。而水像不負責任的母親孕育了萬物，卻又揚棄了萬物。唐捐說：「大地豪乳　雲間之聖母／收容我這衰朽疲憊污濁的肉身／讓血回到碳酸　骨骼重歸礦物／哺育我以清潔甜美燙唇之乳汁」[44]雖說雨是天地的乳汁，但過多的乳汁只造成洪水之後的滿目瘡痍，可見水是萬物的源頭卻也是災難的來源。更證明了唐捐詩中的母親形象其實就是水的化身。水是所有生物的母親，跨越了所有物質的疆界，也無視倫理與規則，滲透在人與人之間，如〈破獄救母〉可以說是水的死亡與母親雙重聯想最淋漓的表現，此詩中所描述的母親，穿梭在地獄中，有著不能根除的劣根性，並且不斷轉生於不同生物的身體當中。但是細讀此詩中的地獄，其實就是身體的縮寫，如「我上下尋索　獨不見阿母的魂魄　九殿直腸／十殿是肛門　污濁惡臭　棄我如糞土」，而唐捐最後的結語：「我心即地獄　願邪淫的阿母　永遠囚於心底」[45]，其實就說明「阿母」是唐捐對於水所引發的各種死亡與感官的幻想，以母親的形象呈現，最終仍回

---

[42]　加斯東・巴什拉著、顧嘉琛譯：《水與夢》，頁131。

[43]　唐捐：〈單性生殖〉《無血的大戮》，頁102。

[44]　唐捐：〈假遊仙：水災後臥遊玉山〉《無血的大戮》，頁40。

[45]　本段引詩皆出自唐捐〈破獄救母〉《無血的大戮》，頁81。

到唐捐的心中。詩中所強調的母親之「淫」，依《說文解字》解釋：
「淫，浸淫隨理也。」淫的字意原本就是浸泡在水中之意。靜止的湖
泊形成了生與死的雙重想像。地獄的想像突顯唐捐詩中另一個重要特
色，就是強調感官知覺敏銳到幾近痛楚，這牽涉了唐捐詩中另一種
水，快速奔流的水。

四　快速的水

水在高處遇冷而降，由緩慢流動，聚集凝結成小河，彼此匯流化
成湍急的流水奔馳。人人都曾有過在河邊遊玩的經驗，當手掌放入河
水中，水的流動不間斷地刺激著手掌的觸覺，水聲也同樣持續不停地
進入耳中，因此感官與流動成為唐捐詩的另一種面向。

（一）感官的水

水做為物質的想像，與拋棄身體感官，僅滿足思想的形上理念相
反。水沒有實體，但是卻不間斷地喚起五官知覺的刺激。水的冷熱，
水的膚觸，置身於水中也會有各式的氣味，游泳池、河、湖或者溫泉
的氣味各自不同，更不用說味覺與聽覺。只要在水中，幾乎各種感官
都不斷地被刺激。巴什拉分析：「由於各種官能上的價值──不再是
感覺──同實體相維繫在一起，便產生了不會誤導的相通。因此，像
草原那樣的綠色清香必定是清新的香味；是鮮嫩的、有光澤的肉體，
是像孩童的肉體那樣的豐滿肉體。各種相通都有原初的水，由肉質
的水，由普通的本原所支撐。」[46]因此水的流動刺激著感官，是唐捐詩

---

[46] 加斯東・巴什拉著、顧嘉琛譯：《水與夢》，頁37。

中的重要構成部分。在刻畫佛教神話〈懈慢界哀歌〉中，懈慢界的居
民會以美妙的歌聲迷惑前往西方極樂世界的往生者，唐捐說：「啊，
桶中的音樂／像各式各樣的調酒（攪拌著地水火風的菁華）／沖泡我
清靜的六根／／六根肥腫，如營養的人蔘／在音樂的汁液中伸展觸
鬚……」[47]美好的歌聲如水，在水中聽覺則不斷增強，浸泡在水的刺
激當中而使感官變得極端敏銳。其他如：「美好的感官經驗如同福馬
林（Formalin）／浸泡著酸疼的腦神經。我喜歡妳」[48]亦然。

　　唐捐說：「我聽說，身體透過觸覺及其同屬的痛覺而成其為我的
身體，此中蘊有確立主體的消息。然則人在地獄之中，痛感無限飆
昇，自我意識當更尖銳明快，反抗仍然可能。」[49]如前述，唐捐的地獄
如果是湖的一種遐想的話，那麼，泡在水中，是透過周身的觸感建立
起自身的感受。感官過度敏銳便成為痛覺，地獄其實是水高度增強感
官化之後的隱喻。

　　外在的水流具有膚觸，而人體內水的噴射則產生快感，最強烈者
當然莫過於射精。唐捐喜歡用充血的勃起來比喻持續中的狀態，例
如：：「充血的筆抖動不已，如彎曲的釣竿／使力將它握住，雙手微
微在出汗」[50]又如：「秋日黃昏，沒有一根煙囪不勃起／沒有一條街道
不亢奮，夕陽」[51]

　　勃起的狀態是只是過渡，仍然等待射精此等強烈的快感方可結
束。在肉體上的快感是射精，在精神上，最接近的當屬創作給人的興
奮。感官高度刺激造成人亢奮失神的狀態，這種狀態又與狂熱的寫

---

[47]　唐捐：〈懈慢界哀歌〉《暗中》，頁93。

[48]　唐捐：〈狐戀一九九九‧2養成內丹〉《暗中》，頁69。

[49]　唐捐：〈後記〉《無血的大戮》，頁173。

[50]　唐捐：〈裂殼而出〉《暗中》，頁185、186。

[51]　唐捐：〈落葉之歌〉《意氣草》，頁11。

作，或者附身等宗教超自然經驗有相近之處，最精彩的表現在〈此刻
我不想寫詩〉中：

> 我不想寫詩。我曾在午夜的燈下／狠狠套弄一隻筆／逼牠傾吐
> 傾吐，啊，再傾吐──／等牠亢奮起來／我卻像一名闖禍的小
> 孩急於逃脫／但牠已深深嵌入指掌，難以拔除。這時／我看到
> 筆尖流洩出來的是我的精血／、牠的話語：「放了我吧放了我
> ／讓我回到筆筒你回到子宮求求求你／放了我我好爽但我快
> 要⋯⋯虛脫」[52]

　　至此，創作的狂喜與肉身的高潮已無分別。身體當中水流的快
速流動噴發所帶來的快感，除了射精之外，也來自排泄。佛洛依德
早就提出人的性心理發展在一到三歲屬於肛門期(anal stage)，人的原
始慾力（Libido）滿足，主要靠大小便排泄時所生的刺激快感獲得滿
足。不需學理闡述，人人都可從日常生活經驗得到驗證，排泄雖是不
潔，卻是人生一大樂事。唐捐的詩中也常可見排泄。有趣的是，唐捐
詩中的排泄，時常透過「憋」的狀態，來凸顯「排放」的痛快。在
〈生活與倫理與便當〉中，唐捐在透過小學生處境說：「鐘聲必已被
綁架到遠方的遠方／憂慮隨秋千擺盪。『我們應當／效法⋯⋯。我們
應當⋯⋯』不快／不快也漲滿我小小的膀胱。在生活／與倫理的課堂
上偷吃自己的茫然。」[53]〈鷥鳥自歌〉中，唐捐藉由鷥生的口吻剖析創
作：「我是多麼多麼寫字／像一名尿失禁的老人　濕了衣褲／詩了稿
紙　喔　不　我要忍住／像花忍住鮮紅　蘋果忍住甜／我要忍住字／回到
人間　灌溉一切龜裂的耳目」[54]憋尿是每個人都有的經驗，憋與解放更

52　唐捐：〈此刻我不想寫詩〉《暗中》，頁98。
53　唐捐：〈生活與倫理與便當〉《意氣草》，頁11。
54　唐捐：〈鷥鳥自歌〉《無血的大戮》，頁64。

像是快感的一體兩面，憋的越久，解放時的快感也越強烈，當得以痛快的讓屎尿宣洩時，身體彷彿獲得重生：「拉出脾胃、拉出肝膽、拉出心臟與腦隨／『恭喜恭喜。』我很累，妳很欣慰：「你已／不是昨日的你」是的，淚也是新鮮的淚」[55]延續這樣的思考模式，生產也與排泄一樣，經歷巨大的水流排放之後，必定可以獲得更大的喜悅，以及被生產／排泄者的疏離。如其〈宇宙論〉：「風雨雕刻我們的軀殼／烈日打造了心情──／我們被完成。靈魂被排泄到天地之外／身軀被母親開除／／茫茫星海，找不到父親／成為流浪的宇宙塵。」[56]此詩點出人生於天地間，懷有被拋入世界的茫然。當然這樣的思考模式也與前述母親的水是呼應的。

（二）詩的水

但是最終，水的流動最重要的是，象徵物質世界中持續運動的動力。即使我們知道時間忽焉而過，就像水終究會流向彼方，走向死亡的命運。但是，在那之前，水仍是流動的，從雲而雨，經過河川流入大海，進入人體又排出人體，這股穿流於天地之間持續不斷的動能，才是水值得歌頌之處。唐捐自述第一本詩集名為《意氣草》的原因：「我以『意氣』名集，未免有所自期。『意氣』之為物，在形上與形下之間，在可貴與可鄙之際。當精神不能奕奕面目不能朗朗的時候，若有意氣蓬勃，或能保養散漫的生命力。」，那麼這股意氣的狀態為何呢？唐捐接著說：「飄來飄去，如透明的蛇龍。用有力的形象，輕輕將我撥弄。我舉手抓取，把握不住他的實體；閉目呼吸，感受得到

---

[55] 唐捐：〈狐戀一九九九．3脫胎換骨〉《暗中》，頁71。

[56] 唐捐：〈宇宙論〉《暗中》，頁48。

它的本質。」[57]在唐捐的文字形容中，這股流竄天地的意氣，不就是水的形象嗎？一如前文陳慧樺的分析，水的流動便是貫串唐捐所有詩作中的詩意。

巴什拉也特別強調水與詩的想像，黃冠閔歸納道：「而水的多樣面貌下有一共同的宇宙性原則，作為詩想像的心靈與世界之聯繫。巴修拉所強調的動態想像與物質想像也因此賦予想像力一種宇宙性的特徵，而此特徵也是想像的形構作用所成就的。」[58]人的想像力可以構成詩，也可以構成人在自然世界中的經驗，人透過水來想像詩，也透過詩來比喻水。詩與水之間的共通性就是「流動」。語言的本身，就是透過時間順序發出高低不同的聲音用以表意，不可能有不流動的語言，這點無論古今中外皆然。因此詩之構成彷彿如水的動態，由不間斷地讓字詞發聲所構成。於是，詩可以如風雨：「意氣籠罩的世界，精神如風如雲／在蒸散，在頭頂三尺處重新集結／化作出色的雷雨，打在心靈的／操場。夜的血肉慢慢鬆軟／蘆葦用功，在濃濃意氣中搖晃」[59]詩也可以如熱湯：「無人可以打翻這碗麵／雖然慢慢煮爛，在安全帽裏面」[60]，詩即使一口痰，也仍不斷流動不停止：「直到有一天／他的身體融為一口痰／被青面獠牙的家門吐出／滲進深深的泥裡／爬上高高的電線桿／如精靈／從電話筒的這一端流瀉出來　灌入充血的筆桿　在紅燒鐵板上刻出神秘的符咒／我才知道　原來　詩　來自痰」[61]，不斷淌流的詩意流行於天地間，但矛盾的是，「語言」一旦化作「文字」，成為無法變動的固體之後，詩（水）的動能就喪失了。因此唐

57　本段引文皆見唐捐：〈後記〉《意氣草》，頁161。

58　黃冠閔：〈音詩水想——倫理意象一環〉《藝術評論》第16期（2006年3月），頁110。

59　唐捐：〈意氣草〉《意氣草》，頁114。

60　唐捐：〈安全思維〉《意氣草》，頁116。

61　唐捐：〈我的詩和父親的痰〉《無血的大戮》，頁31。

捐在詩句中感嘆，希望讓詩回到寫成文字之前，仍是詩意流動朦朧的狀態：「誰有辦法把我沒喝完的牛奶還原成奶粉還原成／牛體內的分泌物還原成草或者陽光、空氣、水分／我好想好想把詩還原成詩意，把詩意還原成／腎上腺素下降以前的樣子。把黃金，還原成鐵」[62]牛奶、詩、金都是精緻的人工加工品，唐捐卻希望他們能還原回更原始的狀態，雖然詩句中是「把黃金，還原成鐵」，詩題目仍是「點鐵成金」，可知在價值判斷上，唐捐是將流動未成形的詩意看得比已完成僵化的詩句更重要。而還原的過程，也是一種逆反的流動，水在天地間原本就是循環不已，即使一時淤塞（靜止的水），也終將再次流動。一如巴什拉的形容：「在我看來，液體性就是語言的願望本身。語言欲流淌。語言自然地流淌。語言的驚跳，不流暢，生硬之處都是一些更為矯作，更難以採納的習作。」[63]

五　結語

唐捐的好友，也同樣是學者的詩人孫維民曾說：「或許已經有人發現了：唐捐的散文令人不快。這種不快當然不是來自於任何表現形式的缺憾。」[64]這樣的評語放在唐捐的詩之上，仍然相當適合。但是為何這種令人不快的文學作品，卻別具吸引力，讓唐捐的詩與散文，在九〇年代當中屢屢獲獎？或許唐捐詩中水的想像可以提供答案。水在唐捐的生命歷程以及實際詩作當中都有相當重要的地位，透過水的流動變形，唐捐的詩讓我們的閱讀旅程不斷流動在物質之間，甚至是物

---

[62]　唐捐：〈狐戀一九九九・4點鐵成金〉《暗中》，頁73。

[63]　加斯東・巴什拉著、顧嘉琛譯：《水與夢》，頁205。

[64]　孫維民：〈人是必要的主題〉收錄於唐捐《大規模的沈默》（臺北市：聯合文學，1999.8），頁228。

質與理念間。詩中合成了各種異質文字，穿越了死亡與母親的夢幻，將感官刺激發揮到極點，最終讓讀者驚喜於一種想像的動態，不僵化固化。巴什拉在分析水的魅力時曾說：

> 眼睛自身，那純粹的目光，看著固體的東西也疲乏。眼睛願夢見變形的東西。要使目光確實接受夢中自由，一切就在富有活力的直覺中流逝。S‧達利的《軟鐘表》拉得長長的：在桌端淌水。鐘表生活在粘的時空中。鐘表像漏壺一樣，它使在畸形怪物誘惑下的東西「流動」。[65]

達利超現實的筆觸刻畫日常事物的流動、變形，一如唐捐詩中的水意象脫離常軌，揚棄目前臺灣詩壇慣見的美學規則，挑戰倫理與道德，甚至刻意反崇高，妖魔化，保持詩意的朦朧曖昧流動，實則可以用男詩人的陰性書寫來加以詮釋。但是在詮釋之前，唐捐對於水的刻畫已經接觸到人普遍的深層意識，貫串起我們在山澗湖邊河海之際的童年回憶。或許，這正是唐捐詩作當中難以言喻的迷人之處。

65　加斯東‧巴什拉著、顧嘉琛譯《水與夢》，頁118。

第七章　李魁賢詩與詩論中的社會

一　前言

　　1937年6月出生的詩人李魁賢，屬於「戰後成長的一代」，他們經歷過戰爭時期的艱苦，走過臺灣六、七〇年代奮鬥的歲月，對於社會有較強烈的使命感，因此七〇年代風起雲湧紛紛創立的詩社，多是呼應當時臺灣退出聯合國，中美斷交的政治困境而發。乃至之後臺灣文學的提倡與追尋，主角都是以「戰後成長的一代」詩人為主。中研院研究員蕭阿勤說明戰後世代是：「具有鮮明的世代認同，在國族歷史敘事中定位自我、世代與社會，並且發展回歸現實、回歸鄉土理念與實踐的知識青年所構成的回歸現實世代。」[1]

　　李魁賢則屬當中的佼佼者。李魁賢是笠詩社創社第一批同仁之一，至今仍是笠詩社的重要詩人。多年來積極創作詩作，勉力以評論為詩人造像，累積至今有詩作上千首，文建會編選的文集也有十冊之多。除了自身創作之外，兼擅外語的李魁賢，多年來致力於翻譯外國優秀詩作介紹給國內讀者。從步入詩壇以來歷獲吳濁流新詩獎、巫永福評論獎、笠詩評論獎、行政院文化獎、賴和文學獎、吳三連獎等。

---

[1]　蕭阿勤：《回歸現實：臺灣1970年代的戰後世代與文化政治變遷》（臺北市：中研院社研所，2008年），頁4

在國際上也獲得英國國際詩人學會傑出詩人獎、韓國亞洲詩人貢獻獎、印度千禧年詩人獎等。終於在2001年獲國際詩人學會推薦為諾貝爾文學獎候選人，成為臺灣詩壇獲得國際性肯定的代表詩人。

如此重要的詩人當然值得研究者從各種不同的角度研究。至目前為止，研究李魁賢的碩士論文有三本[2]。專書研究方面，中國大陸已有楊四平《中國新即物主義代表詩人李魁賢》與鄒建軍、羅義華、羅勇成合著《李魁賢詩歌藝術通論》兩本專著。但目前研究李魁賢較為全面且貼近詩人心靈的著作，以王國安《和平・臺灣・愛——李魁賢的詩與詩論》堪為代表，書中除了分析李魁賢的詩論與詩藝術表現外，特別挺立李魁賢對臺灣建國的主張，並分析李魁賢對臺灣文學的貢獻。此外應鳳凰編著《但求不愧我心－閱讀李魁賢》以及文建會所編印《李魁賢文學國際學術研討會論文集》都是十分重要的研究彙編，於其中可以看到解讀李魁賢詩作的各種面向。但是在目前眾多的研究成果中，我們還有沒有辦法找到分析李魁賢的新角度，這就成為吾輩研究者值得思考的問題。

無庸置疑，大多數論者發覺李魁賢詩作中充滿對社會的關懷以及對強權的反抗。郭楓說：「小而至於草木魚蟲，大而至於世界人群，都是他歌詠的題材；而主要的精神有凝聚在弱勢的、下層社會的民眾身上。」[3]陳義芝說李魁賢「一貫主張詩人在現實性與藝術性、個人性

---

[2]　分別為王國安：《李魁賢現代詩及詩論研究》（高雄：國立高雄師範大學國文學系碩士論文，2003）、陳怡瑾：《李魁賢的詩與詩論》（臺中：靜宜大學中國文學研究所碩士論文，2005）、張貴松：《李魁賢詩研究》（臺南：國立成功大學中國文學系碩士論文，2005），王國安的碩士論文之後出版為《和平・臺灣・愛－李魁賢的詩及詩論》（臺北市：秀威資訊，2009年）

[3]　郭楓：〈詩與人的有限與無限－試論李魁賢的人品與詩藝〉收入應鳳凰《但求無愧我心－閱讀李魁賢》（臺北市：遠景出版社，2009年），頁56。

與社會性之間要扮演好角色。」[4]彭瑞金說李魁賢的詩：「在展開對社會現象、政治體制、世界強權製造的戰爭、戰爭威脅，進行強烈銳利的批判」[5]在這些評論當中，「社會」是共通的關鍵詞，李魁賢的詩中充滿對社會的關懷，但究竟什麼是「社會」？此外李魁賢所提出「現實經驗論的藝術功用導向」希望融合詩的藝術與現實關懷兩層面向，我們如何理解李魁賢所思考詩與社會之間的關係。而在李魁賢的詩作中，他又是如何在詩中表現對社會的關懷，在詩中如何將藝術手法與對社會的理念結合為一，使之成為具有社會批判概念的藝術作品。這些問題都還有待學者進一步分析。但首先，我們應該釐清，我們想知道的「社會」，不是客觀意義上的社會，而是李魁賢所認知、所意向的社會。現象學成為我們瞭解李魁賢詩與詩論中的社會的新視野。

　　胡賽爾在1900左右開始了影響歐陸哲學深遠的現象學運動。他提出想要認識事物，應該拋棄過去對於該事物的既定看法以及科學知識，讓觀察回到事物本身，從人的主體與事物相處當中找到事物真實的本質。美國現象學者任沛德（Lester Embree）將現象學歸納成淺顯易讀的格言：「現象學是關於關注過程及其被關注的物件的學問」[6]因此，我們會發現，透過認知事物的本質，我們其實更深刻的認識了自我，因為能夠思考認知的主體，其實是不斷透過意向著世界上的各式各樣的時間、空間以及萬物所建構起來，認識事物的本身其實是更深刻的認識了人的本質。在現象學運動中，舒茲(Alfred Schütz，1899～1959) 對現象社會學的討論，可以幫我們進一步瞭解李魁賢如何認知

4　陳義芝：〈李魁賢詩中的現代性〉《李魁賢文學國際學術研討會論文集》（臺北市：行政院文建會，2002年），頁19。

5　彭瑞金：〈從「文集」論李魁賢的詩路歷程〉《李魁賢文學國際學術研討會論文集》（臺北市：文建會，2002年），頁145。

6　任沛德（Lester Embree）著、水軤、靳希平譯：《反思性分析：現象學研究入門》（臺北市：漫遊者文化，2007年），頁20。

社會，如何透過詩來表現社會，

　　出生於奧地利，後移居美國的舒茲（Alfred Schütz）是一位哲學家與社會學家。他的研究方向是現象學與社會科學方法論，主要受到胡塞爾（Edmund Husserl）、韋伯（Max Weber）等人的哲學與社會學的影響。他在1932年所出版的《社會世界的意義建構》被視為現象社會學的創始之作。他透過現象學的理論，補足了韋伯的社會學理論中不足之處，被視為以現象學研究社會問題的代表人物。胡賽爾看過《社會世界的意義建構》之後曾回信給舒茲說：「你是少數已進入我畢生研究之意義核心的一位」[7]舒茲對於社會的討論給予我們對李魁賢詩與詩論中的社會，有了一個不同以往的觀察角度。

二　李魁賢論詩中的社會

　　李魁賢在他的詩作〈天生的詩人〉當中，說出了自己創作的發展歷程：「我原本也有青春的哀愁／但對詩美的嚮往／我也體會到現實語言的挑戰／逐漸膨脹的社會困局／畢竟有一天終要突破才能見到天光」[8]李魁賢在以楓堤為筆名的階段，多以抒情詩作表達愛與感懷。但是隨著眼界日開對於詩與社會的看法都日漸成熟，李魁賢成為目前詩壇論述詩與社會最深刻的論者之一，對於詩與社會之間的關連性，觀察深刻入微。李魁賢提出詩做為文學作品的存在，是無法脫離社會而完成的，他說：「文學家植基於現實經驗，培養出社會意識的內在結構。而文學作品更是文學家透過對社會現實的觀察，利用語言工具表

---

[7]　舒茲（Alfred Schütz）著・盧嵐蘭譯：《社會世界的現象學》（臺北市：桂冠圖書公司，1997年），英譯序頁 xi。

[8]　李魁賢：〈天生的詩人〉《李魁賢詩集・第一冊》（臺北市：行政院文建會，2001年），頁 99、100。

達社會意識，產生經驗的溝通、延伸和深化。因此，作家的生活經驗影響意識，意識又反過來影響作家的創作經驗，文學便是在這樣的辯證關係中發展的產品。」[9]那麼究竟什麼是社會呢？現象學認為社會是由人與人所構成，換言之，當人意向著社會也就是面對人群。但是意向著人群與意向著桌子椅子這些物品不同。社會的特殊性在於構成社會的人群，都是跟能思考的「吾人」一樣，是能夠感知，能夠意向其他客體的主體。他們有情緒能思考，他們就跟能思考的我一樣，因此我看待人群也和人們看待我一樣，彼此的對待是一種特殊的意向關係，現象學稱之為「主體間性」（intersubjectivity）。

　　人的生活經驗是無法離開人群的，人與人的認識與交際是人類生活的重要組成。同時，客觀世界的存在，也取決於人能夠和人共同分享物理感官所感知的客體，我們能夠確認桌椅或太陽的存在，正是在於其他人也能確認桌椅與太陽的存在。李魁賢所謂文學作品所賴以產生並且可以互動改變的社會，其實就是人與人相處的互相認知的網絡。舒茲說：「社會世界的每個領域或範圍，既是一種認識方式，也是一種瞭解他人主觀經驗的方式。」[10]瞭解社會就是瞭解他人的想法，而社會學則是在理解他人的社會行動當中所建構。文學書寫人與人之間發生的事件，也必需要被他人閱讀才有存在的意義。因此能否為人所瞭解，就成了詩最重要的重點。李魁賢：「詩人是否稱職（傳達經驗），決定於他的表達能力，表達能力的評鑑，最簡單的莫過於審視詩中表現了什麼樣的意義，即詩人的立場，其次才是用什麼方式把意義展現出來，即詩人的創作，因此，意義性在詩中是第一要義。」[11]李

---

[9]　李魁賢：〈文學的社會實踐〉《李魁賢文集・第七冊》（臺北市：行政院文建會，2002 年），頁 129。

[10]　舒茲（A. Schutz）著、盧嵐蘭譯：《社會世界的現象學》，頁 163。

[11]　李魁賢：〈詩人的步伐──《一九八二年臺灣詩選》前言〉《李魁賢文集・六》（臺

魁賢的分析深刻之處在於，無法被人所認知瞭解的詩，便無法進入他人的心靈，一味的宣揚自我的情感，卻無法產生感動另一個心靈的力量時，詩就失去了意義。

但是李魁賢詩論的獨到之處在於他並不一味宣揚詩的社會關懷，而是強調社會關懷及詩的藝術技巧並重。李魁賢說明詩即使是寫出社會面向，也仍回歸到需要感動詩人自己。因此：「詩的有情，是從作者的個人意識出發：詩的有義，是要達成社會集體意識的歸趨。」[12]在這裡我們需要小心區分文本與讀者兩種層次的區別。以文字藝術來說，題材的社會關懷以及形式技巧的講究的區別，以讀者來說，則是寫給自己看以及寫給廣大其他人群看的區別。李魁賢指出：「詩人的立場往往是在現實性與藝術性、個人性（personality）與社會性之間選擇和取捨，但詩人應如何扮好適任的角色，實與他所處的社會境況息息相關。」[13]個人與社會、現實性與藝術性的交集點，正是個人能夠感知的主體。而個人的主體如何發覺生活中各種事物的意義，這正是舒茲嘗試以現象學補充韋伯理論之處。

韋伯提出社會科學關心的是人的社會行動其背後的主觀意義，舒茲進一步分析，人是如何在日常生活中反省得到意義。舒茲說人的意識流是一綿延不斷的知覺過程，隨著人的生活，依著時間順序依序排列，諸如吃飯、穿衣、上班下班等生活經驗並不特別具有意義，他們瞬間生成又消失，不斷有新的知覺刺激發生。在此一綿延不斷的意識流當中，意義來自於我們認真主動地去反省回顧，保持著特定的態

北市：行政院文建會，2002 年），頁 200。

[12] 李魁賢：〈詩的情義〉《李魁賢文集·第八冊》（臺北市：行政院文建會，2002年），頁 242。

[13] 李魁賢：〈詩人的步伐——《一九八二年臺灣詩選》前言〉《李魁賢文集·六》（臺北市：行政院文建會，2002 年），頁 200。

度，從過去的生活片段中找出生活的目的。舒茲說：「經驗之所以有意義，是因為它們被反省地掌握。意義是自我看待經驗的方式。意義位於自我對某部分意識所抱持的態度裡。」[14]因為有了對生活經驗的反省，在篩選各式各樣的生活經驗，將無關、無所謂的事件忽視，重視強調能夠感動觸動自己心靈的生活事件，並且加以詮釋，內化成意義。因此不論關懷社會或是抒發一己私情，都必須回歸到個人對生活經驗的反省，從中省思，發覺意義所在。舒茲說：「自我實際的此時此地『正是光源』，它將光射向綿延流中那些已過去、已經驗過的片段，不僅照亮它們，並標示它們，使它們在流中與其他經驗區隔開來。」[15]這正是李魁賢在詩論當中一再強調，對大我的關懷，仍須回到自我出發。如李魁賢曾說：

> 詩的形成包括詩人的「給入」和「給出」，「給入」牽涉到詩人對事物的認知、態度和立場，「給出」則牽涉到詩人對語言的知覺、操作和技巧。因此，詩人必定要藉他的教養，與邏輯性的思考活動去探求事實的真實，從而掌握詩性現實上的意義。有了這種「給入」的能力，才能談到「給出」的可能性。沒有，「給入」的基礎，而欲強行「給出」，便是造成詩膚淺或不知所云的肇因。所以說，詩人要獨具慧眼才能透視事物的真實，以此現實經驗為出發，進而探究藝術的表現。[16]

能夠去給入與給出的，就是詩人的感知主體，是李魁賢在他的生命經驗中經歷並反省，最終確立了意義，並且在詩中加以表現。

14　舒茲（A. Schutz）著、盧嵐蘭譯：《社會世界的現象學》，頁79。

15　舒茲（A. Schutz）著、盧嵐蘭譯：《社會世界的現象學》，頁80。

16　李魁賢：〈詩人的步伐──《一九八二年臺灣詩選》前言〉《李魁賢文集·六》，頁200。

　　由此出發，進一步談到讀者對於詩的接受，詩負載著詩人在生活經驗中反省而生的意義，但這是對詩人而言。對讀者來說，詩未必有相同重要性，未必能領略詩人想要表達的意義。因此詩無法直接傳達意義，讀者讀過了詩就跟生活的其他吃飯穿衣的日常經驗一樣都是一閃即逝，馬上淹沒在其他的生活經驗當中。讀者的生命主體與詩人的生命主體一樣，都是必須透過反思自己的生命經驗，審視各種事件，標示出具差別性的事件，才可得出其中的意義。但這必須是在讀者積累了相當的生命經驗之後，透過反省才能掌握全局。即使是李魁賢自己也不是馬上就創作社會詩作，因為這需要時間的積累。但是即使無法立即馬上達成目標，只要將詩的種子種入廣大人群的各式各樣生活經驗當中，就有可能透過某些人的生命反省，而將之內化為自己意義的一部份。舒茲說：「在時間流中，個人透過生活體驗，而構成自己的經驗意義。唯有這個最深層的經驗，方能為反省所觸及，才是「意義」（meaning）與「瞭解」(understanding)現象的根源。」[17]因為唯有透過個人，才能喚起對社會的關懷。

　　也因此，李魁賢深知詩沒有直接改革社會的能力，但卻具有漸進深透之功，李魁賢說：「即使詩人直接介入社會運動，詩也未必能產生對運動的直接影響。意即，詩人本身儘管可以同時扮演社會運動家，但做為詩人身份時，他是以詩介入於社會現實中，以意含的經驗傳達給讀者，來引發間接的改質作用，而氣質的丕變，藝術性是能漸進而能深透的手段。」[18]由這些說法可以知道，李魁賢深諳詩如何傳達社會關懷的特質。而李魁賢不止是在詩論中討論詩與社會的關係，更具體地在詩中體現社會。

---

[17] 舒茲（A. Schutz）著、盧嵐蘭譯：《社會世界的現象學》，頁10。

[18] 李魁賢：〈詩人的步伐——《一九八二年臺灣詩選》前言〉《李魁賢文集・六》，頁200、201。

三　論李魁賢詩中的社會

　　李魁賢說：「值得紀念的，不外是人和事；人生在世每日所接觸的，也不外是人和事；而歷史所陳述的，更不外是人和事。……愛詩的心，可以使人保持青春，而滿懷紀念的感動，便是詩心所在了。」[19]人與人相處所引發的種種事件，就是我們日常生活經驗最主要的構成。這就是詩心。那麼對社會的關懷就是對人群的關心，當然也反映在李魁賢的詩作中。只是想要進一步指涉詩中的社會，以及將社會當成研究客體時就會有難度。因為以人的認知來說，人能直接感知到的人主要是生活環境中的人為主，包括親人、朋友、工作遭遇的同事。所謂社會指的是全國的所有人，乃至於全世界上的所有人。但是這些人我們不可能全部都看過，都認識，而且即使是認識的人也不可能隨時隨地都在身邊，因此想要掌握社會的概念，就必須透過某些概念性的歸納。有學者曾歸納舒茲的說法：「此世界包括了我們不能直接經驗到的實在，以及不可能直接經驗到之想像的實在，它們只以類型化的形式向我們呈現，亦即遙遠的對象、人、事件或場所等的特徵化。」[20]為此韋伯提出了理想型（ideal type）的概念，也就是說，我們所知道社會上存在，但我們無法親自認識的人，可以透過某種特定的社會行為加以瞭解，例如韋伯曾經透過解釋清教徒的行為來解釋西方資本主義的崛起過程。舒茲進一步補充，韋伯所提出的理想型，是需要經由主體來加以認知，使其在主體的意識流當中獲得意義。理想型

---

[19] 李魁賢〈詩心所在〉《李魁賢文集・第二冊》（臺北市：行政院文建會，2002 年），頁 4。

[20] Harvie Ferguson 著、陶嘉代譯：《現象學的社會學意味》（臺北市：韋伯文化，2009 年），頁 142。

構成了對人與社會事務的認識，追根究底，就是各種關於人類生活方式的相關知識。也就是說，透過理想型，我們可以據此進一步分析李魁賢對社會的看法。

在李魁賢詩中用力最深，創作最多的社會行動，就是對「不合理強權統治的反抗」。多數人對李魁賢的詩有共鳴，乃至於能讓印度國際詩人協會提名為諾貝爾獎候選人，都是深受李魁賢詩中此特色的吸引。例如認為李魁賢是一個真正抗議詩人的吳潛誠說：「詩人必須扮演社會的良心，秉持在野的、邊際的、反對的、批判的立場，針對政治權力、社會現狀、流行時尚，乃至強勢的文學風潮等等提出『對立』（antithetical）觀點或反調（counterstatements），以供反思。從這一點來看，李魁賢可以歸劃為抗議詩人，他有許多作品都在撻伐當前臺灣政治體制及其政策和措施的荒謬，總是使用譏諷或反諷的語調。」[21]

對強權統治的抵抗此一社會行為，長久以來，都在人類社會文化裡被傳誦，從最古老的文獻至今日國際與國內政治討論中都能看到。但是要如何確切的分析此一社會行為，舒茲的分析足供參考。舒茲進一步闡明，韋伯所提出的「理想型」，還可以細分為「個人理想型」（personal ideal type）以及「行動過程類型」（course of action type）兩種。後者是指一個社會行動，前者則是此社會行動中的人。舒茲說：「一旦我瞭解行動過程類型，我就能建構出個人理想型，也就是『執行這項工作的人』。並且我還會想像在他心中應該具有的主觀意義脈絡，這個主觀脈絡必須適合已界定的客觀脈絡。所以個人理想型是衍生性的，而行動過程類型則可視為完全獨立，猶如一種純粹的客觀意

21　吳潛誠：〈抗議詩人李魁賢〉《島嶼巡航：黑倪和臺灣作家的介入詩學》（臺北市：
　　立緒文化公司，1999 年），頁 75。

義脈絡。」[22]舒茲提出例如郵寄做為一種社會行為，是一種「行動過程類型」，而執行的郵差與收信、寄信人則是「個人理想型」。那麼在「抵抗強權」這樣的「行動過程類型」中。我們可以發現三種主要構成的人，一是統治階層，二是被統治的人民，三是有機知識份子[23]。三種人物可視為三種「個人理想型」，他們各自有行為特徵，而李魁賢的詩時常出現此三種人物典型，並體現對他們的洞見。舒茲的研究則可幫助我們討論，這三種理想型如何在李魁賢的意識中出現，並轉化為詩的過程。我們也可透過對他人的意向當中，體察李魁賢如何思維，如何感受。

（一）統治階層

對於統治階層如何完成統治，義大利新馬克斯主義學者葛蘭西（Antonio Gramsci, 1891～1937）提出「文化霸權」(Hegemony)的概念。葛蘭西認為統治階層想要長治久安保有統治權，不能單靠武力，他們必須建構一套文化，讓人民生活其中，讓他們優先考慮統治者的利益，心甘情願接受統治階級的統治。法國政治學家阿圖塞（Louis Althusser）繼承了葛蘭西的說法，進一步提出了「兩種國家機器」的觀點：一種是「鎮壓性國家機器」，包括軍隊、警察、監獄、法庭等機關；另一種是「意識形態國家機器」，包括政黨、教會、學校、工會等機構。前者得以在國家權力允許下使用暴力，進得迫使人民服從

22　舒茲（A. Schutz）著、盧嵐蘭譯：《社會世界的現象學》，頁214。

23　葛蘭西將知識份子分成「傳統知識份子」與「有機知識份子」，傳統知識份子只具有專業，但不具有領導能力。而有機知識份子不只擅長於自己的專業，還能夠成為文化的辯護者，負有領導市民社會的責任與能力。此處借用此概念來說明李魁賢詩中的政治異議份子與抗議詩人。見安東尼奧‧葛蘭西著：《獄中札記》（臺北市：谷風出版社，1988年），頁501。

統治。[24]

　　在過去白色恐怖的時代裡，統治者用各種監視的方式，監視竊聽騷擾，一旦被指證叛亂，便是下牢入獄甚至死亡失蹤。因此李魁賢的〈聲音〉，用聲音比喻了「鎮壓性國家機器」無所不在的監視：「到底是什麼樣的聲音／會迷幻一般的／常在電話中出現／／注入虛弱的心房裡／搖搖晃晃／／有一天會不會像迷魂一樣／被帶領到何處去大概是從來沒有去過的地方／那時候　朋友們再見吧／那是不許回頭的地方」[25]微小的聲音表示處於暗處，卻又無所不在，看似沒有，卻又難以擺脫其騷擾，令人煩不勝煩，甚至有死亡的威脅。統治者的手段危害之烈，由此可見一斑。李魁賢曾寫下〈奉獻——獻給二二八的神靈〉以及〈老師失蹤了〉描寫二二八事件的相關感懷，詩的美刺溢於言表。

　　由於統治階層壟斷了發言權，寒蟬效應使得知識份子莫不噤聲。但是面對統治者不公義的舉動，顢頇無能的官僚作風，尸位素餐的坐享利益，都使李魁賢看不過去，不得不發言為詩諷刺，針砭一番。只是如果太直接批判統治者，一來少了文字藝術美感，又容易惹禍上身，因此李魁賢時常是透過寓言的手法，將批判對象擬物化，藉由詩的形式給予批判。例如批評國大代表的〈袋鼠〉：「偶爾興起一陣草原的鄉愁／縮起退化的前肢／蹦跳兩三下／卻像是鬆弛的彈簧／只有示範性動作／示範著被豢養的歷史規則而已」[26]隨國民黨自中國大陸撤退來台，由大陸各省分所推選出來的國大代表便形同凍結，不曾改

24　曾枝盛：《阿爾杜塞》（臺北市：遠流出版社，1990 年），頁 165、166。

25　李魁賢：〈聲音〉《李魁賢詩集・第四冊》（臺北市：行政院文建會，2001 年），頁138～140。

26　李魁賢：〈袋鼠〉《李魁賢詩集・第三冊》（臺北市：行政院文建會，2001 年），頁293、294。

選，成為政治上的裝飾品，失去實質作用。李魁賢靈機一動以動物園裏的袋鼠比擬，諷刺了國大代表，也形塑了一種取得權位之後，統治者耽溺安逸、日漸慵懶的具體形象，可放之四海的統治者皆準。

當然李魁賢對於執政者各種施政也有批判。李魁賢不同於過去典型文人的形象，他有工程師經歷，曾創立名流企業有限公司公司，擔任過「臺灣筆會」會長，嫻熟行政事務，當然更能看出政府行政的問題。收錄在《黃昏的意象》當中的多首詩都是這種批判時政的題材，在〈為了降價不得不漲價〉中，刻畫了政府本末倒置，顛倒是非的邏輯。在〈改革運動簡報〉裡刻畫政府由上而下的官僚作風，流程充斥大量堆疊各種好聽稱謂的委員會及會報，急忙提出各種徒具形式的方案之後，換來「領導人看完工作計劃有氣無力地放在一旁嘆一口氣說：／『知道啦！』／改革運動於焉完成落幕／接著由歷史學家忙碌撰寫歷史紀錄。」[27]這首詩恰到好處的諷刺了政府行政的虛文化與無力。

1. 對國際強權的批判

李魁賢精通外語，為了工作也常旅行外國，因此李魁賢的視野往往不侷限於臺灣境內，舉凡國際社會的種種消息，他也多所涉獵。所以他所批判的統治者除了臺灣之外，也包含國際社會種種不公義之事。身為與人民站在同一陣線的詩人，李魁賢也時常透過外國人民的立場，批判獨裁者。例如他在《祈禱》中發表了旅行中國的一系列詩作，正如陳明台教授所說：「大都以負面的意象來表現景物，暗喻中國政治體制和人民存在的現實狀況之惡劣」[28]。最具體表現在〈螭首──北京紫禁城〉當中：「沒有搖曳的身姿／沒有呼風喚雨的遊戲

27　李魁賢：〈改革運動簡報〉《李魁賢詩集・第三冊》，頁123、124。
28　陳明台：〈風景鮮明的詩〉收錄於《李魁賢文學國際學術研討會論文集》（臺北市：文建會，2002年），頁99。

／在強制規劃的格局下／數百年間／溫馴到和中國人民一樣／張著乾燥的大口／沒有水跡」[29]龐大溫馴的人民在屢次鎮壓之後已不敢懷抱自主的希望，就像古老城牆上的螭首，渴望自由而不可得。

　　李魁賢對強權的批判，也反應在希望臺灣能夠獲得獨立自主的國際地位，不必再被其他強權國家所左右。例如早在1987年發表的《李魁賢詩集》中，李魁賢發表了一系列如〈光復釣魚台〉、〈釣魚台是我們的島〉等抗議日本強奪釣魚台的詩作。而影響臺灣最深遠的，莫過於中國與美國。李魁賢在長詩〈再見吉米〉中遍數美國在國際間介入各國事務的例子。美國對臺灣有幫助也有宰制，就像美國長年來在國際間的運作一樣，難免有自身的政治利益考量。因此〈再見吉米〉的尾聲說道：「我期待／在你說再見的時候／就是我完全成熟的日子　我站起來／迎著陽光走 去　唱著自己心靈的歌／我看到你龐大的陰影消散／殘敗的落葉被旋落入沼澤的池塘／只有最後一聲斷氣的哽咽／我看到傾巢而 的新綠／茁長的氣象迎合英雄交響樂的旋律／引吭高歌鬱積心中古老的自由歌聲」[30]李魁賢期許臺灣能有擺脫這一切，得到獨立自主的自由。

2. 與統治者同謀的投機知識份子

　　在葛蘭西文化霸權的論述當中提到文化對於統治權的重要，而文化機構的建立與維持，則是由知識份子所擔任。因此統治要能夠長久，就必須要有與統治者配合的知識份子。阿圖塞則用意識型態國家機器來說明知識份子如何建立意識型態，阿圖塞說：「鎮壓性國家機器的特徵為以暴力來作用，意識形態國家機器則以意識形態來產生

29　李魁賢：〈螭首〉《李魁賢詩集・第三冊》，頁153。
30　李魁賢：〈再見吉米〉《李魁賢詩集・第三冊》，頁317、318。

作用；鎮壓性國家機器只有一個，但是意識形態國家機器則有許多個。」[31]因此舉凡教育體制、文學與藝術領域當中的各種機構，都可能成為意識型態國家機器。這些知識份子透過各種文化活動嘗試將統治階層的利益建構為被統治階級的利益，使其願意效力達成目標，當然文人也獲取統治階級分享的利益。如〈傀儡〉就是諷刺此類文人的例子：「他們操作我靈活的手腳／讓我耀武揚威　顧盼自雄／他們鼓動給我熱烈的獎賞掌聲／淹沒四方角落此起彼落的詛咒／我不滿自己傀儡的演技嗎／我自承傀儡／還是繼續扮演傀儡／因為我根本就是／傀儡」[32]透過這些知識份子的發聲，獨佔舞台集中目光，讓多數的群眾誤以為統治階層所安排的選擇就是最好的選擇。知識份子則沈醉於榮譽與掌聲中，迷失了良知。

　　另一首〈真相〉也是力透紙背，詩云：「你可以吟詠山高水長的時候／卻希望聽到掌聲／／你可以聽到掌聲的時候／卻已看不到真相」[33]詩裡把一個知識份子對於不公義的事噤聲以對，對於當權者卻極力歌頌，終於在獲得掌聲的同時，失去了人生在世對於公理正義的堅持。詩以層遞的方式安排，層層鋪排，最後一句詩句具體烘托了出一個迷失在掌聲中，盲目而得意的知識份子形象，如在眼前。

　　由於統治階層與知識份子的共謀，被統治的人民或者麻木，或者無力反抗，則有待詩人為他們唱出反抗的心聲。

---

[31] 阿圖塞（Lousis Althusser）著、杜章智譯：《列寧與哲學》（臺北市：遠流出版社，1990 年），頁 165。

[32] 李魁賢：〈不再為你寫詩〉《李魁賢詩集・第二冊》，頁 7、8。

[33] 李魁賢：〈真相〉《李魁賢詩集・第二冊》，頁 11。

（二）被統治的人民

　　一個統治的行動，除了統治者之外，還需要有人民願意被統治。詩人的職責自然就是要和人民站在一起：李魁賢說：「詩人之所以成為詩人，是因為他的詩能展現社會集體意識，與被政治宰制的人民感情產生同源性的連接，他才能建立批判性角色的骨架。這種氣質是詩人首要的任務，最基本的前提條件，他是站在人民的線上。」[34] 站在人民的同一陣線上，除了要憐憫之外，也負有啟迪民智的責任，因此喚醒麻木的被統治者，也是李魁賢詩中不得不發的喟嘆。

1. 麻木的人民

　　既然明知是不合理的統治，為什麼人民還是願意接受？其中有弔詭之處，可從李魁賢最為人耳熟能詳的名作〈鸚鵡〉可以察覺端倪，詩的尾聲說道：「主人有時也會／得意的對我說：／『有什麼話妳儘管說。』／我還是重複著：／『主人對我好』[35] 讀者可以很迅速的從這首詩中讀到被統治的人民的形象。鸚鵡所會的一切語言都是由主人所教導，本身並沒有反思的能力，因此即使主人要鸚鵡暢所欲言，鸚鵡也只能重複「主人對我好」。鸚鵡的處境往往就是所有受到統治的人民的處境。一如葛蘭西對文化霸權的詮釋，當人民判斷事情是非對錯的準則，都是由統治階層所建構。當人民已習慣優先考慮統治階層的利益，看得比自己的利益更重要。那麼這種看似經由人民自由選擇的決定，事實上仍然在統治階層的計算當中。

34　李魁賢：〈這就是大家的詩 ── 《愛是我的信仰》自序〉《李魁賢文集・第六冊》，頁314。

35　李魁賢：〈鸚鵡〉《李魁賢詩集・第五冊》，頁53、54。

　　面對這種狀況，李魁賢希望能夠喚醒人民，促成改革。做為一個抗議詩人，李魁賢對於現狀無法改變，人民習慣於接受統治，不願意覺醒自主的現狀感到憤怒，因此有〈起來　願意做奴隸的人們〉這首詩，希望以反諷的方式喚起更多人民的覺醒：「起來　願意做奴隸的人們／如果開放了民主選舉／不要否定那是統治者的德意／我們要用選票回報他們一代又一代的後裔／我們再怎麼流血流汗努力／也抵不過他們擺擺姿勢／接受年輕有勁的歡呼：萬歲！萬萬歲！」[36]詩中描述社會不公之事都已被視為常態，刻意透過反諷是希望喚起人民對此的注意。

　　李魁賢的詩深刻之處在於能深入人心，他尋思人民之所以甘心接受統治，往往是出於私心，為了自己或家族的溫飽，忽視更大的公義。在〈大家來建國〉中說到：「臺灣人真乖／人叫咱企　咱就企／人叫咱坐　咱就坐／人叫咱恬恬　咱遂不敢出聲／／歸百年來　臺灣靜悄悄／干單有風聲雨聲和槍聲／無論什麼怨嗟統吞忍在腹肚內／變成頭殼空空　腹肚寔寔」[37]為了喚醒人民的醒悟，詩人不斷以詩來傳達，但是卻無法收到回應，無怪乎李魁賢要在〈不再為你寫詩〉中感嘆：「我不再為你寫詩了／臺灣　我寫得還不夠多嗎／我寫到手指變形／寫到眼睛模糊／寫到半夜敲門都會心驚／寫到朋友一個一個頭髮花白／寫到所愛的人一個一個離去／／臺灣　你卻一直渾渾噩噩／水一直流膿／空氣一直打噴嚏／土地一直潰瘍／人民一直政客」[38]

2. 苦難的人民

　　此外，人民之所以願意服從統治，有時是出於民族情感，在文化

36　李魁賢：〈起來願意做奴隸的人們〉《李魁賢詩集・第一冊》，頁301～304。

37　李魁賢：〈大家來建國〉《李魁賢詩集・第二冊》，頁144、145。

38　李魁賢：〈不再為你寫詩〉《李魁賢詩集・第二冊》，頁38、39。

霸權的分析中，常可見統治者利用民族情感建立論述，讓人民願意
心甘情願接受統治，不料卻受到統治者的背叛。在李魁賢難得的長
詩〈孟加拉悲歌〉中，他用長篇敘事詩的形式，詳細說明孟加拉擺脫
巴基斯坦的統治，在1971年的獨立戰爭中被視為人民英雄的總統穆
吉布‧拉曼(Mujibur Rahman)的故事。拉曼帶領孟加拉人民打贏這場
獨立戰爭，一時間也獲得國際極高聲望，不料權力帶來腐化。李魁賢
說：「拉曼為自己籌組的黨派蒐羅金銀／把肥沃的土地強徵劃分給他
的親信／任他挑選的士兵掠奪喜愛的物品／無瑕的珍玩　未成年的女
子／自他們同一血緣同一母體懷孕生下的兄弟手中／用孟加拉弟兄們
／排山倒海起義奪來的巴基斯坦刺刀／取閙地割開孟加拉弟兄們餓癟
的肚皮」[39]詩中表現孟加拉人民對拉曼的崇拜與失望，同時點出人性
的脆弱。人民被統治者所背叛，生活的苦難往往比不上心理的難受。
而強權國家為了獲取更大的利益，甚至不惜在國際間引發戰爭，最終
受苦的都是老百姓。在李魁賢的反戰詩作中，這首〈越南悲歌‧婦女
二〉無疑是最令人動容的一首：「倒下去的時候／身體彎曲成 C 形／
苦心建造一個外子宮／懷裡猶緊抱著授乳的嬰兒／好讓他重享出生前
的安寧」在戰爭中不幸罹難的母親仍然緊緊懷抱嬰兒，還希望給予嬰
兒安寧的懷抱，極其簡單的畫面卻為掀起戰爭的統治階層提出最嚴厲
的控訴。

　　李魁賢自己曾經闡明詩人的天職：「在任何一個社會中，『權威』
與『個人』常是在對立的地位，而真正的詩人是『天生的在野代議
士』，為個人向權威挑戰，為個人提供精神上的安慰。」[40]而詩人的職
責放諸四海亦然，1990由美國所發動的波斯灣戰爭，雖然打著反恐

---

[39] 李魁賢：〈孟加拉悲歌〉《李魁賢詩集‧第五冊》，頁92、93。
[40] 李魁賢：〈詩人的步伐——《一九八二年臺灣詩選》前言〉《李魁賢文集‧六》，頁
199。

的大義旗幟，但是背後牽涉的石油利益以及國際政治分贓的局面，卻是難掩其咎。詩人也勇敢寫出〈海灣戰事〉：「喂　就射擊遊牧民族吧／槍砲是我的　你的油也是我的／才不管什麼異教徒的生命／／燎原的烽火照亮黑夜／遮天蔽日的黑玫瑰／倒地不能動彈的沙漠民族／振翅難飛的海鳥／『妳是我的陽光』的情歌／如雷響徹海灣」[41]對於李魁賢來說，詩人就是要站在受苦的人民這邊，不管是中東、非洲、東南亞，都是詩人關懷的對象。

李魁賢是有意識的刻畫人民的形象，不管是諷刺或者關懷，他相信只要不斷的寫，對人民有所啟發，也許有一天：「人民不只是一位百姓／他可以用腳在天空行動／對一切僵化的思想說：不！」[42]

（三）有機知識份子

看似漫天蓋地的文化霸權，從意識型態上控制了人民的思想，而暴力國家機器則威脅人民的生命，變革似乎遙不可及，但是葛蘭西提出「陣地戰」的概念，指的是有機知識份子他們具有獨立思考的能力，並且艱難地在文化霸權內部進行教育，一點一點地瓦解文化霸權，當人民都有所覺醒的時候，改變就有可能發生。因此有機知識份子正是抵抗強權此一社會行動中不可或缺的成分。在李魁賢也以詩極力歌頌這些有機知識份子的形象，主要集中在政治異議份子與詩人身上。

1. 政治異議份子

直接衝撞體制，造成臺灣民主改革的當然要數過去從事民主運動

---

[41] 李魁賢：〈海灣戰事〉《李魁賢詩集・第三冊》，頁201、202。

[42] 李魁賢：〈不只是〉《李魁賢詩集・第二冊》，頁142、143。

的民權人士，他們在政治緊張的時代裡，不顧自己安危，也不計自己的前途，進行各種爭取民主的運動。當中許多人都被當成政治犯收押入監。李魁賢獲得印度詩人協會推薦的代表詩作〈留鳥〉，寫的就是這些人：「我的朋友還在監獄裡／斂翅成為失語症的留鳥／放棄語言 也／放棄海拔的記憶 也／放棄隨風飄舉的訓練／寧願／反芻鄉土的軟弱／／我的朋友還在監獄裡」[43]李魁賢的詩其實是點出某種國際異議份子的共通性格，因此這樣的詩才能獲得國際的認同，不管在那個國家都有知識份子為了抗爭，爭取民主自由而坐牢，他們都曾有過更好的選擇，多半可以出國去過經濟無虞的生活，卻選擇了艱難的道路，成為階下囚。例如在三十五歲成為台大政治系教授與系主任的彭明敏，卻因提出政治異議主張而流亡海外。李魁賢無法忘懷在海外初次得見彭明敏的感觸，於是寫下〈癲痌〉一詩：「風颱一瞬一瞬刮／地動一瞬一瞬搖／你一手／也有法度擋過若濟苦難／／你的清白／猶是恰如赤子之心／大家遂／連你的名字也不敢提起／真實加你／準做癲痌病人共款／因為你的名／是：臺灣！」[44]又例如李魁賢用〈絕食者〉紀念好友施明正：「一條橡皮筋／擺在角落／失去了／彈性／／彈！」[45]為了支持胞弟施明德絕食的行動，自己默默絕食竟然肺衰竭而死的小說家施明正，因絕食而枯竭的生命，被期許還能有反抗的一彈。同樣的李魁賢也寫了〈古木〉來紀念余登發，一位熱愛高雄鄉土，卻在國民黨的操弄下命運多乖的政治家。在〈古木〉中李魁賢所說的：「我看到自己蒼白的臉色／寫著無力的詩篇／我的聲音低啞／無人聽見／我寧願以生命交換你的自由／因為你的信仰會發芽／你的

43　李魁賢：〈留鳥〉《李魁賢詩集・第四冊》，頁149、150。

44　李魁賢：〈癲痌〉《李魁賢詩集・第三冊》，頁144、145。

45　李魁賢：〈絕食者〉《李魁賢詩集・第四冊》，頁151。

希望會開花／你的愛會結果。」[46]今日看來仍然有相當動人的力量。

　　此外，李魁賢所寫的〈自焚〉，也令人想起為了言論自由而自焚的鄭南榕：「我把你的旗幟／裹在我的身上／放火燃燒／／把你的旗幟／化成灰／化成一道虛幻的煙／／我的形體也／化成灰／飛入有待書寫的歷史中／／我終將／成為一座銅像／墊著另一面新的旗幟」[47]這首詩切入國家體系的符旨與符徵之間，國旗是國家的象徵，指向國家，但是國家是由全體人民所組成，並不只統治階級而已。當統治階級壓迫人民的自由時，這個國家本身就已經不再完整，再由焚燒國旗成為另一層符號，透過取消了國家象徵來表現對真實國家體系的抗議。

2. 抗議詩人

　　除了以詩紀念民主運動前輩之外，我們可以觀察到李魁賢筆下也常可見到古今中外抗議詩人的身影。於是李魁賢在〈愛奧尼亞海的夕陽〉[48]中歌頌英國浪漫派詩人拜倫（George Gordon Byron，1788－1824）身為英國貴族，世席爵位的詩人拜倫，從不以自己的貴族身份為傲，在詩中始終歌頌爭取自由的勇氣，最後出錢出力支持希臘獨立運動，甚至死在希臘獨立戰爭中。而在南非，因為反抗種族隔離政策的詩人Benjamin Moloise竟然遭受絞刑以對，對於這位國內少人注意的南非詩人，李魁賢以〈詩人之死〉來詠歎他：「詩人莫魯士／你被吊在／絞首台上／處死的時候／像東方節慶的／一盞月亮／不／實際

46　李魁賢：〈古木〉《李魁賢詩集・第四冊》，頁110、111。
47　李魁賢：〈自焚〉《李魁賢詩集・第二冊》，頁138、139。
48　原詩註：「英國浪漫詩人拜倫參加希臘獨立戰爭，逝於愛奧尼亞海。西方民主搖籃的希臘，如今卻是專制當道。」見李魁賢〈愛奧尼亞海的夕陽〉《李魁賢詩集・第二冊》，頁254、255。

上／一盞花燈／火燒燈／熊熊蔓延起來／照耀／黑色大陸的／黑暗／地球另一半的／黑暗」[49]全詩以短句多次分行，在形式上構成一長串的版面安排，似乎象徵了一條伸長擺盪的繩子，牽掛著詩人的犧牲與南非人民的處境。

除了遠方的抗議詩人之外，李魁賢也曾經在國際文學會議的場合上，巧遇中國抗議詩人楊煉，兩人的對話交流指出了不同的方向，〈在古堡樹蔭下談詩後致楊煉〉說：「你在語詞裡追求詩人存在的意義／我試圖透過真實的意義／表達我的國家存在的價值／現實在語言不同的面向也會風雲變化吧／／你在把國家極小化當中壯大自己／我在把國家極大化當中提升自己／不同的軌跡在這一點匯聚／然後像雙曲線一般也許會有相同的方向也許不會」[50]楊煉是中國朦朧詩的代表人物之一，在大陸期間已發表爭議詩作而遭到中共當局的注意，1989年六四事件發生時楊煉正好在紐西蘭訪問，並直接參與抗議行動，從此流亡海外，未曾在踏上中國的土地。這次簡單的會談是臺灣與大陸兩位抗議詩人的交會，從詩中我們可以發覺楊煉強調思想的深度，國族情勢似乎不在他的考慮之內，而李魁賢則是讓國家的藍圖，籠罩了全部的思想。此詩可看到兩位不同風格抗議詩人的交流。

不管是直接進行民主運動的異議份子，到透過文學宣揚自由理念的詩人，李魁賢都用心的以詩為這些人塑像。雖然李魁賢自己謙虛的說：「我畢竟不是一位活躍的運動型人物，只是一位無事時喜歡寫一些抒情詩的默默無聞的詩人」[51]，但是這種透過詩的創作逐步累積動人

---

49 原詩註：「莫魯士（Benjamin Moloise）是南非詩人，因反對南非白人政府的種族隔離政策，1985 年被處絞刑。」李魁賢〈詩人之死〉《李魁賢詩集・第三冊》，頁262～264。

50 李魁賢：〈在古堡樹蔭下談詩後致楊煉〉《李魁賢詩集・第二冊》，頁267、268。

51 李魁賢：〈痲瘋〉，《李魁賢文集・第二冊》，頁30。

的力量，將嚴肅生硬的政治理念，轉化為觸動人心的詩句。

其實這正符合了葛蘭西「陣地戰」的說法，「當成功取得文化霸權時，文化霸權在日常的政治、文化和經濟生活中就不會被人注意到了。可是，假如有些既不在國家也不在經濟上占主導地位的團體想進行變革，那麼他們就需要從事文化霸權的鬥爭。」[52]所謂「陣地戰」是指鎮壓性國家機器可以一口氣打敗，但是意識型態的轉變則需要透過不斷的宣導，才會有逐次的變化，沒有捷徑。文學家們透過詩歌、小說、繪畫等等方式，傳達變革的思想，啟發人民新的思考方向。中研院研究員蕭阿勤也指出，臺灣本土化運動過程中，臺灣文學作家追尋臺灣的歷史、書寫臺灣的文化，這些並非直接參與政治的行動，卻形塑了臺灣認同，產生了更深遠的影響。蕭阿勤說：「這個『臺灣（民族）文學』論述中所涉及特殊的臺灣人或者臺灣民族的集體疆界與認同，是同時伴隨著這個論述的發展，才逐漸建構起來的。在另一方面，這種以特殊的方式意義化與象徵化的文學發展經驗，因為這種特殊的再現方式而與特定的集體認同聯繫起來，成為建構臺灣人或臺灣民族認同所依賴的象徵資源之一。」[53]看似毫無影響力的詩，正是迂迴地感動了讀者，讓讀者在綿延的意識流當中醒悟，在個人主體中完成了對臺灣的認同。

四　結語：理想社會的追尋

據李魁賢自己的統計，生平所寫過的詩作已經超過千首。其中有相當多詩作都是在歌頌生命的美好，透過草木的生長表示深刻的哲

---

[52]　波寇克著、田心喻譯：《文化霸權》（臺北市：遠流出版社，1991年），頁101。

[53]　蕭阿勤：《回歸現實：臺灣1970年代的戰後世代與文化政治變遷》，頁248。

思。但誠如吳潛誠所說：「我們閱讀李魁賢的感懷和抒情作品，會發現他細膩、誠摯、溫馨的一面，但他的作品竟被『抗議』佔掉一大半，這顯然與詩人不趨炎附勢的耿介個性有關，與詩人對詩的信念有關，但也必須從臺灣特殊的政治脈絡中去了解。」[54]面對有待爭取的民主政治，面對蠻橫的統治階層，李魁賢在困苦的年代中透過一篇篇詩作，緩慢但持續地建構詩人對社會的關切。

　　透過舒茲的現象社會學的討論，我們可以在李魁賢的詩論中發現，詩人對社會的看法並不能直接傳遞給讀者，而是必須有待讀者反省領會自己的生命經驗，進而體會社會對自己的意義。詩正扮演著這種中介的角色，讀者對於詩的感動，能夠引導讀者將意識關注到社會的層面上，並從中建立自己對社會的看法。詩面對不公義之事，無法直接作用，但卻具有深遠但確實的影響力。由此觀點，我們進一步分析，可以發現李魁賢所刻畫的「反抗強權行動過程類型」，當中可以區分出統治階層、被統治的人民、有機知識份子等三種人的類型，建構出一套抗議強權的立體圖像。在這幅圖像中，他總是深刻刻畫出每種人內心行動的動機感受，由於刻畫的夠深也才能產生力量，不但感動漢語詩的讀者，在轉譯之後，也感動了其他國家的詩人。舒茲的理論幫助我們釐清李魁賢詩論與詩作對於社會更深一層的看法。但也許，只有李魁賢這首〈我們的詩〉，最足以詮釋李魁賢詩作的成就。詩說：「詩不是語言的現象／詩人要對官方謊言的共謀說不／要對官方的謊言說不／要對官方說不／／詩至少要拯救我們的心靈」[55]

54　吳潛誠：〈抗議詩人李魁賢〉《島嶼巡航：黑倪和臺灣作家的介入詩學》，頁77。
55　李魁賢：〈我們的詩〉《李魁賢詩集‧第二冊》，頁72、73。

第八章　孫維民詩中的惡

一　前言

　　孫維民自15歲開始寫詩以來，已經多次獲得臺灣各種重要新詩獎項肯定，包括曾獲中國時報第十三、十五、二十四屆新詩獎、臺北文學獎新詩獎、中央日報新詩獎、藍星詩刊屈原詩獎、臺灣新聞報新詩獎、全國優秀青年詩人獎等等。作品多次選入國內外重要選集、如《新詩三百首》、《二十世紀臺灣詩選》、《現代新詩讀本》、《中華現代文學大系》等。至今已累積有《拜波之塔》、《異形》、《麒麟》、《日子》四本詩集。雖然單就數量來說，孫維民的詩作並不多，但是他總是仔細斟酌每一首詩之意象與語言，講究主題與韻律的契合，使得他的詩作大多數都是成功的，因此孫維民的詩時常受到其他詩人的愛好。

　　但是孫維民所受到的注目卻與其詩的品質不成比例，到目前為止，尚未有專門討論孫維民詩作的期刊論文發表，幾乎都是發表在詩刊以及報紙上短篇賞析文字為主。至今所見較深入的討論，只有唐捐〈違犯・錯置・污染——臺灣當代詩的屎尿書寫〉中專論孫維民的一節。與其他同年紀的中生代詩人相比，孫維民所受到關注明顯不足。

　　這當然與詩人本身的活動性有關，孫維民的生活簡單而規律，他並沒有參加任何詩社，也鮮少參與詩壇活動。在遠東科技大學應用外

文系擔任副教授的孫維民，除了簡單而規律的教書生活之外，把全副時間精力都用在詩與散文的創作上，雖然累積了精彩的創作成果，卻由於與文壇互動不高，而受到研究者的冷落。

另一個可能性，可能與孫維民詩中濃厚的基督教思想有關。孫維民本身是虔誠的基督教徒，基督教信仰可說是孫維民詩作最核心的主題。在詩中，處處可見對上帝的渴慕以及聖經典故的引用。加上他的碩士論文研究《艾略特四首四重奏之主題交織》，博士論文題目是《米爾頓失樂園的解構閱讀》，艾略特與米爾頓都是西方重要的基督教詩人。可知，基督教信仰是認識孫維民創作的關鍵。但是在臺灣詩壇中，宗教詩並不特別受到研究者重視，相關研究成果並不多。在目前僅有的研究成果中，又以佛教詩研究佔了最大宗。現代詩與基督教信仰的相關論述，在臺灣現代詩研究領域中相當罕見。沒有豐厚的相關研究基礎，當然也難以吸引研究者的投入。這點也可從下列狀況得知，目前討論文章中，幾乎沒有人嘗試從基督教思想切入分析孫維民。

唐捐是少數從基督教角度切入分析孫維民詩中的研究者，他關注孫維民詩中的穢物意象，唐捐所下的評語是目前最貼近孫維民詩作主題思想的論斷：「孫維民的屎尿書寫，雖極力凝視『競相怒放的／黑色勢力』，卻始終流露一股源自基督教傳統的『幽黯意識』（gloomy consciousness）——即以強烈的道德感為出發點，並未隨罪惡俱沉或對黑暗作價值上的肯定。同時，他深切認知『惡』或『魔』是我的一部份，故與衛道式的斬滅並不相同。這是一種哀傷的凝視，以一身而集天下糞，頗有『哀眾芳之蕪穢』的騷意。」[1]對於惡的凝視與反思，

---

[1] 唐捐：〈違犯‧錯置‧污染──臺灣當代詩的屎尿書寫〉《現代漢詩的魔怪書寫》（臺北市：學生書局，2010年），頁325。

自當是研究孫維民詩作重要的主題。而現象學的研究成果則剛好可以將這種惡的反思置於學術研究脈絡中。

　　不能忽略的是，我們所生活的世界總是與惡[2]同在的，人們所犯的罪行充斥於報紙新聞，日常生活中我們總因他人的冷漠與惡意，感覺痛苦甚至戰慄，惡是如此真實存在的事實，卻難以定義。於是乎在不同的宗教信仰、道德規範中對於惡的起源有種種解釋，但是對於我們理解「惡」的存在卻似乎沒有幫助。那麼，現象學或許可以提供我們一個學理的基礎點。

　　現象學要求人放下對於事物的成見，將研究的重心從人的心理學或者物質的自然科學，轉移到人如何看待事物的此一過程的本身。惡的狀態正是一種感知的狀態，而不能簡單歸納到物質世界或者人的心理狀態中，於是法國重要的現象學家保羅・里克爾（Paul Ricoeur，1913～2005）[3]對於惡的研究，便給我們一個極佳的研究進路。

　　保羅・里克爾嘗試利用現象學的研究方法，反思發生在人身上種種的惡，他利用詮釋象徵的方式分析西方神話，他認為人是先意識到

2　柯志明曾以專書分析里克爾《惡的象徵》，他曾分析里克爾所討論的惡的定義，里克爾不從嚴格詞義上定義「惡」，而是指日常生活中凡是我們所經驗不善、不美、種種罪惡等都是惡。其中惡有兩種區分，一是人所造作的惡，一是人所承受的惡。人所承受的苦難之惡，並非由人所造作，但在我們的生活中確實存在。同時，里克爾的分析也指出人的意志中有一種阻礙我們趨向善的因素，里克爾稱之為「奴隸意識」（servile will）不管是人所承受的苦難，或者影響著人的抉擇的奴隸意識，都是超越人的理性解釋的超然存在，此觀點也延續到里克爾對惡的討論當中。見柯志明：〈結論：《惡的象徵》的反省與吸納〉《談惡──呂格爾《惡的象徵》簡釋》（臺北市：臺灣書店，1997年），頁207～233。

3　保羅・里克爾（Paul Ricoeur, 1913～2005），法國著名哲學家、當代最重要的解釋學家之一。曾任法國斯特拉斯堡大學（Strasbourg）教授、巴黎大學（Sorbonne）教授、，並為美國芝加哥大學、耶魯大學等大學客座教授。2004年11月，被美國國會圖書館授予有人文領域的諾貝爾獎之稱的「克魯格獎」。2005年5月20日逝世。

惡，然後才編造出神話來解釋惡的由來。人對惡的反思，最顯著的展現在懺悔的語言中。里克爾說：「語言是情感之光。透過懺悔，對於過錯的意識投入言語的光亮之中；透過懺悔，人留下言語，甚至在對他自己的荒謬、苦難和苦惱的體驗中」[4]但是這種惡的體驗，是如此幽微模糊，難以直接言喻，因此先民這種感受著惡的意識，唯有透過象徵的方式才得以展現。里克爾將惡的象徵分成三種層次。首先，人對於惡的模糊認知，會以不潔、違約、自責三種感受表現，這是人意識到惡的初級象徵。隨著文明發達，人們進一步用敘事形式來詮釋之，這就是神話，這是第二層的象徵。而進展到能以神學等抽象理論來論辯，例如神學中「原罪」觀念的討論已經是屬於第三層次的象徵。

那麼將這些「惡的象徵」的討論，引用在詩作分析上是否可行？里克爾自己曾對象徵做出分析，認為有意義的象徵都會呈現宇宙、夢、詩等三種面向，因為宇宙自然萬物對人來說都具有其象徵意義，語言原本就是人從自然的象徵中來表達思想的符號。夢是人深層意識的展現，就是透過具體事物的象徵，表現人的心靈。詩則是人的想像力的展現，是一種創造性的象徵。里克爾說：「詩的形象的結構也是夢的結構，在夢的結構由我們過去蛛絲馬跡引伸出對我們未來的預兆時；詩的形象的結構也是秘義的結構，秘義使神祇顯現在天上和水中，顯現在草木和石頭之中」[5]現象學家多半特別重視詩的分析，因為詩呈現出人對於事物或觀念尚未被條理化分析的最直接感受。綜觀孫維民的詩作就像一篇篇懺悔錄，紀錄著詩人對於自己以及全人類罪惡的反思。孫維民說：「約翰曾謂：『全世界都臥在那惡者手下』，〈以弗所書〉則說人並非是與屬血氣的爭戰。我對《聖經》的信念，經常

---

[4]　保羅・里克爾（Paul Ricoeur）著，翁紹軍譯：《惡的象徵》（臺北市：桂冠圖書公司，1992年），頁7。

[5]　保羅・里克爾：《惡的象徵》，頁14。

來自類似悲觀武斷的章節。」[6] 孫維民的詩作之所以充滿對惡的觀照，起源於西方文化基督教傳統中的幽暗意識，但其中自有救贖的消息。因此本文擬以「惡的象徵」為出發，分析在孫維民詩中惡所呈現的樣態相貌。

現象學要求人們對事物既定的認識「存而不論」，認識事物不借助過去未曾反思的自然態度，而是回歸到事物本身，只在意識現象的直觀逼視認識事物的本體。透過孫維民的詩可以看出人面對惡會有三種直覺的感受，恰好里克爾與的分析相呼應。

但是《惡的象徵》只是里克爾三卷《意志哲學》當中第二卷的第二本，其中針對惡及相關神話進行分析，但尚未給予惡更全面性的詮釋，在更廣大的框架下指出惡對人類的意義。在孫維民的詩中，對於「惡」的凝視雖然重要，但是對於上帝的仰望其實是更豐富、更重要的主題，也唯有透過與上帝的對比才能看出惡的意義。因此第五節再從惡的意義進一步討論。以下分別說明：

二　褻瀆（defilement）：畏懼穢物的不潔感

閱讀孫維民的詩，很難不注意到詩中時常出現的穢物意象，屎尿、垃圾、污水時常出現在孫維民以城市為背景的詩作中，伴隨著不快。孫維民描繪著文明的景象：「最後，只有垃圾留下／當音樂與燈光相繼離開／衣帽間內一片荒涼／杯盤還殘餘著字句和笑臉的渣滓／地板上的骨頭變白、花瓣變黑／桌椅斜躺在自己的虛空裡／因為血的腥臊而無法入睡／最後，文明如屎留下」[7] 目前人類的文明發展已到達

6　孫維民：〈後記〉《麒麟》（臺北市：九歌出版社，2001年），頁141。

7　孫維民：《麒麟》，頁27。

空前的狀態，但是所生產的垃圾與污染也幾乎將扼殺人類的未來。
垃圾的污穢骯髒，幾乎將詩人逼得無路可退，只能尋求音樂之美，
希望透過這些具有靈性的聲音將自己拔離。在〈巴哈〉一詩中，詩人
說：「大慈大悲的菩薩，你將我／拔離此一世界，這堆不可思議的垃
圾──／蟑螂變化為蝶／肥蛆長成蜜蜂／（至於鼠輩，無人知道它們
哪裡去了）／在高處的果園飛／5'05"」[8]在孫維民早期詩作中時常喜愛
歌頌樹與果園，那是聖經中伊甸園的象徵，但是過去詩人所喜愛的聖
地，今日卻成了穢物淤積，害蟲橫行的垃圾堆，讓詩人亟欲脫離卻不
可得。這種身陷於穢物之中的畏懼感，就是對於惡的第一種覺知。

　　遠在人類關於道德規範尚未建立之前，對於不潔的禁忌已經成為
原始文明的重要成分，關於食物的烹調、女人的生產乃至死亡的處
理，由不潔所導致的禁忌在各種原始文明中都時常可見。「不潔」不
單純只是物質上的衛生問題，經過人的認知，不潔也代表了人格上的
一種無形的過錯。因此「淨身」也成為重要的宗教儀式，以象徵的方
式，透過儀式去除精神上的不潔。

　　但若惡的存在如此強烈，連儀式也無效，這就成了人體驗不潔當
中最深層的恐懼。孫維民詩說：「在一隻白鳥棲息的樹下，他開始工
作／鐵鏟掘開黑色的泥土／成群的山鼠麴草四處奔逃──／最後他將
滿袋的惡夢埋下／他回到床榻的時候，蛇類／還在秘密的洞窟裏沈睡
／他夢見遙遠的惡夢像一堆嬰孩／以植物生長的速度，劇烈地嚎哭」[9]
孫維民嘗試將惡夢一如垃圾一樣掩埋，就像儀式一樣，以象徵的手法
將不潔去除，但是惡夢已經污染了詩人其他的夢，使他在夜裡飽受折
磨。里克爾提出對於褻瀆的更進一步觀察：「這是古時褻瀆在客觀方

8　孫維民：《麒麟》，頁107。
9　孫維民：〈清晨掩埋〉《拜波之塔》（臺北市：現代詩季刊社，1991年），頁121、
　　122。

面和主觀方面的兩個特點：一是某種傳染的『東西』，一是因預期禁止會帶來報復的天譴而產生的畏懼。」[10]透過對穢物的體驗，穢物所導致的疾病以及所帶來死亡的懲罰，成為對於惡的進一步體驗。面對不淨，人們進一步將惡引伸為倫理學上道德的缺失以及上帝的懲罰。在聖經中，人面對上帝的懺悔也大量引用了污穢與潔淨對比的詞彙。例如以賽亞書（52:11）說：「不要沾不潔淨的物；要從其中出來。你們扛抬耶和華器皿的人哪，務要自潔。」這樣的困境唯有上帝能夠解除。如詩篇（51:2）說：「上帝啊，求你按你的慈愛憐恤我，按你豐盛的慈悲塗抹我的過犯。求你將我的罪孽洗除淨盡，並潔除我的罪！」正如聖經記載上帝為了滌清人類的罪惡而引發洪水，唯有潔淨的人得以在方舟上逃過一劫。孫維民的〈方舟〉也有相同情懷：「當白晝漫進高樓的窗，百葉上／動如水獸，驚醒橫倒的鞋／兩尾相濡以沫的海魚／當城市之種種垃圾浮沉／在之前的將要在後／髮和砧板偶爾遭遇隨即分散／其間是一浩渺的、堅硬的現實／我在我的幻想之內／乾燥，清潔，溫暖」[11]城市的白晝象徵日常生活，現實一如浮滿垃圾的洪水，污穢寒冷，還好詩人能依靠信仰以自持。

其實褻瀆作為象徵，並非真的討論健康與衛生，里克爾說：「實際上就像褻瀆是一種玷污或污點，對不潔的畏懼也不是肉體上的怕。對不潔的畏懼類似怕，但它面對的是一種意在弱化的生存，使生命失去個人核心的威脅，這種威脅超出了受苦和死亡。」[12]不潔與玷污其實是代表了個人生命價值的減低，將生命變成毫無意義。如孫維民所說：「行道樹上一隻夢見春花的毛蟲／沒有成功，雀鳥將它排出肛

---

[10] 保羅・里克爾：《惡的象徵》，頁35。

[11] 孫維民：〈浮生之二・方舟〉《麒麟》，頁22、23。

[12] 保羅・里克爾：《惡的象徵》，頁42。

門。」[13]毛蟲希望自己成為蝴蝶，化為春天花朵般的美，這是美善的表現，生命存在的意義，但卻為禽鳥所食成鳥糞，毫無價值意義可言。人恐懼穢物、體液、垃圾，背後恐懼的是自身存在意義的消失，害怕自己變成沒有價值不被需要的棄物，這才是藝瀆的意義。但究竟人的意義從何時開始消失？要在何處尋找？這就進入另一個階段的討論。

三 罪（sin）：背棄上帝的麻木感

孫維民的詩多半都刻畫城市中日常可見的生活場景，並在這些場景中，輕描淡寫點出人類殘忍的罪惡、悲哀的苦難，與其冷凝的筆調形成強烈對比。例如〈窗景〉描寫下午兩點四十九分從窗戶中所看到的景色，包含了對面的女人在陽台上晾胸罩，遠處的工人在鷹架上施工，看似平凡的生活片段，卻插入：「盆栽多數已經枯乾不過還擺置在陽台上／昧暗的窗口始終不見一條細瘦的男人影子／他的氣味溢出半開的百葉──／而週日下午的電視京劇，斷續／從深不可測的中庭底端升起……」[14]在安靜、明亮的生活場景中，以幽微筆觸暗示了鄰人陳屍家中無人理會的處境，所描寫的方式越是平靜，所意會到的悲劇張力反而越大，給人讀來頗有驚悚之感。諸如此類的悲劇與罪行，在孫維民筆下時而可見，有些寫法類似上述引詩，以平凡生活反襯罪惡的逼近。如在《異形》一集中〈夜色〉寫偷竊，〈俘虜〉寫戰爭，而〈他和她和你和我〉則用意識流寫法，由夫妻離婚寫起，經歷了戰爭、謀殺、色情電話、性交易的罪惡，最後歸結到人類使用語言的差異性之大，隱然援用聖經（創世紀11：1）中人類建造巴別塔導致語

13　孫維民：〈那時將是二○○二年‧2〉《麒麟》，頁116。

14　孫維民：《異形》（臺北市：書林出版社，1997年），頁82。

言紛亂的故事。

在孫維民的詩作中，批判人類罪惡最為強烈者，當以〈地震〉一詩為代表，在這首詩中孫維民以上帝住在地下開頭，細述人類的罪惡將給上帝帶來多少折磨：「時而一片頭皮／、內臟或枯骨／彷若積水，自天花板的裂縫／掉進祂的晚餐的杯盤中／今天清晨，當祂走入浴室排泄梳洗／在小鏡子裡，祂瞥見一段孩童的手臂／模仿扭曲的鋼筋刺破屋角／殘破的手掌猶在高處指向祂／向祂，索討審判和公義⋯⋯」[15]詩中的上帝更像是詩人自身的體現，強烈感受到世間罪惡向自己逼迫而無能為力，尤以孩童手臂的意象著實令人驚心動魄。那麼什麼是「罪」呢？

里克爾說：「就罪的意識而言，重要的正是契約關係的先在確立；把違背契約當做罪的，正是這種先在確立。」[16]所謂的罪，乃是違反規範的狀態，必須先有契約規範的前提，才能有違反的狀況。關於偷竊、謀殺、嫖妓等行為違反了國家明訂的法律，是屬於社會所認定的罪行，身於此國家中人都有必須遵守基本前提，此無疑義。但身之為人，本身還有另一層罪。基督教義中的罪，是人違反了與上帝的約定。人類之罪的由來記載在聖經中，創世紀記載上帝創造了亞當與夏娃，並且讓他們安住在伊甸園中，過著快樂的日子。此時人與上帝（創造人的原因）的關係和諧，人與人的相處美好。伊甸園其實是一種象徵人與其所存在的意義和諧共處的狀態。但夏娃受到了蛇的引誘，人類的始祖吃下了善惡樹的果實，被逐出了伊甸園，象徵從此人與其存在的意義分離，從此流離浪蕩，終身勞苦。此處的神話必須以象徵的方式來理解，罪代表的不是法律與罰則，而是人迷失了存在意

15　孫維民：《異形》，頁51、52。

16　保羅・里克爾：《惡的象徵》，頁54。

義的狀態。里克爾說：「罪的基本象徵系列表示一種關係的喪失，一種根源的喪失，一種本體論基礎的喪失。」[17]因此，罪最具體的展現，不是犯法，而是冷漠、物化的人際關係。孫維民善寫都市中為了個人升遷、利益而不擇手段的人物，例如〈致某人〉：「權力顯然是堅固的山寨／賜人平安，高遠地觀望黑暗和荒涼／幾乎如一神祇／／我說：『我為你的靈魂憂慮』／但你始終重視個人衛生／三餐之後不忘刷牙」[18]詩中所寫的某人毫不在意靈魂的問題，卻極重視個人衛生，一方面凸顯了重欲不重靈的處境，同時對身體清潔的重視卻與靈魂的污穢成了鮮明的反襯。又如〈另一位女士〉：「她更有可能接管這一個星球／（有人說是蟑螂或細菌）／經過大海、曠野、交疊的街巷／經過全然現代的會議和戰爭……／／讓人困惑的是她每夜的睡眠／完好如一從未殺人的孩童──／那必定需要極大的無知／我想，抑或極大的凶狠」[19]文明發達，都會興起，所有巧取豪奪的罪惡都被包裹在開會中，文明的形式改寫了罪惡的定義，詩人驚訝於人類在此中做出多少殘忍的決定，卻能安然入睡，一如天真無辜的孩童，這正是罪的表現，麻木無感正是人已經遠離了上帝的證據。

當人不再對人彼此存有善意，忘記了自己存在的目的，只為生存而生存時，其實就與動物沒有差別，甚至比動物更不如。因此人獸之辨也是孫維民喜歡處理的主題。在詩中，孫維民對於動物往往流露出比對人類更多的同情，例如在〈動物出沒的六首詩〉，以動物為名實則批判人類種種行為，例如第四首〈攤〉當中說：「原諒我在你的喜宴中胡思亂想／例如產卵的海龜和刺蛾／例如在赤道邊緣啄食內臟的

---

[17] 保羅・里克爾：《惡的象徵》，頁74。

[18] 孫維民：〈致某人・1〉《日子》（臺北市：孫維民出版，2010年），頁101。

[19] 孫維民：《日子》，頁113。

兀鷹／例如背著猴王偷情的公猴母猴——」[20]毫不留情的批判人類不如動物。

　　但是動物只是一種比喻，人的兇狠又豈是動物能相比。因此有時當看到某些人的行為使詩人高度反感時，詩人甚至與同生為人而感到可恥：「我一定是犯了很大的錯。／才會和那隻動物／擁有相同的座標和學名」[21]這個時候孫維民反而希望自己是一隻普通的動物或植物，而不用背負觸目所見人類同胞的罪過[22]。這種意識便進入惡的第三種初級象徵，罪疚。

四　罪疚（guilt）：良知譴責的病識感

　　詩人眼見人們的疏離與物化，就自然也將意識到，自己也是人，和其他人類一樣，活在這個功利至上的社會裡，雖然有心抵抗，但是卻難以逃脫。就像奧古斯丁所提出「原罪」的理論，所有的人類都繼承了亞當的原罪，孫維民當然也不例外，當意識到自己也是罪人，詩中難免流露出惡的第三種象徵，罪疚。

　　罪疚感是有感於自身無法遵守道德或律法的要求，違背了與上帝的契約，於是施予懲罰的對象由上帝轉而成為自己，是自己無法原諒自己，使自己受苦。里克爾分析道：

　　　　罪的懺悔完成了罪在個人有罪中的這一內在化運動；被召喚的
　　　　「你」成了自責的「我」。但同時也出現使罪的意義轉向有罪

---

[20] 孫維民：〈動物出沒的六首詩4.攤〉《異形》，頁101。

[21] 孫維民：〈關於前世的推測〉《麒麟》，頁93。

[22] 孫維民：〈湖邊之1〉寫觀察野鳥，〈湖邊之2〉寫觀察湖中的魚類。兩首詩都透露厭倦身為人的罪惡，以及對非人的羨慕。見孫維民：〈湖邊〉《異形》，頁65～67。

感的重點轉移；所強調的不再是「面向上帝」，「向你犯罪，
唯獨得罪你」，有罪感強調「那正是我」。……強調「我」而
不是強調「在你面前」甚至忽略「在你面前」，並且完全不再
是罪；現在，「良心」成了純個人體驗中罪惡的度量標準。[23]

良心原本是協助我們向善，但是良心過度的譴責卻使人無法快
樂，無法面對他人，若嚴重到憂鬱症的程度，將導致自我傷害甚至毀
滅。因罪惡感雖是人為了向善而發，但是仍然是在人的侷限當中。向
善的良心因為變質而轉向，成為惡的另一種表現。對於惡有如此深刻
省思的孫維民，我們可以在他的詩中找到罪疚感主要表現在病的意象
上。

人感受到罪疚感的發展過程是曲折的，惡並不是一開始就在最初
的人性中。惡在第一階段有如不潔之物，使人心生畏懼不敢接近，唯
恐接觸後受到感染。但當人開始麻木不覺，在不知不覺行惡造惡，思
想與行為都乖離了美善，讓惡進入了自我當中。當自己發覺的時候，
已經犯下無法悔改的過錯，即使沒被他人發現，也只能抱著恐懼與自
責，痛苦的掙扎。病就像惡一樣，由人體外侵入人體中，成為身體的
一部份。從此無法驅趕。在〈一日之傷〉當中就有精彩的描寫，詩的
第一段描寫平凡的晚餐散步光景：「胃裡的食物磨碎，分解，進入小
腸與大腸／而傷痛持續逗留在體內無法確定的某處／不易吸收，排泄
困難」在自己都沒發覺的時刻，異物（惡）在自己的體內（或可云主
體內），產生了變化，於是第二段寫到：「若干時日之後，它依舊安
然存在／像一枚鋼片或牙齒。／它與肺部吸進的空氣，食道流入的液
體／遭遇，發生奇異的化學變化／終於成為身體的一部分──／／在

23　保羅・里克爾：《惡的象徵》，頁74。

細胞之間築巢，像禽與獸／在血液之上飛翔，如神與魔」[24]余光中也讚嘆於此詩奇特的想像力，說：「此詩手法獨特，將濃重的悲哀戲劇化，而臻於詩末二行之高潮，以對仗之嚴整武斷，把詩情提升到哲學與宗教之間，美得令人驚悚戰慄。」[25]唐捐也分析這首詩：「換言之，腫瘤是難以自力排泄的糞便，惡魔是天地間最可怕的腫瘤。生理上的糞便終究可以經由小腸大腸排出，但靈魂深處的糞便（魔或如魔之物）卻是『對景難排』的。」[26]唐捐在文章中便指出糞便與污鬼的相似性，其實他們都是惡的形象，罪疚感對於靈魂的壓迫卻是難以言喻，詩人將罪疚轉化為詩句，藝術成就背後是詩人承擔的龐大折磨。例如〈異形〉一詩就是最誠懇的告白：「如此強悍的痛苦在我的體內我無法以眼睛嘴巴性／器將它排出我我不能用聲影液體煙霧將它殺死」[27]瘂弦對這首詩的評語也不免感嘆：「那痛苦是孤絕的，沒有第三個人知道，除了他──當事人，和那怪物。可憐的人，他怎會陷入如此可怕的境地？」[28]

　　罪疚感是自己給予自己的懲罰，但人不是上帝，沒有權力責罰別人，同樣也沒有權力責罰自己，當自我陷於自責之中，其實是將自己替換了上帝的位置，其背後心態是曲折難辨的驕傲自大。使徒聖保羅曾說：「律法是我們訓蒙的師傅，引我們到基督那裏，使我們因信稱義。但這因信得救的理既然來到，我們從此就不在師傅的手下了。」（加拉太書3:23～25）世間的律法與自己的良知都是初步的規範，但真實的裁決仍須歸於上帝。能看透這點才能走出罪疚感的折磨。孫維

24　孫維民：〈一日之傷〉《異形》，頁71、72。

25　余光中：〈一日之傷小評〉收錄於孫維民《異形》，頁73。

26　唐捐：《現代漢詩的魔怪書寫》，頁317。

27　孫維民：〈異形〉《異形》，頁68。

28　瘂弦：〈異形小評〉收錄於孫維民：《異形》，頁70。

民在〈給一位憂鬱症患者〉中也這樣安慰病人：「就從回到屋內開始
／從寫一封信開始／從陽台上的嬉戲—蒲葵、梔子／九重葛—彼等的
光影開始／就從劇烈的轉變開始吧，那麼／就從讚嘆一根刺開始／
（它像蓓蕾包容天堂）／就從接近神開始」[29]把審判的權力交給上帝，
讓內心透進光來，只是讚嘆九重葛的刺、梔子花的光影，才能卸下罪
疚感的重負。

　　或許是對於惡的關注太過深刻投入，所以孫維民的詩常給人冷酷
感受，但是仔細玩味，卻又使人感覺到潛藏其中更深刻更溫暖的悲
憫，以下進一步透過解讀死亡與樹的意象，來分析孫維民詩中惡的深
層意涵。

五　綜論孫維民詩中「惡」的意義

　　以上分別透過不潔、物化、病三種象徵來說明說明孫維民詩中的
惡，但這種分別討論難以得見惡的全貌，其實孫維民的詩吸引人之
處，在於透過對惡的逼視凸顯出對美善的無盡追求。在詩中有兩種突
出的意象足以代表，那就是死亡以及象徵生命的樹（盆栽）的意象。

（一）死：象徵人存在的有限性

　　死亡其實就是惡的最具體呈現，死亡是最終的不潔，靠近屍體在
多數社會中都被視為強烈的褻瀆，是最直接讓人反感畏懼之事。死亡
也是罪的直接呈現，亞當夏娃偷吃了知識樹果實的結果就是死，死是
所有罪過的最終懲罰。一如聖經所說：「因為罪的工價乃是死」（羅

29　孫維民：〈給一位憂鬱症患者〉《日子》，頁119。

馬書 6:23）。罪疚感壓迫人的心靈，使人無法感受到生命，雖生猶死，里克爾說懷抱罪疚感的人猶如置身：「在宣告有罪的地獄中」。[30] 死幾乎是包含了所有的惡，卻也是孫維民詩中反覆出現的題材。

　　孫維民的詩中時常出現死亡，死神往往以冷眼旁觀詩人。孫維民說：「為什麼你久久不來？死亡／我已經看見他──蒼老而年輕／沈默，慈悲，從容──／在我的身側／無聲地出沒。我是不是／終於，結束一生的等待／在絕望中和他離開？」[31]詩人一生苦苦等待卻始終不來的，當然是上帝的救贖，但是上帝始終沒有出現，唯有死亡的威脅環伺，冷眼旁觀。孫維民的詩中反覆出現著死亡。如：

> 「啊，死神，你來／我知道你的心地是仁慈的／雖然你有一張可怕的臉……」[32]

> 我聽到其中一朵，最後的呼吸：「我的生命即將結束／黑暗之王已經君臨／他正以恨的病害折磨對手／一點一點啃噬我的花葉與莖幹……。」[33]

> 另一名信女夭亡了，結束了／與她的美德完全不配的苦難。[34]

　　討論死亡最完整的是組詩〈有人不喜歡談論死亡〉，由〈冬至〉、〈我恰巧厭倦了生命〉、〈輓歌〉、〈風暴〉四個不同子題的小詩所組成。〈冬至〉以擬人化方式模擬死神在人類各個角落取走人的

30　保羅·里克爾：《惡的象徵》，頁 111。

31　孫維民：〈幻影 2〉《拜波之塔》，頁 33。

32　孫維民：〈在我的園中有一棵樹〉《拜波之塔》，頁 42、43。

33　孫維民：〈心的暗室〉《異形》，頁 25、26。

34　孫維民：〈紀念日〉《麒麟》，頁 58。

性命，〈我恰巧厭倦了生命〉表現出對生活的疲憊，〈輓歌〉則呼應〈我恰巧厭倦了生命〉，嚮往死亡帶來永久的寧靜，〈風暴〉較抽象，描述一場足以越過夢與真實、生與死、越過一切無法越過的風暴即將來臨。這裡寫的應該是聖經描述的世界末日，是世界現存一切事物的死亡。面對這樣的終結，詩中只有滿心期待，而不見恐懼，為什麼孫維民會這麼在意死亡呢？

專研里克爾的學者柯志明，曾以專書分析惡的象徵的意義，他對惡的分析或許可以給我們答案，柯志明說：「惡的存在與不可解表示人的理性是有限的，也表示生命中有奧秘。」[35]所謂的惡是指這世間所有的不圓滿不美善之事，除了代表了人類自身造作的惡事之外，還有非人類所能控制的悲劇與災難。此外，在人的意志又自有一股導致人無法做出正確抉擇的意志，里克爾稱為奴隸意志，使人做出種種惡行。聖經說：「因為我所做的，我自己不明白；我所願意的，我並不做；我所恨惡的，我倒去做。」（羅馬書7:15）從中可看出奴隸意志是指人無法拔擢自身，深陷於世界之惡中的意識狀態。在孫維民詩中，這些悲劇災難與造作惡行的具體象徵就是死亡。死亡的普遍性以及無關道德性深刻象徵了惡，惡雖然能夠被人類的意識所認識，卻不能被給予解釋。生與死的奧秘超越了人類所能解釋的範圍，孫維民對死的刻畫，背後的含意是人有大限，而非萬能。

在理性抬頭，信仰退位，科學發達的時代裡，人類對於文明充滿自信，相信所有的問題都能透過科學得到解答，人成為自己信仰的中心，於是尼采說：「上帝已死」。但是從對惡的反思中可以發現，人有侷限，並非萬能，這正是里克爾與孫維民想表達的想法。柯志明闡釋里克爾的思想：「我們必須藉助信心才能超越生命的困境，而信心

---

[35] 柯志明：《談惡──呂格爾《惡的象徵》簡釋》，頁221。

的必要條件就是要先能謙卑承認自己的有限與無能。因為信心要求我們相信世界不是依照我們的意志而運轉的，而是一個超越於世界之上的神聖界在掌理。這個神聖界以各種象徵向人啟示存在的奧秘，而我們也正藉由這啟示得知使人存在的造物者對人有一個美好的生命安排。因此無論世間諸種不公義、不幸與罪惡如何綑綁著我們，這都無礙於我們未來將有一個美好的生命遠景。」[36] 透過惡的象徵的分析，我們可以知道，人及其理性是有侷限。當人類對文明的未來過度樂觀，以為自己足以取代上帝之時，目中無惡才是真正的罪惡，也才會帶來更多無法擺脫的痛苦折磨。於是唯有正視人類之不足，才有可能超越惡的存在。一如張灝對基督教思想中幽暗意識的分析，張灝說：「一方面他承認，每個人，都是上帝所造，都有靈魂，故都有其不可侵犯的尊嚴。另一方面，人又有與始俱來的一種墮落趨勢和罪惡潛能，因為人性這種雙面性，人變成成一種可上可下，『居間性』的動物，……人的墮落性卻是無限的，隨時可能的。」[37]

　　誠如孫維民所體悟的：「乖違讓我承認部分的神學／我更接近你了，當惡環繞」。[38] 人性無時無刻都面對著惡的吸引，隨時有墮落的可能，唯有時刻保持清醒，逼視著惡的存在，人才有可能向上，更接近神。一如孫維民的詩逼視城市中的垃圾，城市中為了生存而忘了為何生存的人們，刻畫人們如何在罪疚感中掙扎，時時尋求善的可能性時，這才顯出惡的象徵對我們的意義，提醒生而為人類的侷限與無能，提醒人如何謙卑。一如孫維民的〈復活節〉所說：「他也已經走進擁擠的病人和罪人中間／沒有枕蓆的頭顱終於安睡在痛苦的木架上／而滴落的鮮血，我也已經嚐到／溫熱如兩千年前的下午／／時候已

36　柯志明：《談惡──呂格爾《惡的象徵》簡釋》，頁 230、231。

37　張灝：《幽暗意識和民主傳統》（臺北市：聯經出版社，1989 年），頁 6。

38　孫維民：〈懷人 3〉《麒麟》，頁 20。

經到了／今天，我將死去／並且復活」[39]沒有經歷過死去，就不能理解什麼是真正的活著。

（二）樹：期望神的救贖

由於有惡的環繞，更讓詩人嚮往上帝，雖然孫維民的詩中充滿對惡的描述，對惡人的指責，對於不應有的苦難之哀嘆。但是詩裡更多的是一種向上、向著美善的嚮往。在詩裡，有時這種心願上帝會俯身給予撫慰：「這時，祂進入公車／坐在我的旁邊，說：『你日夜遍植的禱告／已然成林，樹下多有芳草。／來吾道夫先路／令你定居彼處／攜帶著僅剩的一點純真。』」。[40]但是，這種應允似乎並不普遍，而且可疑，詩人自己也說：「因為我在急難之中，甚至開始信仰幻覺……」，而在上帝的救贖尚未出現之前，還好有樹給予詩人安慰。在第一本詩集《拜波之塔》中，第一首詩就是〈秋樹〉，其後各種植物的意象大量出現在詩集中。例如〈海禱〉：「請你帶我走，讓我／或者讓我不要轉醒／在一座無分日夜的花園。花園裏／只有永遠的寧靜和睡眠／只有罌粟的蓓蕾，青澀的葡萄／以及波瑟琵娜的石像／風雨在這裏停歇／夜鶯也不再啼轉／不再有血紅的月色／照在一棵高大紫杉／星光隱滅，一如大海的水珠」[41]詩人嚮往的天堂就是種滿各式植物的花園，在這裡的植物無關善惡，製毒的罌粟，釀酒的葡萄都不再是罪惡的象徵，暴風雨也與詩人一同安心歇止。

到了之後幾本詩集，詩人越來越遠離花園果樹，在污穢冰冷的都市生活裡，唯一能給予詩人安慰的植物就只剩下陽台上相依為命的盆

---

[39] 孫維民：〈復活節〉《異形》，頁47、48。

[40] 孫維民：〈公車〉《麒麟》，頁20。

[41] 孫維民：〈海禱〉《拜波之塔》，頁46。

栽。孫維民在多首詩中都寫到盆栽，最為代表當然是〈三株盆栽和它們的主人〉，這首詩中孫維民巧妙透過盆栽的視角描寫自己：「他是一種較為低等的生物：／無根。排便。消耗大量的空氣和飲食。／善於偽裝。雌雄異株。／心靈傾向黑暗和孤獨。」[42]把盆栽看得比自己高等，對於盆栽的喜愛自不待言。一如白萩的肯定：「這樣的觀察，事實上也是敘述者投射在盆栽後的移情觀察，使此詩成功與否，乃決定於幾個因素：一、移情的能力；二、觀察主人的觀察力；塑造題旨的凝聚力（含剪裁和秩序）；四、作者本身精神世界的寬廣等等。」[43]在此詩中除了可見孫維民的詩藝，也能看出背後的思想傾向。

　　為什麼孫維民特別喜愛樹木與盆栽呢？樹在聖經當中就有美好的象徵，亞當夏娃居住的伊甸原本就是花園。從人的直觀來說，樹總是不斷安靜地朝著有光的上方生長，不妨礙人，即使承受了傷害也只有沉默倒下，毫無怨懟。這種不斷向上的動態使得樹在不同神話中都被賦予神聖的意義。也因此孫維民特別喜愛樹木的意象，面對樹木或者盆栽，以及描寫著它們的文字，都隱含著對著上帝的愛，對著光明美善的嚮往，那正是孫維民詩中最重要的風格。一如孫維民必須為了一株九重葛而寫一首詩：「我必須為它寫一首詩／讚美紫紅的苞片、綠葉、尖刺／以及文字無能為力的美善──／我必須為自己贖罪／／黑暗和絕望成為片面之詞／當我走進清晨的街道，看見天空／看見它像一光明的天使／肅立在神座前」[44]孫維民在九重葛身上看到的是一種不斷努力朝著光明前進的動態，或許那也正是孫維民詩之所以動人的地方。

42　孫維民：〈三株盆栽和它們的主人〉《異形》，頁84。

43　白萩：〈換位的觀察〉《中國時報》副刊（1992年10月28日）

44　孫維民：〈為一株九重葛〉《日子》，頁86。

六　結語

　　孫維民的詩句簡單冷凝，但卻意韻深遠，耐人咀嚼，尤其是對惡
與善之間有深層的思考，因此本文嘗試透過現象學大師里克爾對惡的
分析作為研究框架，分析孫維民的詩作。可以發現詩人詩中的不淨
感、麻木感、罪疚感剛好符應里克爾所提出褻瀆、罪、罪疚等三種初
級象徵。發現孫維民的詩透過惡的逼視，提醒我們面對超越人類存在
之上的惡需要懷抱謙卑之心。詩中對於善，則嚮往樹木盆栽等草木，
不斷朝向光明前進的動態。

　　余光中認為孫維民詩作精彩之處，在於：「善於調和知性與感
性，而將詩意提升到形而上的微妙之境，每令我想到里爾克。瘂弦先
生說，令他想到馮至。因為馮至反彈了里爾克的金屬之聲。」[45]誠如斯
言，孫維民的詩作將神學的思考、對上帝的愛以及對惡的憂慮與關
注，揉合成冷靜乾淨的詩句，詩中沒有露骨的現實批判，但卻更令人
感受到對人類罪行的指責以及對苦難的哀悼。而詩中一心嚮往光明美
善的專注姿態，正是孫維民詩最動人的地方。

---

[45]　余光中：〈形而上的微妙之境〉收錄於孫維民：《異形》，頁31。

第九章　向陽《四季》中的時間

一　前言

　　1955年出生的向陽，本名林淇瀁，臺灣南投縣鹿谷鄉廣興村人。向陽是詩人、作家、報社總編輯，同時也是臺灣文學領域重要的學者，現於臺北教育大學臺文所擔任教授。向陽獲獎無數，出過的詩集與詩選集有《銀杏的仰望》、《種籽》、《十行集》、《歲月》、《土地的歌》、《四季》、《心事》、《在寬闊的土地上》、《向陽詩選》、《向陽台語詩選》、《亂》等九本。向陽豐富的文學成就是臺灣文學史上不可或缺的風景。

　　如此重要的詩人自然受到研究者的青睞，累積了相當多研究成果。目前研究向陽的學位論文共有四篇，與向陽相關的期刊論文研究也有近百篇。在目前的研究成果中除了詩作賞析之外，討論向陽的詩作主要著眼於三個重點。首先是向陽在《十行集》階段所開創的形式實驗，向陽自己說明會進行這種分析的原因：「前期立意寫十行，多少總為了要自鑄格律，是拿著形式的籠子來抓合適的鳥；後期雖有十行的形式，但已偏向於精神層面的發掘。」[1]此後，在形式上給自己

---

[1]　向陽：〈試以十行寫天地——我為何及如何從事十行詩創作〉，收錄於蕭蕭《現代詩入門》（臺北市：蓬萊出版社，1982年）

設定目標，並且努力達成，成為向陽的重要風格，一直持續到《歲月》、《四季》都還能看到這種設限創作。[2] 而《土地的歌》是臺灣詩壇以台語創作首先獲得普遍注意的代表作品，至今研究台語現代詩，向陽都是不可不討論的靈魂人物，因此向陽的台語詩研究當然數量也不少。[3] 潘麗珠對向陽的評論則兼及此兩個面向：「他的十行詩繼承了中國傳統詠物詩的手法；方言詩的寫作，不僅使鄉村生活的描寫更加真實、鮮活、親切，而且有助於血緣、倫理關係的和諧融洽。」[4] 當然更多人談的是向陽詩作中無處不見的對臺灣鄉土的關懷，例如蕭蕭曾說：「向陽已蘊蓄豐厚的臺灣良知，正確的史識史觀，優美的詩語言，站在臺灣的土地上，繼《歲月》《四季》之後當有更宏偉的『春秋』之作，為臺灣良知樹立颯颯有聲的一面大旗。」[5] 這些論者都深刻指出向陽的成就與價值，只是我們是否還能從不同的角度看到向陽的文學成就呢？

在向陽的九本詩集中，1986 年所出版的《四季》，不論在主題以及結構上都非常特殊，是值得特別討論的一本詩集。《四季》始於〈立春〉終於〈大寒〉，是以二十四節氣為題的二十四首二十行詩所構成，此中還是可以看到向陽在形式上給自己設定的目標。每首詩都對應著季節天候，並且點出臺灣特殊鄉土情境，讓人讀完也能感受到

2 　相關討論如陳寧貴：〈有限十行無限天地，讀向陽《十行集》〉，《中華日報》，
　　1984.10.15。游喚：〈十行斑點·巧構形似：評介向陽新詩《十行集》〉，《文訊》19
　　期（1985 年 8 月），頁 184～195。林燿德：〈遊戲規則的塑造者：綜論向陽其人其
　　詩〉，《文藝月刊》200 期（1986 年 2 月），頁 54～67 等等。

3 　相關討論如（見鄭良偉：〈從選詞、用韻、選字看向陽的台語詩〉，王灝：〈不只是
　　鄉音〉，收錄於《向陽台語詩選》，頁 179～207。洪素麗：〈土地還有歌可唱：讀向
　　陽的臺語詩集《土地的歌》，《臺灣文藝》102 期（1986.9）等等。

4 　潘麗珠：《現代詩學》（臺北市：五南圖書出版公司，2004 年），頁 227～229。

5 　蕭蕭：〈向陽的詩，蘊蓄臺灣的良知〉收錄於向陽《向陽台語詩選》（臺南市：真
　　平企業，2002 年），頁 286。

臺灣四季由春到冬的變化。但是歷來討論《四季》的人並不多，目前以林燿德〈八○年代的淑世精神與資訊思考——試讀向陽詩集《四季》〉討論最深入也最完整。只是林燿德討論重點在向陽的本土現實關懷及資訊時代崛起的前兆，而沒有把眼光移向《四季》當中更明顯也更重要的主題：時間。

向陽自己明確說明同樣指稱時間，具象的「四季」遠比抽象的「歲月」來的色彩鮮明？而二十四節氣原是古代農業時代為了提醒農人耕種而規劃的時間標記，二十四節氣各自有不同季節屬性以及長年來農民耕作的共同記憶。向陽在八○年代的臺灣選用這樣的主題創作，無非是想記錄臺灣在八○年代開始，由農業社會快速朝著工商業變遷的當下感觸。因此從《四季》的選材到結構，乃至於詩句的安排都扣緊時間此一主題。

時間是每個人都經歷甚至無能脫離的最基本存在架構，但由於太過於抽象，因此很難被具體的捉摸。現象學的創始者胡塞爾就已提出內在時間意識來說明人如何感知時間，海德格更寫成巨著《存有與時間》來分析人的存在與時間的關係，之後梅洛龐蒂則提出人是透過身體感來獲得時間感受。上述現象學家對時間有獨到深入的討論，可以幫助我們更進一步分析向陽《四季》。

據此，向陽的四季可以有兩種方向的解讀，第一個方向是《四季》中的詩呈現出什麼樣的時間觀，從中可知向陽對時間的看法。第二個方向是透過詩的文字，發覺向陽如何表現出詩人的主體在時間流動中的感觸，如何發現時間，如何體會時間。以下分別說明：

二 《四季》呈現的時間觀

（一）歧異的時間觀

　　一如上述所言，每個人都正經歷著時間，卻又難以加以具體說明。歷來對於時間有許多看法，釐清出對時間的不同看法，有助於我們掌握《四季》的時間觀。目前對時間的看法，經筆者歸納大致可分成四種：世界時間、內在時間、社會時間、超越時間四種。[6] 以下分別說明：

　　所謂世界時間（world time）也可稱為超然時間或客體時間（transcendent or objective time）也就是一般我們所已知的時間。時間依循單一方向流逝，具不可逆轉性，時間的流逝有客觀穩定性，一秒鐘不管在何處，都可以透過鐘錶測得相同的一秒鐘。我們在生活中就是依循這些恆定的特性掌握生活，規劃行程。時間雖然有客觀性，但是我們在生活中一定都有經驗，那就是快樂的時間過得快，痛苦的時間過得慢，這顯示時間不完全是純粹物理現象，會隨著人的感知而有快慢差別，因此人的心靈所感受到的時間則可稱為內在時間。

6　關永中在《神話與時間》（臺北市：臺灣書店，1997 年）中將時間分成物理觀點、心理觀點、存在觀點、超越觀點。現象學家羅伯‧索科羅斯基在《現象學十四講》中分成世界時間與內在時間兩種。世界時間即指關永中的物理觀點，內在時間包含相當於心理觀點、存在觀點、超越觀點。但是時間並非只是物理與人內在感受二分，不同文化下的社會人群看待時間的觀點也隨著其各自的文化特質而不同，因此還可以另外分類出社會時間。參見路易‧加迪等著，鄭樂平等譯：《文化與時間》（臺北：淑馨出版社，1992 年）此外，牽涉個人超常的時間體驗，舉凡宗教體驗等，不完全得以從內在、外在或社會時間來歸納。關永中以超越觀點稱之，本文稱為超越時間。

　　海德格說人的存在最重要的本質是在於能夠在時間中延續，因此唯有透過對時間的詳加討論，人才能瞭解自身如何存在。世界萬物的時間也必須在人的內在覺知才有意義，二者互相聯繫才構成了人能夠覺知時間的過程。現象學家羅伯・索科羅斯基說：「意識的內在之流是巢居於世界中所進行的種種歷程之中，然而它卻也與世界相對而立，提供出世界得以如此展現的能意結構。」[7]也就是說，人的意識也是隨著時間而流動不停，但是人對時間的感知又受到意識自身的特質而變化，這便形成內在時間與客觀時間不一定等同的狀況。

　　雖然就性質而言，時間可以簡單區分物理時間與內在時間兩種，但是人實際生活中我們可以發現，不同地區、種族、國家、文化的人們對於時間的感受與看法，往往大相逕庭。社會學者勒范恩根據不同文化脈絡人們對時間的不同看法，比對研究完成了《時間地圖》一書。勒范恩說：「不同的族群各自建構生活中時間的不同概念，而這種迥然相異到處可見：各文化有所不同、各城市有所不同，即使是相鄰的兩個國家、社區或家庭，都會有所不同。」[8]在此我們可以發現在客觀的物理時間以及主觀的內在時間之外，擁有共同文化的人群對於時間會有共同的看法，他們所感受的時間彷彿是同一個時間，而外人顯得格格不入。因此我們可以再區分出社會時間。

　　社會學者夏春祥曾歸納出社會學對社會時間的看法：「不同文化下的社會或人群看待事物所使用的時間觀點，它和社會結構、文化特質有關，其性質為不連續、關連性和獨特性，其內涵的組合要素為同

---

[7]　羅伯・索科羅斯基著、李維倫譯：《現象學十四講》（臺北市：心靈工坊文化公司，2004年），頁195。

[8]　勒范恩（robert Levine）著・馮克芸等譯：《時間地圖》（臺北市：商務印書館，1997年），頁7。

時性、次序性及推定的標準。」[9]因此社會時間在不同民族文化當中，各有其特殊性。例如印度相信世界經歷長久的時間之後必當毀滅，之後再生，如此輪迴不已，而基督教信仰影響下的西方時間，呈現線性結構，時間開始於上帝創造世界，也結束於上帝毀滅世界。生活於其中的人，所感受的時間也各自不同。

　　人所能感受反省到的時間當中還有一種特殊狀況，那就是當人專注特殊事物當中，對時間的感受產生特殊的狀況。關永中稱為非常時間，關永中說：「在非常的狀態下，例如在危急的狀況中或在神秘經驗中，人的心靈經歷了意識上的轉變、而會對時間的遷流產生了不同於一般狀況的體會與感受；此外，人無法用體會普通時間的尺度來衡量其中的超凡體驗。」[10]人們對於時間有各種不同想法，這些想法或多或少都能在《四季》當中發覺。

（二）中國文化中的循環時間觀

　　二十四節氣是一種社會時間。A.J.古列維奇：「時間的表象是社會意識的基本組成部分，它的結構反映出標誌社會和文化進化的韻律與節奏。時間的感覺和知覺方式揭示了社會以及組成社會的階級、群體和個人的許多根本趨向。」[11]在《四季》當中，可以看到中國古代農業生活方式所培養出的時間觀。向陽自己也說：「這種『陰陽四時運作，各得其序』的嚴謹秩序，正是三千多年來漢民族掌握時空的根

9　夏春祥：〈論時間—人文及社會研究過程之探討〉《思與言》37卷1期（1999年3月），頁43。

10　關永中：《神話與時間》（臺北市：臺灣書店，1997年），頁189。

11　A.J.古列維奇：〈時間：文化史的一個課題〉收錄於路易‧加迪等著，鄭樂平等譯：《文化與時間》（臺北市：淑馨出版社，1992年），頁284。

據，不只決定了農業、生產的發展，也促進人文精神的發皇。」[12]於是漢民族從中建立應時而作循環不已的農業生活方式，向陽的〈驚蟄〉便刻畫這種農耕的生活：「一似去年，田犁磔磔耙梳土地／汗與血還是要向新泥生息／鷺鷥輕踩牛背，蚯蚓翻滾／在田畝中，我播種／在世世代代不斷翻耕的悲喜裡／放眼是遠山近樹翩飛新綠／昨夜寒涼，且遣澗水漂離／我耕作，但為這塊美麗大地／期待桃花應聲開放／當雷霆破天，轟隆直下」[13]一旦春雷動，萬物復甦，農夫就得準備下田耕種，當雙腳踏在泥土上，不禁想起世世代代千百年來無數的人在同樣重複的時間點上，同樣踏在泥土上準備耕作，心中難免生出感動。

　　但不僅於內容，我們還可以看到更深層的形式結構同樣透露出時間觀。在〈驚蟄〉可以看到向陽透過疊字來增強音樂性，而在不斷重疊往復中，形塑了一種不斷重複的閱讀效果，讓人聯想起無始無終不斷輪替的中國時間觀。克洛德・拉爾說：「在古代農耕文化中，時間概念是與更為具體多樣的『季節』概念結合在一起的。在中國各地，一年分為四季，四季的定義是異常穩定的。通過『季節』，可以輕易地獲致紀元、時期和時代的概念。」[14]中國古代的時間觀就在這樣的農業生活中建立起來，不管如何改朝換代，農民只需按照天時耕作，影響不大。加上在宗教上沒有西方宗教末日說的影響，形成了特殊的時間觀。克洛德・拉爾說明中國循環時間觀：「在其開始和結束由個體的生命特性（在為每個物種設定的限度之間它僅有細微的變化）所決定的有始有終的時間之上，存在著某種無始無終，一切起自於它，一切復歸於它的東西。每個生靈進入並出自於宇宙這一巨大的若隱若現

12　向陽：〈色彩・四季・心〉《四季》（臺北市：漢藝色研出版社，1986年），頁124。
13　向陽：〈驚蟄〉《四季》，頁22、23。
14　克洛德・拉爾：〈中國人思維中的時間經驗知覺和歷史觀〉收錄於路易・加迪等著，鄭樂平等譯：《文化與時間》，頁30。

的東西，而這個若隱若現的東西本身描繪了一個按定義無始無終的圓。」[15]四季輪替不斷重複，於是大寒之後又回到立春，終點又回到起點，年年歲歲如此重複巡迴不已。在《四季》中有多首詩都採取了相同巡迴往復的迴文寫法。例如這首刻畫了梅雨季節池塘風景的〈小滿〉：「一隻青蛙撲通跳下池塘／打破樹上烏鴉的睡意／荷葉跟著驚顫幾下／水面的漣漪一圈圈／把靜寂擴散了出去／蓮花孤獨地坐著／燠悶的夏日午后／連雲們都懶得來相陪／一行螞蟻運搬著麵包屑／頗富節奏地走過土丘」[16]這是詩的前半首，後半首則依照顛倒的順序排列上半段的詩句。最後「回到一隻青蛙撲通跳下池塘」作結，結尾的詩句就是開頭的詩句。閱讀時除了有迴文詩的趣味，其實也隱然呈現出慢慢梅雨下個不停的煩悶感，也蘊含中國古來循環無始無終的時間觀。而向陽在〈大暑〉中則將這種形式表現到極致。

（三）在臺灣生活的具體「時間」呈現

但向陽的《四季》畢竟不是中國大陸的四季，而是在臺灣的四季。那是向陽生活其中有感有知的「生活世界」。過去漢民族的時間觀，在當下的臺灣有繼承也有矛盾。

胡塞爾在他的著作《笛卡兒的沈思》中指出，現在科學至上的思維模式將世界建構成充滿數據抽象的世界，人失去喪失了能夠掌握意義的真實世界。於是胡塞爾呼籲研究對人能直接經驗到的生活世界。這個世界是人居於其中的世界。陳榮華說明海德格對世界的看法：「海德格認為。感受既不從外而來，也不從內而至。它是出自此有的

---

15 克洛德·拉爾：〈中國人思維中的時間經驗知覺和歷史觀〉路易·加迪等著，鄭樂平等譯：《文化與時間》，頁34。

16 向陽：〈小滿〉《四季》，頁45、46。

『在』──『往前到達世界中之物』時的『往前而到達』中，這也就是
海德格所說的『在存有』。這時，感受強烈觸動此有，開顯它當時的
狀態－它是一個往前到達世界中之物的存有。」[17]因此透過向陽的詩，
我們看到的不是抽象的臺灣，而是向陽真實生活有感觸的臺灣。由此
向陽以二十四節氣為題，但仍在其中注入臺灣經驗。傳統的節氣有了
生活於臺灣其中的生命。例如〈雨水〉：「一路隨防波堤快步跑來的
／是海峽層層推湧的白／添一些波光，冷冷襲入／港的胸膛。遠處有
／三兩漁船，纏鬥著風浪／烏魚群躲避著羅網／漁人張開勁健的雙
手／擰出膀上汗與鹽的光芒／暖流這時正一寸一寸撫過岩岸／黑潮不
捨，由南北上／黑潮沖激，沿島的東域／帶來漁穫，也攜來暖和」[18]
原來節氣的雨水，是春雨有助大陸上的農夫耕種之意，但是臺灣的春
雨來自於海上的黑潮帶來豐沛水氣，此季節的烏魚子人稱黑金，是當
季得時的特產。臺灣四面環海，春天的喜氣表現在漁民們爭相出海捕
魚之上，呈現了臺灣海洋立國的在地特色及季節特徵。

　　除了刻畫臺灣的海洋特色，向陽也不忘描寫家鄉故土。〈穀
雨〉：「向更古遠的年代，西元／七六〇頃，隱居在苕溪／大唐的逸
士陸羽低頭試著／叫醒我們：茶者，南方之嘉木也／來自南方的我
們，三百年來／站在這島上，因四時節氣／有不同的色澤，如今在雨
前／我們醒過來，從丘陵的眉間／　　醒過來，從霧的眼波裡／大聲
叫著：茶，性喜向陽。」[19]向陽出生於南投鹿谷，家中又經營茶行，從
小就是在雲霧繚繞的南投山水中，與茶樹一起成長，連自己的筆名也
採了茶性的典故。在這首詩中可以看到，茶的歷史結合向陽自己的生

[17]　陳榮華：《海德格「存有與時間闡釋」》（臺北市：臺大出版中心，2003年），頁
　　171。
[18]　向陽：〈雨水〉《四季》，頁18、19。
[19]　向陽：〈穀雨〉《四季》，頁34、35。

命史，在時間的流動中歸為一處，向陽以詩呈現出自己以及所存在的
世界。

　　但是既然對於所生活的世界保持清醒的觀照，那麼詩人對於時間
流動所帶來的變化當然也格外敏感清楚。八〇年代的臺灣社會正快速
走向都市化、工商化，向陽說：

> 　　就民俗四季而言，臺灣民間的節慶習俗仍留有古風，特別是在
> 「宜嫁娶會親友安機械」、「宜祭祀開光入宅、「宜入殮破土安
> 葬等俗信上，多數人仍會「擇日而行」；就現實四季而言，則
> 民俗正加遽沒落、生態環境備受破壞、文化東西雜揉、政經社
> 會也秩序混亂。通過詩作內容的或詠或諷、或賦或興，配以題
> 目的「堅守古制」，似乎也象徵著八〇年代臺灣四季的矛盾色
> 彩吧！[20]

　　一如向陽所說，詩人無法忽視八〇年代臺灣生活環境的惡化與亂
象，過去的臺灣雖然生存條件艱難，但是充滿向上的動力。到了八〇
年代不斷追求經濟成長，富裕生活的結果是環境污染，罪惡橫行。在
時空的對比下看得特別清楚。一如〈秋分〉：「給我一塊土地黃澄的
稻穗／掃出晴藍的天／鮮紅的楓葉／喚醒翠綠的山／給我一塊土地
／清水漾盪在河中／白雲徘徊到窗前／給我這個夢／夢中的夢想昨
天已被實現　　／給我一塊土地／黑濁的癈水／養肥腥臭的魚／灰茫
的毒氣／充實迷路的雲／給我一塊土地／稻穗蛻變成煙囪／森林精簡
為廠棚／給我這個夢／夢中的夢想明天將會完成」[21]美好的生存環境
只能在夢中懷念，而煙囪廠棚林立卻是即將完成的未來進行式。向陽

20　向陽：〈色彩・四季・心〉《四季》，頁132。

21　向陽：〈秋分〉《四季》，頁82、83。

對於這種惡化不得不提出質疑。詰問正是人真實生活的證據。帕瑪（Richard E. Palmer）說：「一個人的『正存在這世界中』之真諦，正是詮釋過程中的提出詰問。正是一種以其時間形式達致將隱藏在內的存在揭出，使成具體而歷史的事實之一種疑問行動。通過詰問，存在乃變成歷史。」[22]也就是說沒有透過文字將存在的狀態寫下來，人就無法反省這件事，或者傳達給他人知道。都市的高速成長，固然是經濟起飛的證明，卻也是人們沈迷在數字數據的迷思，而忽略真實生活世界的明證。〈白露〉深切指出這種傾向：「一個小孩，從後面盪到前面／在工地後側公園內／跟秋天一起盪鞦韆／他前仰他後俯他睜眼他閉眼／地球跟著陶醉了／一棟大廈挨著一棟大廈／頂住即將傾斜的天／露珠一樣，一路蔓延／都市也跟著小孩／露珠一樣盪過天邊。」[23]在〈白露〉中我們可以看到傾斜與暈眩是詩中最突出的感受，搖晃的鞦韆正是經濟成長的意象，小孩就是臺灣人的指稱，在不斷追求快感當中，動搖了真正重要的根本，那就是我們生存的家鄉。

在《四季》中，我們可以看到兩種時間觀的交錯，一者是作為社會時間的中國傳統時間觀，一是反應向陽內在時間的八〇年代當下感受，從時間的反省中洞見盲目追求經濟成長的迷思。這兩種時間觀並非必然二分的，也不必是敵對關係。於是向陽有〈春分〉一詩：「彷彿相生著的樹與葉／我盤根，你蔚綠／一起接受陽光和雨水／彷彿併聯著的路與街／你走縱，我走橫／相互提供生命的圖繪／彷彿舞踊著的蜂或蝶／我在左，你在右／共同吸取天地的精粹／面向春風，我們分頭而雙飛。」[24]文化也可以二分，分頭並進各顯神通一樣可以一起創

22　轉引自王建元：〈現象學的時間觀與中國山水詩〉鄭樹森編《現象學與文學批評》（臺北市：東大圖書公司，1984年），頁180。

23　向陽：〈白露〉《四季》，頁78、79。

24　向陽：〈春分〉《四季》，頁27。

造美好的春天。

三　時間流動中的詩人主體

以上討論《四季》中向陽對時間的看法，而人活於時間中，舉手投足起心動念莫不在時間中進行，於是從詩中我們不止可以讀到向陽的時間的看法，也可以看出向陽如何感受時間。

（一）時間作爲他者

時間在《四季》當中的呈現，首先可見是以他者的方式出現。如〈夏至〉：「尾隨松鼠，我們也踏入／鼠尾草四散的小徑，淡紫色／鋸齒葉，帶些未被賞識的幽怨／（夏天真到了嗎？蜂蝶／還癡心戀著杜鵑）／每隔幾步，給我們一個回眸／啊你看八色鳥，踩著碎步／正在林下嘰喳啄食／我們跟著夏天走進山谷／夏天，跟著八色鳥而至」[25] 詩中的夏天彷彿是一個淘氣的孩子。跟蹤松鼠，步入森林，後面還尾隨八色鳥，變換了大自然的風貌。現象學提出意向性（intentionality）說明我們的意識總是對於某事某物的意識，我們的經驗總是關於某事某物的經驗，我們不可能經驗一種不關於事物的經驗。相反的，我們也是在這種經驗某事某物的知覺過程中，才進一步推出我的存在。胡賽爾說：「自我就是它本身在與意向對象的相關時之所是，它始終具有存在者和可能方式的存在者，因而它的本質特性就在於，不斷地建構意向性的系統並且擁有已經構成的系統，這些系統的編目就是那些為本我所意指、所思考、所評價、所探究、所想像和可想像的對象，

25　向陽：〈夏至〉《四季》，頁54、55。

以及如此等等。」[26]對於時間也是，透過將時間指認為他者，我們才能在這種意向性當中發現能指涉的自我。於是他者就是時間能被人認知的第一種面貌。又尤其是以色彩鮮明的四季作為表現方式，人們可以很明確透過季節感受時間的變化，這點在向陽的《四季》中亦然。四季中季節時常以第三人稱方式，亦即他者出現在詩中。這種例子在集中時常可見，如〈立冬〉：「像啄木鳥敲叩著清晨，一樣／陽光敲叩在中央山脈的背上／放眼左右，望北向南／百餘座山頭爭相探入／海拔三千公尺以上的高空／危哉險矣！北風也因而驚懼／岩岸之後是大洋／砂岸之前是海峽／冬，畏畏縮縮在雲中／忍不住叫出：Ilhas Formosa」[27]詩中的寒風是冬天所致，這裡卻反過來說寒風喚醒了冬天，使籠罩在玉山之上的冬天能詠歎臺灣之美，冬天以具體的人的方式存在。古往今來在神話故事中都可看到季節擬人化的思維。甚至不同文化神話故事中的四季之神往往都具有類似的性格。這是源於人感知四季變化往往呈現出一致性，春風和煦秋風蕭瑟，楊國榮說：「事物不僅以個體的方式存在，而且展開為相互之間的關係，後者同樣內含著時間中的綿延同一。與個體自身的規定總是呈現相對確定的性質一樣，事物之間的關係也具有連續性。」[28]但更進一步思考，之所以能把認知四季作為他者，是依靠身體感的作用。

（二）身體性與時間

　　現象學當中討論時間最早源自柏格森對時間的討論，柏格森提

---

[26]　胡賽爾著，張憲譯：〈文本 A 巴黎演講〉《笛卡爾沈思與巴黎演講》（北京市：人民出版社，2008 年），頁 23。

[27]　向陽：〈立冬〉《四季》，頁 98、99。

[28]　楊國榮：《形上學引論－面向真實的存在》（臺北市：洪葉文化，2006 年），頁 99。

出人的精神狀態是一種意識之流的「綿延」狀態。例如向陽的〈處暑〉：「潛伏在最黑最黯處的／是還戀愛著光的暑氣／夜色已一舉謀殺了夕陽／幽靈還在空蕩的原野上／空蕩地飄，幽靈還在／空蕩的河川中空蕩地／漂。空蕩地飄著／竹燈籠。空蕩地漂著／小水燈。空蕩地飄呀漂著／暗戀著光明的黑夜」[29]在向陽觀看放水燈的記憶中，向陽看著水燈在河面上漂流，越飄越遠，黑暗的水面漂浮的亮點，寄託了為亡者祈福的願望，這個畫面深刻停留在向陽的意識之中。柏格森解釋意識流的狀態說：「我現在看到的景象，已經不同於剛才所有的即使僅只有一瞬間，景象比剛才又老了些。記憶的作用，無非是把過去的事物傳遞入現在。我的心靈狀態，在時間之流中進行時，持續不斷地充滿於其所盈積的『綿延』中」[30]記憶中的畫面隨著時間不斷逝去而不斷改變，這些片段是「綿延」不間斷地在向陽的意識中呈現。但要能夠體驗這些「綿延」，其實是透過眼睛看到水燈的飄遠所累積起來的，視覺做為身體知覺的一部分，人透過身體才能感受到時間。

　　時間的存在極其抽象，我們要察覺到時間的存在需要依靠身體的知覺。梅洛龐蒂說：「在每一個注視運動中，我的身體把一個現在，一個過去和一個將來連接在一起，我的身體分泌時間，更確切地說，成了這樣的自然場所，在那裏，事件第一次把過去和將來的雙重界域投射在現在周圍和得到一種歷史方式，而不是爭先恐後地擠進存在。」[31]正如梅洛龐蒂所說，我們要看到天色光影的改變，膚觸早晚氣溫的更迭，身體存在狀況的改變，人才能感受到時間的改變。

　　以向陽的〈立夏〉為例來說：「從眼前行過平原的／不是低垂的

29　向陽：〈白露〉《四季》，頁76、77。

30　柏格森著，諾貝爾文學獎全集編譯委員會譯：〈創化論〉收錄於《柏格森》（臺北市：書華出版，1981年），頁42。

31　梅洛龐蒂著，姜志輝譯：《知覺現象學》（北京：商務印書館，2001年），頁306。

雲，是風／呼叫青翠的稻禾，呼叫／一路列隊的木棉，呼叫／燕子，
銜著新泥到農舍簷間／從平原拂向山邊的／不是綿密的雨，昨夜／雨
已經帶著春天回去／夏，正像今朝的木棉／站在平原上綻開了花的紅
艷」[32]我們能體認夏天到來，在詩中將其描述，但是我們是如何發現
的呢？正如〈立夏〉所說的，要透過眼睛看到稻禾清脆、木棉開花、
竹綠葉，感覺到陽光的熾熱有別於料峭春風，也就是透過身體我們發
現世界萬物的變動，才能進一步從中體察時間。龔卓軍解釋身體感：
「『身體感』可以說是身體經驗的種種模式變樣當中不變的身體感受
模式，是經驗身體的構成條件，也可以說是這些模式與構成條件所落
實下來的習成身體感受。……從時間的角度來說，『身體感』不僅來
自過去經驗的積澱，它也帶領我們的感知運作，指向對於未來情境的
投射、理解與行動。」[33]若從《四季》的安排也可以看到這種傾向，溫
暖的春天給人希望與向上的感受，因此在「春之卷」中六首詩多半
呈現田園風光，「夏之卷」的六首詩則多有較多昏沈慵懶的題材，從
「秋之卷」開始很明顯開始出現批判都市與社會的題材，到「冬之卷」
批判更強，至〈小寒〉暗示政治犯，〈大寒〉將詩人的靈視拉高到宇
宙，讀來更冷，四季給予身體的感受，向陽也轉化在詩的題材上。

（三）時間中的主體

現象學描述人的意識是透過當下此一時刻的時間整體的經驗，串
連前一刻正在消失的感受與下一刻即將出現的感受，如此綿延不斷積
累，這些時刻建立了被經驗對象的連續性，如此構成了我們的意識。

32　向陽：〈立夏〉《四季》，頁42、43。
33　龔卓軍：〈身體感與時間性〉《身體部署》（臺北市：心靈工坊文化公司，2006
　　年），頁69、70。

但我們的意識能夠將這些曾經驗過的時刻，召喚回我們的意識中，重新經歷一次那些曾經經歷過的時間，也就是所謂的記憶。〈芒種〉就是過去的時間重新甦醒的詩例：「有人／披著被遺棄多年的簑衣／匆匆俯首而過，斑駁的／土墻，挽留不住他的腳步／一九七九年初夏，在南臺灣／小港的山裡，我見過／這樣一幅難以忘懷的畫面／水漬努力地攀住頹墻／隨即又癱軟墜下　　／／簑衣、竹笠以及農具／至今依舊令人喜愛，逗留在／精緻彩印的畫刊裡／一九八六年春末，在大臺北／舊書肆的角落，我發現／來自香港的曆書攤著／線裝、霉爛、粗黑的宋體字／羞怯地解釋安床與納畜」[34]詩中的向陽在1986年舊書攤上看到一本來自香港的曆書，曆書是古代社會農民耕種與行事的重要參考書。這喚醒了向陽1979年同樣是初夏季節，在小港山中所看到農民穿簑衣而過的印象，意識的主體跳躍在1979年與1986年兩個時間點之間，除了曆書與農民的潛在聯繫之外，同樣屬於下雨天的天候則是另一層關連。詩中記錄的記憶是向陽生命中的兩段時間，經過閱讀，讀者也同在意識中重建了，甚至能夠經歷這兩段時間以及其所喚起的感受。因為人除了能喚起記憶也能在意識中憑著理念與記憶重新創造未曾經歷過的時間，這是想像力的作用，藉此方能進行各種創造活動。例如向陽的〈大寒〉：「這時候他們都該已，入夢了／地球急急從軌道拋離／星雲疾疾自大氣現出／有些粒子繼續反目／有些物質開始燕好／這時候，他們，都該已，睡熟了／被放捨的我仰望夜空／在巨蛇一般蜿蜒的星海中／再也找不到他們入夢的太陽系／再也找不到他們就寢的地球。」[35]向陽在此詩中創造了高度想像的時空經驗，詩人的視角站在宇宙中看著地球，所有人世間的紛擾都進入睡眠，甚至

34　向陽：〈芒種〉《四季》，頁50、51。
35　向陽：〈大寒〉《四季》，頁119。

可以看到分子的分離與組合，彷彿時間的流動極度緩慢，進入停滯的
狀態。想像力可以引導人脫離時間的侷限，接觸到「永恆」。在許多
藝術與宗教體驗中，人會經歷這種前述關永中所謂的「非常時間」。
之所以會有這種狀況，可以透過現象學的討論來分析，現象學家分析
人之所以能建立內在時間，是源於人的知覺中更深層也更基礎的內在
時間意識。現象學家羅伯·索科羅斯基說：「內在時間意識不但形構
了我們意識生活的內在時間性，也形構了世界事件的客觀時間性。
內在時間意識是所有其他形式意象構作之時間性的核心。」[36]我們可以
說，現象學是研究人如何知覺時間，當研究的進程更深入到知覺本
身，而擺落了人與時間的差別時，時間便不存在了。深受現象學影響
的日內瓦學派評論家普萊在《批評的意識》提出這種傾向：「最後意
識已無所反映，這種境界只能存在於意識之中，僅此而已此種境界，
無言無物，任何對象都無法表達它。任何結構都無法確定它，它空靈
飄忽，不可湊泊。」[37]近乎東方文化中所謂禪的境界。而向陽透過睡眠
的意象，作為《四季》二十四首詩的結尾，讓人聯想到一日的終結就
是睡眠，而一年的終結也是休養生息的寒冬。

　　原本〈大寒〉已經是終結之作，其實也可比喻為生命的結束，但
是生命的結束或者年歲的結束，有沒有可能得到轉化，獲得新的生
命？節氣的「大寒」之後又接回「立春」。讓我們最後來看《四季》
的第一首詩〈立春〉：「這土地曾經蕭瑟／愛情也被凍縮了／有人夜
半驚坐，瞧見星光／潛入窗內，在殘稿上思索／黑暗，許是星星發
光的理由／寒冷，則被愛情當做瑟縮的藉口／花皆凋落，塵泥卻獲得

---

[36] 羅伯·索科羅斯基（Robert Sokolowski）著、李維倫譯：《現象學十四講》（臺北
　　市：心靈工坊文化公司，2004年），頁196。

[37] 羅伯特·R·馬格拉廖著，周寧譯：《現象學與文學》（瀋陽市：春風文藝出版社，
　　1988年），頁37。

／溫熱。而溫熱是通過冷漠／潺潺不斷的水流，經土地／逐歲月，澆灑殘稿之上／未竟的空格。有人／半夜驚坐，星光漸稀／向沈寂的冬夜／溪水擦亮了春火」[38]這首詩以詩人寒夜創作作為詩的主軸，就像溪水可以擦亮春火，曾經寒冷、曾經黑暗過的生命時間，透過詩人之筆也可以轉化為詩的藝術，發出光熱，令人感動給人溫暖，世界時間的消退換來文字中可以保留住的詩人的內在時間，或許這就是海德格所謂的：「我們現在把詩看成一種預言性的，為諸神與萬物的本質命名。『詩意地居住』（to dwell poetically）意思就是：「站立在諸神之前，而投身與萬物的本質相交接。」[39]《四季》道破了時間的秘密，讓讀者也窺見詩人創造的瞬間。

四　結語

　　向陽的詩作兼具主題思辯與藝術成就，其研究不應侷限在目前的討論模式中，因此筆者嘗試通過現象學對時間的相關討論，試圖剖析出《四季》當中關於時間議題的種種面向。在《四季》中可以看到漢民族過去的時間觀以及臺灣在八〇年代時空環境下，詩人的觀察。當然在《四季》中也可看到詩人對於時間的種種感受。向陽自己也說：「是的，我嘗試，透過二十四節氣，我嘗試在每篇作品中表現不同的色彩與心境。首先，那是我生命的給出；其次，那是我至愛的土地的呈現；最後，那是臺灣這個大洋中的島嶼，所能奉獻給世界的獨特的風土色彩。……在『四季』的依序易序中，我期望這些詩作表現出八

---

[38]　向陽：〈立春〉《四季》，頁14、15。

[39]　海德格著‧蔡美麗譯：〈賀德齡與詩之本質〉鄭樹森編《現象學與文學批評》（臺北市：東大圖書公司，1984），頁20。

○年代臺灣的多重形貌。」[40]

　　人人都經歷著時間，四季向是古來騷人墨客喜歡詠歎的題材，但多止於單篇作品的感懷。但是臺灣當代詩人中，向陽於此用力最深，以二十四首詩組的方式呈現出八○年代臺灣風土情感，完成了這冊精彩詩作。無怪乎瘂弦、張錯、非馬都感嘆這個題材讓向陽捷足先登了。[41]而向陽首先以四季作為主題，反覆用不同方式吟詠時間，《四季》正是臺灣詩壇討論時間主題時不可忽視的重要傑作。

---

[40]　向陽：〈色彩・四季・心〉《四季》，頁135。

[41]　張錯說：「我以前也曾想以四季作一大組詩，但現在你已作了」，瘂弦說：「我真希望這本可愛的詩集是我寫的！一笑。」非馬說：「我一向喜愛用季節的變遷來印證自己的心境，曾寫了兩首〈四季〉以及〈狗・四季〉〈鳥・四季〉〈樹・四季〉等。你更進一步。」以上詩人書信皆見漢藝色研編輯部整理〈四季回聲〉收錄於向陽《四季》，頁142、146、151。

第十章　原住民詩中的空間

一　前言

　　排灣族詩人莫那能在他的詩〈恢復我們的姓名〉中感嘆地吟唱出深沈的心願：「如果有一天／我們拒絕在歷史裡流浪／請先記下我們的神話與傳統／如果有一天／我們要停止在自己的土地上流浪／請先恢復我們的姓名與尊嚴」[1]

　　但「流浪」豈不是最弔詭的形容嗎？「原住民」是臺灣最早的住民，土地原本的主人，但是臺灣有史四百年來，原住民就是不斷地在自己的土地上被驅逐，由平地趕到山上，又被從山上森林趕進山下的都市，與其說「流浪」是原住民生存處境的一種隱喻，不如說這是許多原住民生存的真實寫照。

　　就像莫那能自己的生命經驗也一樣。莫那能出身於台東縣達仁鄉。族名為馬列雅弗斯・莫那能，漢名叫曾舜旺。他五歲喪母，十五歲父親為人頂罪坐牢，十六歲開始為了生計，不得已輟學外出工作，在漢人的社會中屢遭欺騙剝削，曾經當過砂石工、捆工、搬運工，在工作中出過車禍，受過職業傷害。疾病與受傷終於讓他在二十歲之

---

[1]　莫那能：〈恢復我們的姓名〉《美麗的稻穗》（臺中市：晨星出版社，1989年），頁13。

後雙眼全盲。他的弟弟也因為在漢人社會中受到不平等待遇而殺傷老闆，鉅額的賠償金逼使他的妹妹淪為雛妓，讓他必須到處與人口販子周旋，希望能解救妹妹。莫那能的生活經驗其實是過去臺灣社會中原住民族群眾多悲慘命運的縮影。莫那能的故事感動了楊渡，在楊渡的鼓勵下，莫那能開始創作，在1984年由楊渡等人創刊的《春風詩刊》只出版四期，但每期都有莫那能的詩作。之後，莫那能的詩終於在1989年集結成《美麗的稻穗》。除了莫那能之外，瓦歷斯‧諾幹是另一位臺灣重要的原住民詩人，他的成長過程是另一種典型的原住民生命歷程。

瓦歷斯‧諾幹漢名吳俊傑，1961年出生於台中縣和平鄉的泰雅部落中，在成長過程中他掩藏自己的原住民身份，在臺中師專就讀時開始寫詩，並且取了「柳翱」這樣充滿漢族文藝氣息的筆名。但是隨著對原民生活的見聞越來越多，關懷的面向越來越廣，他也越加肯認自己的原民身份，像鮭魚終於回到了自己的原鄉，瓦歷斯也最終回到母校自由國小任教，在部落展開了新的生活。

不管是從原鄉被命運放逐而流浪城市，或者宛如鮭魚般逆流回到出生的原鄉，「流浪」始終是當中的關鍵詞，象徵再也回不去自己的歸屬之地。而其中空間的轉換就變得饒富深意。這讓我們不禁好奇，不同的生活空間如何在原住民現代詩中被呈現？這些空間對原住民具有什麼意義？甚至於這些意義如何形成？而現象學對於空間的討論將會是討論此一議題的論述基礎。

胡塞爾在討論意識對象如何構成時，提出意識對象存在於時間、空間、意義的界域之中。「空間性界域」（Spatial Horizon）的特質是「可以令至對象具備了存在於其他事物之中，而其他事物以某種類型相關連著的特性。伴隨著『意識對象』而出現的『空間界域』，使『意識對象』變成了其他事物中的一份子，更擴延地說，也構成

了宇宙全體的一個部分，『意識對象』之世界性或實存空間性也因此而生。」[2]空間是我們認識世界的基本背景，我們對於事物的一切認識都離不開空間。空間把我們的身體與世界全都聯繫在一起。但空間的本身無法被認知，空間的認識就是要透過我們的身體與世界的整體認識中才能掌握。對於身體與空間的現象學分析特別深入的梅洛龐蒂便說：「物體和世界是和我的身體的各部分一起，不是通過一種『自然幾何學』，而是在一種類似於與存在於我的身體的各部分之間的聯繫，更準確地說，與之相同的一種活生生的聯繫中，呈現給我們的。」[3]所以對空間的討論不應該是落於抽象的玄思，而應該要落實到生活中，從人的居住中去瞭解空間。梅洛龐蒂說：「徹底的反省不在於同時使世界和空間的思考他們的無時間性的主體主題性，而是應該靠把它的意義給予主題化的意義界域，重新把握這種主題化本身。」[4]也就是說，探討空間必須尋求空間對於身處其中的人來說，具有什麼意義，所誕生的想像與眷戀、情感與哲思都應該是探究空間的最重要目標。例如巴什拉的《空間詩學》就深刻分析了家的各個空間的意義，無論是狹小空間給人安穩的私密感，或者面對廣闊宇宙所生的廣闊感，對空間的認識其實是對自己存在位置的反思。人唯有棲居在自己覺得有意義的地方，才能安身立命。海德格便說：「人與位置的關連，以及通過位置而達到的人與諸空間的關連，乃基於棲居之中。人與空間的關係無非就是從根本上得到思考的棲居。」[5]所謂的「棲居」，其實就是在空間中找到自己存在的理由。人只能在自覺富有意

2　蔡美麗：《胡塞爾》（臺北市：東大圖書公司，1990年），頁88。

3　梅洛龐蒂著、姜志輝譯：《知覺現象學》（北京：商務印書館，2001），頁263。

4　梅洛龐蒂著、姜志輝譯：《知覺現象學》，頁367。

5　海德格著、孫周興譯：《依於本源而居──海德格爾藝術現象學文選》（杭州：中國美術學院出版社，2010.5），頁70。

義的空間中才能「棲居」。

　　只是這樣的要求，對原住民族群來說卻非易事。他們的流浪、放逐，如何才能找回自己的歸屬之地「詩意地棲居」，便是複雜的難題。以現象學對空間的討論作為方法論，本文將擷取原住民詩作中時常提到，同時也是與原住民生活關係密切的三種空間，分別是部落、都市與原住民主題樂園，進一步討論原住民意識主體與這些空間之間互動與想像。討論的文本主要以瓦歷斯與莫那能兩人的現代詩為主，輔以其餘孫大川所編的《臺灣原住民族漢語文學選集・詩歌卷》中其他詩人的詩作。

　　現在讓我們回到尚未開始流浪的彼端，從旅程的起點重新開始，那是瀰漫山嵐與祖靈的部落山頭。

二　從部落啟程

（一）作為「地方」而非「空間」

　　討論原住民族的空間，當然從生活的部落，與周圍環境的山林海濱開始談起。原住民生長在大自然的環繞中，與他們的生活最相關，就是高山與大海。魯凱族的達卡鬧・魯魯安唱出了許多原住民的心聲：「歐咿　I LU Wan／親愛的大武山 是我心中最溫柔的Ina／親愛的大武山 是我心中最可愛的Ina／你說孩子呀 你不要怕／這裡永遠是你的家」[6]Ina是魯凱語中的母親，大武山如同母親一般陪伴，療癒傷口。在原住民的詩中，部落與山林往往就是撫慰族人所有傷痛的家

6　孫大川主編：《臺灣原住民族漢語文學選集・詩歌卷》（臺北市：印刻出版社，1999年），頁172。

鄉。因為對他們來說，部落與山林不單純是「空間」（space），這些空間更是他們心目中的有歸屬感的「地方」（place）。

　　「地方」（place）是「新人文主義地理學」研究的核心，在深受現象學與存在主義的影響下，「新人文主義地理學」認為地方是人得以實踐自我、詮釋世界和尋找意義的基本根據。根據艾蘭・普瑞德的歸納，空間及其實質特徵要被動員轉形為「地方」需要的是：「經由人的住居，以及某地經常性活動的涉入；經由親密性及記憶的積累過程；經由意象、觀念及符號等等意義的給予；經由充滿意義的『真實的』經驗或動人事件，以及個體或社區的認同感、安全感及關懷（concern）的建立；」[7]也就是說經由真實的生活經驗，以及社群的互動，所產生種種令人感動的事件之後，空間才會變成有歸屬感的地方。而對原住民族群來說，陪伴走過童年的山林部落，對他們來說當然是具有「地方感」（Sense of Place）的「地方」。他們通過部落才能看待世界，掌握自己在萬物中的秩序。例如瓦歷斯筆下的八雅鞍部：

> 童年的黎明，帶著孱弱的身軀
> 隨母親上八雅鞍部山脈
> 因為惦記未完的課業，和
> 引吭招呼的玩伴而微微負氣。
> 我聽到山林發出莊嚴的音響
> 「春天離此不太遠了……」
> 我感到困惑？

7　夏鑄九、王志弘編譯：《空間的文化形式與社會理論讀本》（臺北市：明文書局，1993年），頁86。

母親的臉龐安詳地流汗[8]

　　詩人記敘著童年隨著母親上山工作的情境，當年幼的自己因為不能跟同伴玩耍而生悶氣的時候，母親卻似乎與天地山林有了神秘的默契，察覺春天的腳步。對瓦歷斯來說，八雅鞍部的山脈不只是臺灣台中縣的一座山脈這麼單純，這座山脈是他與父母一起經歷生活各種事件的地方，對八雅鞍部的記憶更包含著對父母兄弟族人的感情與認同，也是瓦歷斯體會天地自然的地方。

　　當然童年經驗中，面對遼闊的山林，觸目所及都是大自然的一部分，沒有人造物的突兀存在，詩人得以用尚未被智識干擾的最初經驗來面對山林。董恕明的〈童話〉說出人與自然的和諧相處：「童年是雀鳥啣來的一枚夢，落在／正直的電桿上，探問：／『一棵樹和一朵雲，哪一個更快樂？』／樹在山肚裡抽長，雲在天的懷裡磨蹭／快樂便是相依相偎，傾聽／固執長路和剽悍的風，沿路高歌──／嗨呀呴嗨呀！喝啊我還要喝⋯⋯」[9]山林草木是活的，能歌唱能對話，這正是前科學的觀物之道，董恕明的童年更深刻象徵了人類文明的童年，那是人與自然還沒有割裂對立的原始時期。

（二）被遺忘的祖靈

　　在原住民詩中對於部落地方的描寫，還有一項有別於漢族詩人的地方，便是詩中部落祖靈與山林草木精靈的存在。例如瓦歷斯的〈Na Dahan Rutux祖靈在環顧〉一詩中說：

我們的部落站在山上

---

[8]　瓦歷斯・尤幹：《山是一座學校》（臺中：臺中縣立文化中心，1993年），頁60。

[9]　孫大川主編：《臺灣原住民族漢語文學選集・詩歌卷》，頁201。

在 Bunobon Papak-wagu Pinsebukan

Rutux 像早晨空氣

用一萬隻鷹隼眼睛

銳利而準確地探知部落生活[10]

　　Rutux 是指泰雅語的祖靈，Bunobon、Papak-wagu、Pinsebukan 分別指泰雅族三個傳說的發祥地。臺灣的原住民族多半都有自己的創世神話，該族起源的傳說則與該族信奉的神祇與特殊山河海濱有關，該族族人也是神祇最寵愛的後裔，對原住民來說，所居住的環境與自身存在的理由有著不可分的緊密連結。因此，在原住民文學所建構的世界圖式裡，祖靈與山林精靈都存在於族人生活中，保護著族人的安全，或者負起督促的責任。瓦歷斯的〈馬赫坡之歌〉說：

在這特別的一天，魯突斯

趁暗夜，拆開正在睡覺的

耳朵：「遵行 gaga 的的誓言

起床晚了，身體所以發腫。」[11]

　　「魯突斯」是泰雅族信奉的鬼靈，如果不聽其勸告，就會蒙受災害。只是此詩中的鬼靈對於早起勤奮的叮嚀，只是給予身體發腫的處罰，較多的是淘氣的惡作劇成分。除此之外，如賽夏族矮靈祭中成為精靈的矮人 Taai 也是原住民詩人一再描寫的對象[12]。我們該如何看待這些精靈的描寫？這些精靈的描寫其實是一種將自己身處的場所精神加

---

[10]　瓦歷斯・諾幹：《伊能再踏查》（臺中市：晨星出版社，1999），頁110。

[11]　瓦歷斯・諾幹：《伊能再踏查》，頁104。

[12]　布農族的田哲益與賽夏族的根阿盛都以矮靈祭為主題寫詩得獎並收入孫大川主編的《臺灣原住民族漢語文學選集・詩歌卷上》中，見頁55、115。

以意象化後的產物。羅馬人則稱之為「場所精靈」（Genius Loci）。

　　諾伯舒茲解釋古羅馬人相信，每一種「獨立的」本體都有自己的靈魂（genius）、守護神。這種靈魂賦予人和場所生命，自生至死伴隨人與場所，同時決定了他們的特性和本質。這種萬物泛靈論普遍見於許多不同的文明間，但這許多不同的場所精靈信仰卻強調共同的重點，也就是與生活場所的神靈取得妥協，和平共處。

　　這種場所精靈的信仰過去常被強勢宗教文明所淘汰，而忽略其背後細微的意涵，這些山林草木之神象徵的是大自然的秩序。在羅馬之「場所精神」的思考中，場所的靈魂（genius）代表物的本質為何（what a thing is），應該如何（want to be）。落實在生活空間，便是環境的本質與應然的規範。諾伯舒茲解釋：「古代人所體認的環境是有明確特性的，尤其是他們認為和生活場所的神靈妥協是生存最重要的重點。」[13]因此原住民族崇敬神靈的真正意涵是，必須與自然取得平衡之後，人的生活才有繼續的可能。這是長久生活於其中的人所累積的真實生活感觸具體化。

　　在傳統的部落生活中，人與自然的平衡是可能的。原住民獵取自己所需的食物，耕種自己所需的糧食，依循四季的變化調整生活，並且用各種祭典表達對自然環境的尊敬。而在山林生活的原住民，山成為最適合的精靈場所意象，例如董恕明的〈我是一棵樹，蜷在溫柔的山裡〉說：「常常，我是一棵自以為是一尾魚的小樹／站在喧囂的一隅，發明獨創的泳姿／讓蝴蝶作弄飛翔，自由練習蹲監／必須仰望時，偏偏陷溺成跛腳的蛙／直到惹惱了寬厚的土地才終於明白／我的泳池在蔚藍的天」[14]在詩裡，詩人不再是人，而是一棵樹，是山不可

---

[13] 諾伯舒茲（Christian Norberg-Schulz）著、施植明譯：《場所精神：邁向建築現象學》（武漢市：華中科技大學出版社，2010年），頁18。

[14] 董恕明：〈我是一棵樹，蜷在溫柔的山裡〉收入孫大川主編：《臺灣原住民族漢語

分的一部份。人與山的對話間，我們可以讀出蘊藏在對話裡的「地方感」。

但當原住民的生活因為現代文明的入侵而變質時，原住民與自然的關係開始傾斜，許多原住民的詩中都可以看到這些場所精靈不再回應族人的請求。布農族的卜袞（Bukun）哀嘆道：「hu～u／我們布農人在哪兒了／月神再也／聽不見在我們放棄了酒神後所唱的祈禱小米曲／日神再也／聽不懂在菅草被農藥毒死後智者所吟唱的祭詞／布農人所唱的戰爭凱旋歌不再上達天庭／在／獵殺了巴特鳥之後」[15]

為什麼日神月神不再傾聽布農族人的祭詞？因為族人們不再相信酒神，甚至為了收成而使用農藥，導致菅草被毒死，殘忍獵殺傳達祈禱的巴特鳥之後，人也失去與自然對話的能力。擬人的表面修辭，事實其深層意涵代表了原住民族受到現代文化影響後，忽視了與大自然的平衡。瓦歷斯也有類似的說法：「進入九〇年代，在部落／錢幣的光影蒙蔽單純的眼眸／酒精的歡樂癱瘓勤奮的手足／背離圖騰的族人啊／憤怒的祖先將收回不義的孩子」[16]在詩後的註釋寫著由於濫用農藥而使部落死了五十位泰雅青年，祖靈的憤怒實則為大自然對人為破壞的反撲。

漢人生活在自己建構舒適的都會生活圈中，與自然的疏遠使得他們無法體會維持人與自然的和諧是多重要的事，原住民詩人發出這樣的怒吼：「為什麼傾倒核廢料？／（如果安全，放你家好了！）／為什麼砍伐森林？／（不怕洪水沖進你鼻孔裡嗎？）為何太多的『為什

文學選集・詩歌卷》，頁196。

[15]　卜袞〈迷惑〉收入孫大川主編：《臺灣原住民族漢語文學選集・詩歌卷》，1999，頁107。

[16]　瓦歷斯・尤幹：《想念族人》（臺中市：晨星出版社，1994年），頁65。

麼』／總像盤據在山頭的烏雲？／你能告訴我嗎？／文明人！」[17]對住在都市的人來說，把核廢料放到看不見的地方，當作眼不見為淨，而忽略了環境是生活其中的人共同享有的，破壞了大自然的平衡，最終傷害的只有人類自己。詩人諷刺地指稱「文明人」，其實就是最大的諷刺。由於環境激烈變化，各種重大災害頻傳的21世紀當下，在原住民詩人作品中，我們更可以體會部落象徵人與自然和諧共存空間的可貴價值。

當部落以無法抵擋文明的入侵，生活的壓力將原住民逼入平地的城市。溫奇的詩簡單卻生動地刻畫這種進程，如其〈山地人三部曲〉：「山上　躍進／下山　滾進／山下　伏進」[18]

三　在都市裡流浪

原住民為何要到都市？又為何這種從部落到都市的空間轉換是一種流浪？這些都得從原住民的歷史處境談起。原住民並非一開始就居住在山地，只是陸續前來的殖民者步步進逼，才把原住民族逼向高山。瓦歷斯的詩說出這可悲的過程：「我們相信遠來是客，於是／荷蘭人來了，佔據一塊地；／西班牙人來了，佔據一塊地；／閩南人來了，客家人來了，／祖先一寸寸退離；／日本人來了，祖先只好／躲在森林裡，避開取人靈魂的槍炮。」[19]所以一直到日據時期原住民以山地作為生活空間，但是1949年後，國府陸續頒佈許多命令收回原住民賴以維生的土地，在沒有其他謀生方式的情形下，許多原住民來到

---

[17]　瓦歷斯‧諾幹：《伊能再踏查》，頁75、76。

[18]　溫奇：〈山地人三部曲〉《臺灣原住民族漢語文學選集──詩歌卷》，頁83。

[19]　瓦歷斯‧諾幹：〈土地〉《伊能再踏查》，頁48。

都市謀生。男的出賣勞力，女的出賣身體，以人類最原始的資本—身體換取生活。瓦歷斯記錄這個歷史轉折：

> 當二十五萬公畝的『番人所在地』
> 一改為沒有所有權的『山地保留地』
> 我們的雙腳便離開了母親般的大地
> 被迫推入沉黑的煤礦坑
> 被迫推入論斤叫賣的寶斗里
> 被迫推入沒有泥土的異國海洋
> 被迫推入都市叢林的下層階級 [20]

　　不管是賤賣勞力的工作場所，如媒礦坑、遠洋漁業、都市下層勞工，或是販賣身體的華西街、寶斗里都是原住民失去土地之後的去處。遠離了長養自己的家鄉，來到生活形態迥異的異地，都市對原住民來說，不啻為是放逐之地。簡政珍說：「當現實的放逐情境灼灼逼人，書寫的紙張變成清涼的庇蔭所。反諷的是，書寫空間不是阻絕放逐，而是放逐意識的延續。換句話說，作家不僅要從現實裡放逐，還要在書寫裡體驗另一層的放逐。」[21]生活其中無法排遣失根的感受，只能透過文字將放逐之情細細寫下。

（一）原住民眼中的都市地景

　　對原住民來說，首先注意到的都市地景，就是垃圾。由於大量的人群居住，都市生產大量的垃圾，而且與部落生產的垃圾不同，都市

---

[20]　瓦歷斯・尤幹：〈把愛找回來〉《想念族人》，頁176。
[21]　簡政珍：《放逐詩學——臺灣放逐文學初探》（臺北市：聯合文學出版社，2003年），頁219。

生產的垃圾往往是不能分解，而且不斷增多的。瓦歷斯說：

> 沒人注意到這亮麗的街道一隅，一堆垃
> 圾正迅速潰爛、膨脹：它發酵的體態，
> 像極了感恩城市的賜予[22]

　　相對於與自然取得平衡的部落生活，都市所帶來的污染，使得原住民很不習慣，當瓦歷斯厭倦了都市生活，打算要離開城市回歸部落時，他對所居住的城市作了最後巡禮，對城市作一個掃瞄式的回顧。而詩的開頭就說道：「這裡並沒有黃河入海流／僅只收集破銅爛鐵隔夜餿水污水廢水／一條比黃河更黃更濁的溪流緩緩流入海面」[23]城市裡的河流不比山林間的河流，此間沒有魚蝦，沒有水草，只有垃圾、污水與腥臭惡味。

　　除了污染的問題之外，在原住民詩中，家鄉都有特別面目，是山是海都具有特色，但是原住民詩人很少刻畫自己所居住的城市空間，因為都市地景的面貌都太相同。瑞夫（Edward Relph）在《現代都市地景》中說明現代都市的地景受兩位建築大師密斯·凡·德羅（Mies van der Rohe）與柯比意（Le Corbusier）的影響很深。密斯以鋼筋與玻璃帷幕建築簡潔的大樓，而柯比意則混凝土建造許多富有創意的居住空間。但是如瑞夫所調侃的：「建築師似乎是個模仿大師的專業」[24]大部分建築師不斷抄襲兩位大師的設計，卻缺乏創意，使得鋼筋玻璃帷幕大樓變得冰冷沒有變化，而柯比意的設計則變成數量龐大的「混凝土籠子」，這兩種建築形式決定了大多數都市的面貌。在這種空間

---

[22] 瓦歷斯·尤幹：《山是一座學校》（臺中：台中縣立文化中心，1993年），頁88。

[23] 瓦歷斯·尤幹：《山是一座學校》，頁100。

[24] 見Edward Relph著，謝慶達譯：《現代都市地景》（臺北市：田園城市文化，1998年），頁276。

之下，詩人難免有這樣的感歎，瓦歷斯的〈蜘蛛〉寫道：

> 都市叢林是隻龐大的蜘蛛族
>
> 灰白的絲網猶如八陣圖
>
> 誰也不許　輕易逃離
>
> 只能驚嘆牠精確的美學結構
>
> 和迅雷不及掩耳
>
> 的侵略哲學。[25]

　　蜘蛛網的意象中，我們可以讀出這是詩人對都市地景的深刻觀察，都市裡的建築追求效率，因此在追求最大效率的前提下，多數房子都沒有差別，無法令人留下深刻印象，這種不斷的重複地景使人產生錯覺，彷彿置身監獄，像困在蜘蛛網上的昆蟲無法逃脫。巴什拉也批評都市空間的冷漠：「『在家』，已經變成一種純粹的水平範圍不同的房間，組合成不同的生活機能，塞進一個樓層，對於私密價值的區分和分類，完全沒有什麼基本原則可循。」[26]都市空間顯示了人與生活環境的疏離。都市地景的特徵就是「無地方感」（Placelessness），在臺灣社會現代化，接受資本主義的影響過程中，對空間的要求使用效率大過於人活於其間的意義，在地的特殊文化日漸消失，疏離感取代了人際關係的親暱感。

　　對習慣於山林的原住民來說，都市的外觀看起來充斥著抽象沒有意義的線條，灰白貧血的視覺印象，就是一個巨大的人造物，不斷侵略著自然空間。過去原住民詩人可以從大地爬到樹上，爬到山上，體會不斷上升直達天空的體驗。但是在都市中，天與地之間並沒有可以

---

[25]　瓦歷斯・尤幹：《想念族人》，頁136。

[26]　巴什拉著、龔卓軍、王靜慧譯：《空間詩學》（臺北市：張老師文化，2003年），頁92。

讓人產生情感的地景。巴什拉說：「摩天大樓根本沒有地窖，從街道到屋頂，一個房間密密麻麻的疊在另一個房間上面，而破碎的天空線所形成的帷幕，包圍著整個城市。但是，城市建築的高度，純粹只是一種『外在』的高度。升降電梯廢除了爬樓梯的英雄光環，自此已不存在任何往上住得接近天空的感覺。」[27]

當原住民詩人在冷漠的高樓上進行危險的清潔工作時，只感覺有如困獸，在文明的陷阱中難以逃脫。瓦歷斯說：「我們矯健的 Wadang 在摩天大樓的窗玻璃上／終於看見一隻迷惘在都市裡的無尾猴子／牠左右搖擺，彷彿困在巨大的機陷裡／什麼時候，部落裡的獵人變成走獸啦」[28]

對詩人而言，都市原本是提供人居住的地方，是該為人所服務的，但是都市已經異化成一種獨立的概念，有了自己的主體性，甚至反過來驅使人為牠服務。詩人擔心城市的擴張，部落的萎縮，是因為在資本主義化的臺灣社會中，「地方」已逐漸消失，取代的是成為流通商品的空間，以及依循資本主義與權力運作規則所形成的制度與結構。在詩的最後，詩人擔心著：「牠們競日競日膨脹／部落逐漸逐漸縮小」負載生活經驗，有意義的部落的消失與沒有地方感的都市空間擴張其實正是原住民詩人的焦慮。

（二）都市裡的差異地點

原住民所見的都市地景是「無地方感」的生活空間，而原住民自己在都市中的生活空間其實很值得深刻討論。都市的原住民男性從事各種重勞力工作，例如鷹架上的水泥工或是貨車上的搬運工。他們佔

---

27 巴什拉著、龔卓軍、王靜慧譯：《空間詩學》，頁92。

28 瓦歷斯·諾幹：《伊能再踏查》，頁146。

據的空間多是鷹架，馬路等流動空間。即使下了班，除了短暫租賃的住所外，有時也只能窩在賓館，漫無目的的一天過一天。瓦歷斯的〈軌道〉說：「我只能順著鐵軌滑下去／下班後恆常躲入賓館／定時向老人購買愛國獎卷／假如中獎，打算環遊世界各地／我已沒有名字沒有鄉愁／只能朝向死亡的終點出發」[29]

　　在現代人的遊戲規則中，沒有謀生能力的原住民女性，不得已出賣身體，她們在城市中所存在的位置，則往往是陰暗、不見天日的暗巷旅社。瓦歷斯悲切地描摩她們的悲哀：

> 進入社會，我不再捧書朗誦
> 被賣斷的青春課本從不解答
> 在華西街陰冷的房間一角
> 偶而，我還會想起故鄉
> 賭博醉酒的母親，死於
> 斷崖的父親，荒廢的田園
> 和尚在讀書的弟妹[30]

　　賓館與妓院往往不是都市中光明的一面，但卻又幾乎是每個都市都會有的一面，在這些光明無從照見的空間裡，被壓迫的原住民生活其中，成為文明建構自身所必須的成分，這些地點，傅柯稱之為差異地點（heterotopias），傅柯說：

> 在每一文化、文明中，也存在著另一種真實空間──它們確實存在，並且形成社會的真正基礎──它們是那些對立基地（counter-sites），是一種有效制定的虛構地點，於其中真實基

---

[29] 瓦歷斯・尤幹：《山是一座學校》，頁94。

[30] 瓦歷斯・尤幹：《想念族人》，頁71。

地與所有可在文化中找到的不同真實基地，被同時地再現、對
立與倒轉。[31]

簡言之，差異地點是一種透過對照，而畫出屬於自身與他方的界
線，透過差異地點的劃分，文明才能畫出屬於自己的界線，正如傅柯
在《瘋癲與文明》中的洞見──理性其實是藉著劃分瘋癲才得以建
立。

妓院是很弔詭的空間，臺灣的法律明訂不能發生性交易，但是在
賓館妓院卻是性交易發生的場所，這個不斷被查獲、被拆除的地點，
彷彿是為了證明臺灣不准性交易的發生而存在的空間，而這樣的空間
居然是許多沒有謀生能力的原住民女性被迫長時間居處的處所，甚至
於連原住民女性的身體也成為這種差異地點的一部份。莫那能說：

> 神話中的百步蛇也死了
> 牠的蛋曾是排灣族人信奉的祖先
> 如今裝在透明的大藥瓶裡
> 成為鼓動城市慾望的工具
> 當男人喝下藥酒
> 挺著虛壯的雄威探入巷內
> 站在綠燈戶門口迎接牠的
> 竟是百步蛇的後裔
> ── 一個排灣族的少女[32]

令人驚訝地，這位識字不多的盲詩人在字句間居然埋伏了多層的

---

31 傅柯：〈不同空間的正文與上下文〉，收入《空間的文化形式與社會理論讀本》，頁
403。

32 莫那能：《美麗的稻穗》，頁160。

隱義，首先在原住民神話中，具有神聖地位的百步蛇居然淪為滿足漢族男人壯陽此一卑賤目標的工具，接著男人在都市梭巡，走入綠燈戶巷內，正如傅柯所說文明以差異地點證明自身的存在，而最終漢族男人進入排灣族少女的體內，以異族女子的身體，來證明自己身為男人存在的價值，而幫助男人完成性交易的居然是排灣族少女所信奉的祖先。海德格：「在一個世界之中的『在之中』是一種　特性，而人的『空間性』是其肉體性的一種屬性，它同時總是通過身體性『奠定根基』的。」[33] 人對空間的認知必須經過身體，身體是客體與主體交會之處，原住民少女的身體在此處被異化為容受漢人慾望的空間，其精神主體的意願被壓制無法伸張。對於此間的空間論述，原住民詩作留下令我們震撼，難以面對的一頁。

　　莫那能在另一首詩〈給受難的山地雛妓姊妹們〉中，也呈現類似的對比：「當老鴇打開營業燈吆喝的時候／我彷彿就聽見教堂的鐘聲／又在禮拜天的早上響起／純潔的陽光從北拉拉到南大武／撒滿了整個阿魯威部落。」[34] 都市中陰暗的妓院空間裡，少女懷念的是故鄉的好山好水，想像不堪的情色營業燈，如同陽光偏灑部落，中間的落差足為原住民的都市空間經驗留下強烈的批判。

　　「回部落去！」這是許多遭受挫折，覺醒了自己族群認同的原住民共同的理想，但是回到家鄉，意外的改變卻悄悄蔓延山谷。

33　馬丁・海德格著、王慶節、陳嘉映譯：《存在與時間》（臺北市：桂冠圖書公司，1994 年），頁 81。

34　莫那能：《美麗的稻穗》，頁 17。

四　在遊樂區中迷失

當時序漸進，世紀末的原住民部落有了新的改變，過去除了登山客外，罕有外人進入部落，現在開始轉型成為觀光地區，而以原住民文化所興建的主題樂園也開始出現營業，原住民文化從過去被貶抑，被隱藏翻轉成為現在觀光客們渴望目睹的景點，原住民的空間經驗也經歷新的挑戰。

（一）遊樂區作為部落的擬像

觀光旅遊作為新的經濟來源，相對於過去經濟困窘的處境，許多留在部落的原住民很開心的迎接這項改變：

> 隔天傍晚回部落，昔日祭場
> 知今是紅男綠女的聖地
> 他們像蝴蝶穿梭不已
> 族裡的女人一天跳三場舞
> 為了生活或者什麼都不是
> 表姊打扮得像泰雅公主
> 一年後，她說：「要到城市。」[35]

表面上看起來，漢人願意多花時間來參觀原住民的部落，看原住民怎麼吃怎麼住，好像是一種推廣原住民文化的好方法，而且對原住民來說又是一筆可觀的經濟收入，似乎說起來並沒什麼不對。實則，這種觀光用，或者說人造的部落到底能有多少真實性。

35　瓦歷斯・尤幹：《想念族人》，頁59。

　　這種原住民主題遊樂園的建構是考據了真實部落的建築物，依照書面的知識，實地的考察，以複製的方式模仿傳統部落。這種複製其實是一種空間的能指，指向漢人想像世界中的原住民部落（所指），這種遊玩參觀的過程是一種標準的消費行為，漢人藉由消費這個「能指」，享受由能指所帶來的幻想「所指」的快樂。

　　但是對消費者而言，是否符合真實世界中的部落？現代原住民是否真的那樣生活？這都不是最重要的事。這種心態這正是當代藝術的特質，正如班雅明（Walter Benjamin）所說：「影像深深包含其獨一性與時間歷程，而複製版則與短暫性及可重複性緊密相關。揭開事物的面紗，破壞其中的『靈光』，這就是新時代感受性的特點，這種感受性具有如此『事物皆同的感覺』，甚至也能經由複製品來把握獨一存在的事物了。」[36]消費者並不打算欣賞真實部落所具有的靈光，他們只打算通過部落空間的複製品，揭開部落的神秘面紗，感受一點「啊！原來如此」的感覺。

　　這是一個巨大的再現空間，不只是建築物的考據，還包括請原住民自己來「演出」傳統的原住民生活，穿著原住民的傳統服裝，做著原住民傳統手工或者跳著改良動作後的現代化山地歌舞。原住民自身也成為複製的一部份。瓦歷斯說：「我是你們觀光的內容／站在眼睛的面前／道地的原住民，泰雅族／你該記得秋天的霧社事件／莫那魯道與我同族／三〇年代初的櫻花／族人用鮮血擦亮歷史／八〇年代的新生代／我用衣飾滿足你的好奇。」[37]

　　是否這種歷史的重演能取代真實部落？答案恐怕是否定的。這種演出只是一種「類象」（simulacrum），而不是「摹本」（copy）。詹

36　華特·班雅明（Walter Benjamin）著，許綺玲譯：《迎向靈光消逝的年代》（臺北市：臺灣攝影工作室，1999年），頁66。

37　瓦歷斯·尤幹：《想念族人》，頁119。

明信（Fredric Jameson）指出二者的不同之處，在於摹本的價值是從屬性的，原作才有真正的價值，而且指出原作與摹本的差異有助人獲得現實感。但是類象的定義之一是：「類象是原本沒有那些東西的摹本」[38]

　　為什麼原住民樂園只是類象而不是摹本？因為原住民樂園只是參考現實世界中的原住民文化，其真正的藍圖是如今已消失在歷史中的原住民部落，甚至於加上漢人的幻想雜揉而成的空想世界。現在的原住民部落也一樣會有電燈電視，與閩人客人的山間村落並沒有太大差別。漢人想參觀的是，會打獵編織，三百年前的古代原住民生活。因此原住民樂園不是原住民的文化復興，甚至連原住民部落的複製都談不是，這些空間只是一種符號，浮遊在原住民歷史處境之上而不落地。

（二）部落意義的內爆

　　原住民樂園作為「類象」，其影響不止於此。布希亞對「類象」的闡釋雖然受到班雅明的影響，但是布希亞在理論上走的更遠。他說：

> 擬像肇生於平等法則的烏托邦，誕生於對於「符號等同於價值」（signe comme val eur）的基進否定。也就是說，符號是每個指涉的死刑與逆轉。正當再現意圖將擬像視為「虛假的再現」來吸納它，擬像就吞嚥下整個再現的地基，並將再現轉化為一個擬仿物。[39]

---

38 詹明信（Fredric Jameson）著，唐小兵譯：《後現代主義與文化理論》（北京：北京大學出版社，1997年），頁218。
39 布希亞（Jean Baudrillard）著，洪凌譯：《擬仿物與擬像》（臺北市：時報文化出版公司，1998年），頁22。

　　簡單的說，符號反應真實，但是消費者消費的往往只是符號不是實體，就像班雅明說明人們已經習慣了消費複製品，不再重視原件的價值，既然消費的是符號，符號的重要性就大過於原件。日常生活中我們大量消費符號，不管視覺聽覺（數位影像、音樂），甚至嗅覺味覺（人工香、味料），在生活中，我們都已經很少直接接觸事物的原件，符號成為我們日常生活最常意識的意識客體。於是符號開始自我指涉。而在這個資訊過剩的時代，符號因為數量過多而產生內爆(implosion)，使得意義系統自我封閉，不再能指涉任何對象。也就是人迷失在虛構的多重指涉中，遺忘了原件與真實，遠離了世界與歷史。

　　遊樂園作為部落的「擬仿物」（simulacrum），也沿著這種發展，發生了意義的「內爆」，使得部落生活的意義消失，一步步吃掉了真實的部落生活，最終取代了部落。瓦歷斯看出了這種發展，而不禁憂心：

　　　　就去給他們一座一座觀光飯店
　　　　文化村溫泉鄉山地舞都無所謂
　　　　就用發亮的金幣誘惑他們
　　　　把一片片土地都典讓出來
　　　　反正山地保留地沒有所有權
　　　　讓他們沉浸在懷憂喪志的文化村
　　　　讓他們躺在沒有記憶的溫泉鄉‧
　　　　讓他們陶醉在遙遠的舞陣中[40]

　　原住民的部落生活尤其有傳承歷史的嚴肅性，但是做為表演的部

40　瓦歷斯‧尤幹：《想念族人》，頁183。

落是沒有歷史的，是沒有深層意義的，整個空間的複製只指出一個目的，那就是賺錢。當這種資本主義運作的邏輯，透過原住民演出傳統生活的過程，一步步替換了儀式舞蹈背後的含意，最終演出的部落取代了真實的部落。

當原住民知識份子看到這種情形急的跳腳的時候，漢人的資本家只是在商言商的看待蓋文化園區這件事，這逼使原住民詩人不得不發言抗議，瓦歷斯說：「金色的翅膀，飛來囉／它們合力搭建一座富麗的／原住民文化園區，並且／計算著每年的收益成本／只要擁有土地和資本／點石也可以輕易成金／金色的翅膀翩翩飛離後／將只留下一串訕笑／和狐狸般醜陋的尾巴。」[41]詩中的金色翅膀，就是資本主義的象徵。事實上，根據黃國超的統計，觀光帶來的經濟利益被外來漢人經營者層層賺走，真正得到好處的原住民微乎其微。[42]相反的因為觀光帶來的垃圾，以及傳統原住民人際關係因為利益競爭而導致的破裂，使得當初期待觀光產業的原住民們都大嘆受騙。

既然如此，如何扭轉布希亞的預言，改變「類象」取代實品的結果？克里福德·格爾茲（clifford Geertz）所提出的文化「深描」（thick description）指出方向。Geertz說：「理解一個民族的文化，既揭示他們的通常性，又不淡化他們的特殊性……這使他們變得可以理解：將他們置身於他們自身的日常狀態之中，使他們不再晦澀難解。」[43]這位文化人類學家認為唯有強調原住民的主體意識，使部落生

41　瓦歷斯·尤幹：《想念族人》，頁80。

42　這些經營者包括1.觀光局2.航空公司3.旅館4.出租摩托車行5.計程車行6.海產店7.快艇、玻璃船公司8.禮品文物店。見黃國超〈原住民觀光與社區自主權──泰雅族鎮西堡部落發展生態旅遊之研究〉，《原住民教育季刊》，31期（2003年8月），頁27～44。

43　克里福德·格爾茲（clifford Geertz，1926～），美國當代著名人類學家，在60年代挑戰列維─施特勞斯倡導的「結構人類學」提出了，使得人類學理論過渡到了「象

活回歸平常，而真心願意瞭解的漢人願意參與原住民生活，參與祭典，如此原住民的文化才能得到延續，而原住民生活的部落也才有新的生命。

更進一步說，必須在言說中找回生活方式的意義，部落空間的意義，去論述並且啟發更多人來瞭解，這樣空間的意義才能被尋回。海德格很早就討論人要如何才能在世界當中安居。海德格說：「真正的棲居困境乃在於：終有一死的人總是重新去尋求棲居的本質，他們首先必須學會棲居。倘若人的無家可歸狀態就在於人還根本沒有把真正的棲居困境當作這種困境來思考，那又會怎樣呢？而一旦人去思考無家可歸狀態，它就已然不再是什麼不幸了。」[44] 人如果沒有反思自己存在處境的意義，反思空間的意義，那麼不管他的生活方式過得如何，他都沒有證明自己的存在，沒有突顯出自己的本真存在。唯有反思，進而言說，讓自己居住在充滿意義的時間空間之中，人才能真正的安心棲居。

五　從部落重新出發

瓦歷斯冥想著，回到歷史的起點：

那時，我們又重回到歷史的起點

天還未明，島嶼仍在沈睡

有麋鹿遠來憩息，垂首飲水

微論」的時代。代表作品《地方知識》，見Clifford　Geertz〈深描：邁向文化的闡釋理論〉收錄於朱立元總主編《二十世紀西方美學經典文本》（上海，上海人民出版社，1999），頁668。

44　海德格著、孫周興譯：《依於本源而居──海德格爾藝術現象學文選》（杭州：中國美術學院出版社，2010年），頁72。

　　部落的草含有釀米酒的香味

　　圍場上竹竿高高擎起

　　長老安坐上席等待祭典[45]

　　回到部落最初的狀態，那時人與自然之間尚未失序，部落依循祖靈的教誨安詳度日。瓦歷斯的夢想是否只是夢想？

　　對社會而言，討論原住民生活空間的意蘊有更深刻的啟示，經過原住民詩作的討論，讓我們反思審視臺灣過度發展經濟，對自然環境的開發造成的破壞。詩人作家做為社會的良心，需要提醒社會做出正確的抉擇。原住民詩人的都市詩凸顯了都市生活空間大量重複的無地方感與都市人冷漠的態度，部落空間的綜藝化與商業化，則讓人省思自己是否陷溺於各種「類象」的充斥，而無法分辨真實。當然更重要的還是對原住民族群本身，歷史的發展已不可逆，流浪已是難返的歷史事實，我們已無法重返歷史的現場，阻止所有悲劇發生。但是詩人們還是可以透過書寫流浪的旅程，讓日後不分族群的所有讀者，都能共同經歷這段流浪，體會放逐者的心境，從中獲得啟示與教誨。簡政珍說得好：「作家在語言裡再度經歷放逐，但語言也使放逐者進行反放逐。寫作是作家和時間的爭戰。當時間已不在，空間已退失，語言賦予創作者書寫的空間。現實的空間因轉型變成文字的標記，過往的時間在書寫的扉頁留下了痕跡。」[46]原住民空間詩學的建構將是重新出發的起點，目標是一個充滿意義與歸屬感，屬於自己的地方的找尋。

45　瓦歷斯‧諾幹：《伊能再踏查》，頁62。

46　簡政珍：《放逐詩學——臺灣放逐文學初探》，頁219。

第十一章　結　論

臺灣現代詩的現象學批評發展至今已經卓然有成，重要的評論家葉維廉、簡政珍、翁文嫻的評論著作已經是臺灣現代詩批評領域中不可或缺的部分。透過現象學批評研究現代詩的碩、博士學位論文也越來越豐富。但是目前為止還沒有人回顧討論此一評論方法，因此本文希望透過現象學批評的理論概述以及現象學批評的實際評論來回應此一空白。

在理論的概述部分，本文嘗試提出由胡塞爾、海德格、梅洛龐蒂為代表的現象學哲學根源，進而討論受現象學啟發的文學思潮，最後落實到臺灣現代詩現象學批評的評論家，並檢視他們的精采論述。

胡塞爾宣稱當代認識論已經走入死胡同，不管是主觀論者所強調世界是由主體世界所感知而存在，或者客觀論者認為意識、心理活動是物理世界的作用，二者的宣稱都是不夠全面的。胡塞爾提出意識是主體朝向客體的意向活動，主客體之間通過意識而相互關連。現象學研究的是人的知覺意識，胡塞爾認為這種研究可以做為哲學研究的基礎，因此胡塞爾用心分析討論意識對象如何在意識當中構成，而又如何在這種本質的直觀中看到事物的真理。

海德格從他的老師胡塞爾處繼承了對於意識與意向性的基本看法，但是有別胡塞爾醉心於建構意識的理論，海德格轉向思考現象學對存有的思考。西方形上學認為萬物唯一的共通點就是存在，因此存在是萬物的形而上根源。海德格則用現象學來詮釋這個存在，認為人

的意識就是存在的本身，人有意識能反省能思考能認知就是萬物存在的根源，所謂的萬物存在就包含了人與世界，因此人的存在是與世界一同存在，稱為在世存有（Being-in-the-world），主體與世界互相關連。人被投擲入世界，回顧過去並移向未來，因為時間的流逝與死亡壓迫的人的存在，因此人面對時間總是懷抱著「畏」（Augst），對世界懷抱著「煩」（care）。人面對這種壓迫就必須證明自己意識的存在，因此提問自己存在的問題，成為證明自己存在的重要方法。自我意識的存在不是顯而易見的狀態，必須透過詮釋，反思自己與世界的關連性才能獲得證明。海德格此說拓展了詮釋學的理論，但也大大偏離了胡塞爾的方向，二者的區別可以用「描述的現象學」與「詮釋學的現象學」來區分。

海德格晚年醉心於言說與存有之間的關係，存有的本身就有真理在其中，言說可以將存有的真理道出，透過言說（詩）人才能獲得自己存在的意義，安居其中。海德格此說契合於中國道家思想對於道的討論，從徐復觀、劉若愚、葉維廉都曾討論過這點。透過分析找回人存有的意義，也成為海德格所影響的一種獨特的文學觀與批評方式。

之後現象學在法國取得了更進一步的繼承與發展，日後許多重要的現象學家都出自法國，例如梅洛龐蒂與沙特。梅洛龐蒂刻意尋求一種曖昧的思想方式，故意不尋求清晰的定義。他重申胡塞爾對於主客觀相互關連的主張，而且透過身體知覺說明二者是不可區分的關係。「所有的意識都是統一的主客關係。他聲稱這些觀念來自於胡塞爾的未刊稿，但卻擴充了意向性的定義，使其能包涵個人的整個經驗世界。」[1]知覺是意識能夠覺知外界世界的根據，但是知覺本身就是意識

---

[1] 拉瓦爾（Sarah N. Lawall）、馬樂伯（Robert R. Magliola）著，李正治譯：《意識批評家：日內瓦學派文學批評導論》（臺北市：金楓出版社，1987年），頁61。

的一部分。透過身體的知覺，意識與外在世界連結在一起，成為統一的主客關係。

梅洛龐蒂對於語言的看法也延伸了這種一元論的看法，梅洛龐蒂認為語言是一種意向性活動，語言不是意義的符號，語言本身就是意義的具體化，語言是意識的具體化，不管是作者與讀者，或者是符號以及所指向之客體，語言將主體與客體統合為一。

現象學做為一種思考方法，可以應用在對於各種不同事物的思考上，當然也對文學研究造成很大的影響。

日內瓦學派則是運用現象學進行實際批評的評論家的總稱，其中喬治普萊所寫的《意識批評》將日內瓦學派如何進行現象學批評作了完整的介紹。當中的法國文學評論家加斯東・巴什拉對於地水火風四元素以及空間與夢想詩學的分析，呼應了現象學所提出的前科學思維，將人認知空間及地水火風的直觀以優美的文字呈現出來，允為現象學批評的精彩傑作。

國內的現象學詩批評則以葉維廉、簡政珍、翁文嫻為主。葉維廉提出「純粹經驗」說明中國古典詩中的詩境，提出人面對世界直觀的「純粹經驗」。其中沒有人為思慮，只是純粹讓人直觀直覺呈現出來的美感。但是現代詩不能只是靜態的觀照，需要透過假敘述，說明人在當代生活當中窘迫急促的生活壓力。簡政珍從海德格的詩與存有的立論出發，標舉出人世間的沈默與詩之存在的對比，他也提出現實應該是詩創造的根源，詩人應該在詩中書寫詩性現實，用以對沈默冷酷的社會現實做出反擊，也對人生在世稍縱即逝的存在處境做出抵抗。翁文嫻則對詩的歷史處境特別著迷，一直希望能將中國古典的詩法運用在現代詩的研究上，因此透過詮釋學的討論做為理論架構的基礎，說明如果人的存在處境是歷史性，那麼文學研究也不該割裂於歷史，古典文學研究也應該有當代應用。之後翁文嫻為「賦比興」建構了描

述、變形、對應等三種美學，並且具體在顧城、黃荷生、夏宇、羅智
成等人具體詩作的討論中，實踐古典詩法的詮釋。

　　本文除了回顧現代詩的現象學批評從哲學理論源頭一直到臺灣現
代詩重要的現象學批評家成果的回顧，在描繪理論圖像之餘，也希望
透過詩人詩作的實際批評，落實對理論的介紹。

　　本文透過巴什拉《火與精神分析》與《水與夢》分別討論洛夫詩
中的火以及唐捐詩中的水。火具有溫暖的特質，因此在洛夫詩中時常
具有傳遞情感的作用，之於愛情親情，洛夫都偏好用火來表達。但是
火另外具有淨化與將物質化為無形的特質，透過燃燒，物質消失在世
界上，但在人的意識當中卻獲得了形而上的存在，遁入永恆，因此洛
夫對於情感昇華的描寫也多半與火有關，透過火的分析，我們可以看
到洛夫的詩中追尋永恆的動向。相反的唐捐詩中充滿了水，不管是動
態的液體或者半固態的體液與痰，其實都是對於動態的物質想像。水
一反火的超越，具有無處生有的特性，彷彿形而上的無形理念情緒，
都可以凝結化成形而下的水，在現實世界中被具體化呈現。唐捐特別
偏好這種物質化的想像，同時崇尚詩意需要不停止流動的動態姿態。

　　除了水與火，他人是現實可見的意識對象，也是李魁賢詩與詩論
中最關注的焦點。舒茲結合胡塞爾現象學以及社會學家韋伯的社會學
理論，開創了現象學社會學的新研究方向，舒茲補足了胡塞爾無法完
善說明的主體間性，指出人與人的交流方式，這正是韋伯所強調的要
找尋的社會行動的意義。舒茲也說明了人不可能完全認識所有的他
人，因此對於他人的認識必須透過類型化的社會知識將人分類，並且
在實際遭遇時，補足修正自己意識中的他人類型。由此來看，李魁賢
詩中最重視的社會行動即是反抗強權，因此可以區分成統治階層、被
統治階層、有機知識份子等三種類型。由於李魁賢自己的生命經驗，
加上對詩藝的不斷追求，二者結合在詩中所呈現反抗不合理統治的不

屈精神，使他的詩獲得國際詩壇的肯定。

　　孫維民偏好透過描寫生活中不盡美善的遭遇，但是貫徹其詩作的精神基底是虔誠的基督教信仰。曾經專研現象學，而後轉向詮釋學的學者保羅里克爾同樣也是虔誠的教徒，他嘗試從神話當中詮釋人類如何面對惡，里克爾所區分的褻瀆、罪、罪疚說明人存在於無法完美的世界當中，人的意志的不同狀態，那些正是孫維民詩作中的重要主題。但是不管是孫維民或是里克爾，他們都共同點出人面對這些惡，更要緊的是必須知道自己的有限，懂得謙卑以對天地、他人與萬物，而那恰是孫維民詩作最動人的姿態。

　　向陽的《四季》以二十四節氣做為主題寫作，是臺灣詩壇中罕見討論時間的詩集。從春夏秋冬四季的變換，時間的行進具體展現在身體感上，梅洛龐蒂對於身體以及時間的討論幫助我們更深刻分析向陽的詩，而通過詩，向陽也將自己意識主體流動變化的過程銘刻在時間上。

　　原住民特殊的族群經歷，在臺灣史上有自己獨特命運，生活空間不斷的受到逼迫而遷徙，使得原住民詩人不約而同都對空間有深刻的描寫，現象學對空間的討論讓我們知道部落做為地方，對於原住民族群的重要性與意義，而都市空間的壓迫以及娛樂化的虛擬部落都是不同的空間，各自有其原住民詩人生命當中特殊的含意，考察原住民詩中的空間是最令人深思的一章。

　　最後，回到本文最初的起點，現象學批評是否就貼近了主體的感發，而不落於批評方法的套用。在現代詩批評當中，面對理論的態度當然是要有所反省，即便在抉發觀點時借用理論的框架，但實際分析時還是必須出於評論者自身對於詩作的真實感觸，理論做為方法只是做為輔助之用。也因此，臺灣詩壇中實際進行現象學批評的三位論者，其詩論中現象學也止於觀點的借用，更多的是三位論者自身對詩

作深刻的生命體驗。

　　但是換個角度來看，詩作與理論之間也許並非那麼涇渭分明。不管是詩作或理論，都是人通過語言文字所建構起的意識姿態，背後都是詩人或者哲學家看待世界的方式與態度。我們不應該把理論當成詮釋詩作的正確答案，而應該是將理論與詩作之間的關係視為高達瑪所說的對話，是一種視域融合（Horizontverschmelzung）。高達瑪說：「在理解中所涉及的完全不是一種試圖重構文本原義的『歷史的理解』。我們所指的其實乃是理解文本本身。但這就是說，在重新喚起文本意義的過程中解釋者自己的思想總是已經參與了進去。就此而言，解釋者自己的視域是具有決定性作用的，但這種視域卻又不像人們所堅持或貫徹的那種自己的觀點，它乃是更像一種我們可參與或進行遊戲的意見或可能性，並以此幫助我們真正佔有文本所說的內容。」[2]能夠理解詩作或者理論依靠的是詮釋者生命的前理解，也就是詮釋者懷抱著自己的期待視野開始接觸理論與詩作。當我們把現象學家對時間、空間、他人與世界的討論放入我們的期待視野中，這些角度就讓我們有更深刻討論詩作的可能。

　　相反的，對詩作的欣賞閱讀分析，其實也幫助我們具體理解了現象學理論。詩是人類意識的呈現，在詩與藝術品當中，有著人類存有的關鍵之謎，也因此海德格、巴什拉都深深著迷於詩所展現的真理。梅洛龐蒂說：「如果現象學在成為一種學說或體系之前已經是一種運動，那麼這不是巧合，也不是冒充。現象學和巴爾札克的作品，普魯斯特的作品，瓦萊里的作品或賽尚的作品一樣，在辛勤耕耘－靠著同樣的關注和同樣的驚訝，靠著同樣的意識要求，靠著同樣的理解世界

2　加達默爾著、洪漢鼎譯：《真理與方法：哲學詮釋學的基本特徵》（臺北市：時報文化出版公司公司，1993年），頁499。

或初始狀態的歷史的意義的願望。哲學在這種關係下與現代思想的努力連成一體。」[3]哲學家與文學家一樣，想要更理解這個世界，想要解釋歷史的意義，想說清楚當人的主體接觸世界的瞬間，所感受到的驚喜與關注。此時，現象學家的哲學論著與巴爾札克的小說、普魯斯特與瓦萊里的散文、賽尚的畫作是一樣的。文學藝術也是現象學研究的最佳註腳。

3　梅洛龐蒂著，姜志輝譯：《知覺現象學》（北京：商務印書館，2001 年），頁 19。

參考書目

一、詩集詩選

瓦歷斯・尤幹：《山是一座學校》，臺中市：台中縣立文化中心，
　　1993年。

瓦歷斯・尤幹：《想念族人》，臺中市：晨星出版社，1994年。

瓦歷斯・諾幹：《伊能再踏查》，臺中市：晨星出版社，1999年。

向陽：《四季》，臺北市：漢藝色研出版社，1986年。

向陽：《向陽台語詩選》，臺南市：真平企業公司，2002年。

李魁賢：《李魁賢詩集・第一冊》，臺北市：行政院文建會，2001年。

李魁賢：《李魁賢詩集・第二冊》，臺北市：行政院文建會，2001年。

李魁賢：《李魁賢詩集・第三冊》，臺北市：行政院文建會，2001年。

李魁賢：《李魁賢詩集・第四冊》，臺北市：行政院文建會，2001年。

李魁賢：《李魁賢詩集・第五冊》，臺北市：行政院文建會，2001年。

李魁賢：《李魁賢詩集・第六冊》，臺北市：行政院文建會，2001年。

洛夫：《洛夫詩歌全集Ⅰ》，臺北市：普音文化，2009年。

洛夫：《洛夫詩歌全集Ⅱ》，臺北市：普音文化，2009年。

洛夫：《洛夫詩歌全集Ⅲ》，臺北市：普音文化，2009年。

洛夫：《洛夫詩歌全集Ⅳ》，臺北市：普音文化，2009年。

唐捐：《意氣草》，臺北市：詩之華出版社，1993年。

唐捐：《暗中》，高雄市：高雄市立文化中心，1999年。

唐捐：《無血的大戮》，臺北市：寶瓶文化公司，2002年。

孫大川主編：《臺灣原住民族漢語文學選集‧詩歌卷》，臺北市：印
　　刻出版，1999年。

孫維民：《日子》，臺北市：孫維民出版，2010年。

孫維民：《拜波之塔》，臺北市：現代詩季刊社，1991年。

孫維民：《異形》，臺北市：書林書店，1997年。

孫維民：《麒麟》，臺北市：九歌出版社，2001年。

莫那能：《美麗的稻穗》，臺中市：晨星出版社，1989年。

二、專門著作

王國安：《和平‧臺灣‧愛——李魁賢的詩及詩論》，臺北市：秀威
　　資訊科技，2009年。

吳潛誠：《島嶼巡航：黑倪和臺灣作家的介入詩學》，臺北市：立緒
　　文化公司，1999年。

李癸雲：《與詩對話——臺灣現代詩評論集》，臺南縣：臺南縣文化
　　局，2000年。

李魁賢：《李魁賢文集‧第七冊》，臺北市：行政院文建會，2002年。

周志煌、廖棟樑：《人文風景的鐫刻者——葉維廉作品評論集》，臺
　　北市：文史哲出版社，1997年。

孟樊：《當代臺灣新詩理論》，臺北市：揚智文化，1998年。

柯志明：《談惡—呂格爾《惡的象徵》簡釋》，臺北市：臺灣書店，
　　1997年。

洪漢鼎：《重新回到現象學的原點——現象學十四講》，臺北市：世
　　新大學世新大學出版中心，2008年。

唐捐：《現代漢詩的魔怪書寫》，臺北市：學生書店，2010年。

唐捐：《大規模的沈默》，臺北市：聯合文學出版社，1999年。

夏鑄九、王志弘編譯：《空間的文化形式與社會理論讀本》，臺北
　　市：明文書局，1993年。

翁文嫻：《創作的契機》，臺北市：唐山出版社，1998年。

涂成林：《現象學運動的歷史使命》，北京：中央編譯出版社，2007
　　年。

侯吉諒編：《洛夫石室之死亡及相關重要評論》，臺北市：漢光文
　　化，1988年。

張默主編：《大河的雄辯：洛夫詩作評論集》，臺北市：創世紀詩雜
　　誌，2008年。

張默：《台灣現代詩編目》，臺北市：爾雅出版社，1995年。

張灝：《幽暗意識和民主傳統》，臺北市：聯經出版社，1989年。

陳榮華：《海德格存有與時間闡釋》，臺北市：台大出版中心，2003
　　年。

傅偉勳：《從創造的詮釋學到大乘佛學》，臺北市：東大出版社，
　　1990年。

彭瑞金主編：《李魁賢文學國際學術研討會論文集》，臺北市：文建
　　會，2002年

曾枝盛：《阿爾杜塞》，臺北市：遠流出版事業公司，1990年。

費勇：《洛夫與中國現代詩》，臺北市：東大出版社，1994年。

項退結：《海德格》，臺北市：東大出版社，1989年。

涂成林：《現象學運動的歷史使命》，北京市：中央編譯出版社，
　　2007。

楊大春：《楊大春講梅洛－龐蒂》，北京：北京大學出版社，2005年。

楊國榮：《形上學引論——面向真實的存在》，臺北市：洪葉文化事
　　業公司，2006年。

葉維廉：《秩序的生長》，臺北市：志文出版社，1975年。

葉維廉：《中國詩學》，北京市：人民文學出版社，2006年。

葉維廉《中國古典文學比較研究》，臺北市：黎明文化事業公司，
　　1977年。

葉維廉《比較詩學》，臺北市：東大出版社，1983年。

葉維廉《飲之太和》，臺北市：時報文化出版公司，1980年。

葉維廉《歷史、傳釋與美學》，臺北市：東大出版社，1988年。

熊偉主編《現象學與海德格》，臺北市：遠流出版事業公司，1994
　　年。

潘德榮《詮釋學導論》，臺北市：五南圖書出版公司，1999年。

潘麗珠：《現代詩學》，臺北市：五南圖書出版公司，2004年。

蔡美麗：《胡塞爾》，臺北市：東大出版社，1990年。

鄭樹森主編：《現象學與文學批評》，臺北市：東大出版社，1984年。

蕭阿勤：《回歸現實：臺灣1970年代的戰後世代與文化政治變遷》，
　　臺北市：中研院社研所，2008年。

蕭蕭：《現代詩入門》，臺北市：蓬萊出版社，1982年。

蕭蕭編：《詩魔的蛻變：洛夫詩作評論集》，臺北市：詩之華，1991
　　年。

應鳳凰：《但求無愧我心──閱讀李魁賢》，臺北市：遠景出版事業
　　公司，2009年。

簡政珍：《放逐詩學──臺灣放逐文學初探》，臺北市：聯合文學，
　　2003年。

簡政珍：《詩心與詩學》，臺北市：書林書店，1999年。

簡政珍：《語言與文學空間》，臺北市：漢光文化事業，1989年。

關永中：《神話與時間》，臺北市：臺灣書店，1997年。

龔卓軍：《身體部署》，臺北市：心靈工坊，2006年。

龔鵬程：《美學在臺灣的發展》，嘉義縣：南華管理學院，1998年。

蔡錚雲：《從現象學到後現代》，臺北市：五南圖書出版公司，2001
　　年。

三、翻譯論著

Edward Relph著，謝慶達譯：《現代都市地景》，臺北市：田園城
　　市，1998年。

Harvie Ferguson著、陶嘉代譯：《現象學的社會學意味》，臺北市：韋
　　伯文化，2009年。

巴什拉著，杜小真，顧嘉琛譯：《火的精神分析》，長沙市：岳麓書
　　社，2005年。

巴什拉著、龔卓軍、王靜慧譯：《空間詩學》，臺北市：張老師文
　　化，2003年。

加斯東・巴什拉著、顧嘉琛譯：《水與夢》，長沙市：岳麓書社，
　　2005年。

布希亞（Jean Baudrillard）著，洪凌譯：《擬仿物與擬像》，臺北市：
　　時報文化出版公司，1998年。

任沛德（Lester Embree）著、水軏、靳希平譯：《反思性分析：現象
　　學研究入門》，臺北市：漫遊者文化，2007年。

安東尼奧・葛蘭西著：《獄中札記》，臺北市：谷風出版社，1988年。

艾略特（T. S. Eliot.）著、杜國清譯：《艾略特文學評論集》，臺北
　　市：田園出版社，1969年。

杜夫海納著，孫非譯：《美學與哲學》，北京：中國社會科學出版
　　社，1985年。

杜夫海納著，韓樹站譯：《審美經驗現象學（上）》，北京：文化藝術
　　出版社，1996年。

杜夫海納著，韓樹站譯：《審美經驗現象學（下）》，北京：文化藝術
　　出版社，1996年。

沃爾夫岡·伊澤爾(Wolfgang Iser)等著，張廷琛譯：《接受理論》，成
　　都市：四川文藝，1989年。

帕瑪（Richard E. Palmer）著、嚴平譯：《詮釋學》，臺北市：桂冠圖
　　書公司，1992年。

拉瓦爾（Sarah N. Lawall）、馬樂伯（Robert R. Magliola）著，李正治
　　譯：《意識批評家：日內瓦學派文學批評導論》，臺北市：金楓
　　出版社，1987年。

松浪信三郎著、梁祥美譯：《存在主義》，臺北市：志文出版社，
　　1982年。

波寇克著、田心喻譯：《文化霸權》，臺北市：遠流出版事業公司，
　　1991年。

金森修著、武青艷、包國光譯：《巴什拉：科學與詩》，河北省：河
　　北教育出版社，2002年。

阿圖塞（Lousis Althusser）著、杜章智譯：《列寧與哲學》，臺北市：
　　遠流出版，1990年。

保羅·里克爾（Paul Ricoeur）著，翁紹軍譯：《惡的象徵》，臺北
　　市：桂冠圖書公司，1992年。

威廉白瑞德著、彭鏡禧譯：《非理性的人》，臺北市：立緒文化公
　　司，2001年。

柏格森著，諾貝爾文學獎全集編譯委員會譯：《柏格森》，臺北市：
　　書華，1981年。

胡塞爾著：《笛卡兒的沈思》，臺北市：桂冠圖書公司，1992年。

胡塞爾著、李幼蒸譯：《純粹現象學通論：純粹現象學和現象學哲學
　　的概念Ⅰ》，北京市：中國人民大學出版社，2004年。

胡塞爾著、倪梁康譯:《胡塞爾選集(上卷)》,上海市:上海三聯書店,1997年。

胡塞爾著,張憲譯:《笛卡爾沈思與巴黎演講》,北京市:人民出版社,2008年。

漢斯-格奧爾格‧加達默爾(Hans-Georg Gadamer)著,洪漢鼎譯:《真理與方法:哲學詮釋學的基本特徵》,臺北市:時報文化出版公司,1993年。

英加登(Roman Ingarden)著,陳燕谷‧曉未譯:《對文學的藝術作品的認識》,臺北市:商鼎文化,1991年。

埃德蒙德‧胡塞爾著、張慶熊譯:《歐洲科學危機和超越現象學》,臺北市:桂冠圖書公司,1992年。

海德格著、王慶節、陳嘉映譯:《存在與時間》,臺北市:桂冠圖書公司,1990年。

海德格著、孫周興譯:《走向語言之途》,臺北市:時報文化出版公司,1993年。

海德格著、孫周興譯:《林中路》,臺北市:時報文化出版公司,1994年。

海德格爾著、郜元寶譯:《人,詩意地安居——海德格爾語要》,上海:上海遠東,1995年。

茱莉亞‧克莉斯蒂娃(Julia Kristeva)著、彭仁郁譯:《恐怖的力量》,臺北市:桂冠圖書公司,2003年。

馬丁‧海德格爾著、孫周興編譯:《依於本源而居—海德格爾藝術現象學文選》,杭州:中國美術學院出版社,2010年。

梅洛龐蒂著,姜志輝譯:《知覺現象學》,北京:商務印書館,2001年。

梅洛龐蒂著,楊大春譯《知覺的首要性及其哲學結論》,北京:三聯

書店，2002年。

喬治布萊（Geoge Poulet）、郭宏安譯：《批評意識》，桂林：廣西師
　　範大學出版社，2002年。

舒茲（Alfred Schütz）著·盧嵐蘭譯：《社會世界的現象學》，臺北
　　市：桂冠圖書公司，1997年。

華特·班雅明（Walter Benjamin）著，許綺玲譯：《迎向靈光消逝的
　　年代》，臺北市：臺灣攝影工作室，1999年。

詹明信（Fredric Jameson）著，唐小兵譯：《後現代主義與文化理
　　論》，北京：北京大學出版社，1997年。

路易·加迪等著，鄭樂平等譯：《文化與時間》，臺北市：淑馨出版
　　社，1992年。

赫伯特·施皮格伯格（Spiegelberg , H.）著、王炳文，張金言譯：
　　《現象學運動》，北京：商務印書館，2011年。

德穆·莫倫（Dermot Moran）著，蔡錚雲譯：《現象學導論》，臺北
　　市：桂冠圖書公司，2005年。

諾伯舒茲（Christian Norberg-Schulz）著、施植明譯：《場所精神：邁
　　向建築現象學》，武漢市：華中科技大學出版社，2010年。

羅伯·索科羅斯基（Robert Sokolowski）著、李維倫譯：《現象學十四
　　講》，臺北市：心靈工坊文化事業，2004年。

羅伯特·馬格廖拉（Robert R. Magliola）著、周寧譯：《現象學與文
　　學》，瀋陽市：春風文藝出版社，1988年。

四、學位論文

王正良：《戰後臺灣現代詩論研究》，臺中市：國立中興大學中文所
　　博士論文，2006年。

王國安：《李魁賢現代詩及詩論研究》，高雄市：國立高雄師範大學
　　國文學系碩士論文，2003年。

李妍慧：《探索顧城後期詩人主體的「創造性轉化」》，臺南市：成功
　　大學中文系碩士論文，2010年。

夏婉雲：《臺灣童詩時空觀之研究》，臺東市：臺東大學兒童文學研
　　究所碩士論文，2006年。

張梅芳：《鄭愁予詩的想像世界》，臺北市：文化大學中文系碩士論
　　文，1997年。

陳大為：《羅門都市詩研究》，臺北市：東吳大學中文所碩士論文，
　　1997年。

陳秋宏：《道家美學的後現代傳釋——葉維廉美學思想研究》，臺北
　　市：臺灣大學中文所碩士論文，2006年。

劉益州：《意識的表述：楊牧詩作中的生命時間意涵》，臺中市：逢
　　甲大學中文所博士論文，2011年。

蔡林縉：《夢想傾斜：「運動—詩」的可能—以零雨、夏宇、劉亮延
　　詩作為例》，臺南市：成功大學中文系碩士論文，2010年。

五、期刊論文

李翠瑛：〈洛夫詩中「雪的意象」之意義及其情感表現〉《臺北教育
　　大學語文集刊》15期（2009年1月）

季季：〈用微笑洗刷傷口，用喧嘩保持冷靜——素描楚戈，送別「袁
　　寶」〉《印刻生活文學誌》第四期（2011年4月）

夏春祥：〈論時間——人文及社會研究過程之探討〉《思與言》37卷1
　　期（1999年3月）

翁文嫻：〈《詩經》「興」義與現代詩「對應」美學的線索追探——以

夏宇詩語言為例探研〉《中國文哲研究集刊》31期（2007年9月）

翁文嫻：〈在古典之旁辯解現代詩的「變形」問題〉《創世紀詩雜誌》
　　128期（2001年9月）

翁文嫻：〈西方美學與臺灣詩壇之連結——簡政珍詩學評析〉《臺灣
　　詩學學刊》第16期（2010年12月）

翁文嫻：〈論臺灣新一代詩人的變形模式〉《中山人文學報》13期
　　（2001年10月）

翁文嫻：〈顧城詩「呈現」界域的存在深度——「賦」體美學探討系
　　列之一〉《當代詩學》第1期（2005年5月）

章亞昕：〈人文的詩心與貫通的詩學——論簡政珍的詩與詩論〉《明
　　道文藝》298期（2001年1月）

游喚：〈新世代詩學批判〉《當代青年》一卷五期（1991年12月）

黃文鉅：〈魔鬼化或逆崇高——唐捐身體詩再探〉《臺灣詩學學刊》
　　第8期（2006年11月）

黃冠閔：〈巴修拉論火的詩意象〉《揭諦》第六期（2004年4月）

黃冠閔：〈音詩水想——倫理意象一環〉《藝術評論》第16期（2006
　　年3月）

黃國超：〈原住民觀光與社區自主權--泰雅族鎮西堡部落發展生態旅
　　遊之研究〉，《原住民教育季刊》，31期（2003年8月）

篇章發表出處（依發表時間排序）

1.〈原住民詩中的空間〉，初稿〈原住民現代詩中的空間意涵析論〉宣讀於「2004青年文學會議：文學與社會研討會」，臺南：國立臺灣文學館（2004年12月5日）

2.〈洛夫詩中的火〉，初稿〈風景，在唇上燃燒——試論洛夫詩中「火」意象表現的愛情、親情與詩情〉宣讀於「第二十屆詩學會議——現代情詩研討會」，彰化：國立彰化師範大學國文系（2011 5月20日），改寫後刊登於《彰師大國文學誌》第23期（2011年12月）

3.〈唐捐詩中的水〉，宣讀於「中生代詩人與詩作——第四屆兩岸四地當代詩學論壇」，臺北：國立臺北教育大學語文與創作學系（2011年9月24日）

4.〈向陽《四季》中的時間〉，初稿〈向陽《四季》詩集中的「時間」概念析論〉宣讀於「2011南投學研討會議程表」，南投：南投縣政府文化局（2011年11月5日）

5.〈李魁賢詩與詩論中的社會〉，初稿〈李魁賢詩與詩論中的『社會』——以舒茲現象社會學作為觀察角度〉宣讀於「第15屆臺灣文學家牛津獎暨李魁賢文學學術研討會」，淡水：真理大學台文系（2011年11月26日）

6.〈孫維民詩中的惡〉刊登於《臺灣詩學學刊》第18期（2011年12月）

文學研究叢書・現代詩學叢刊 0807001

臺灣現代詩的現象學批評：理論與實踐

作　　者　陳政彥
責任編輯　吳家嘉

發 行 人　林慶彰
總 經 理　梁錦興
總 編 輯　張晏瑞
編 輯 所　萬卷樓圖書股份有限公司
　　　　　臺北市羅斯福路二段 41 號 6 樓之 3
　　　　　電話 (02)23216565
　　　　　傳真 (02)23218698

發　　行　萬卷樓圖書股份有限公司
　　　　　臺北市羅斯福路二段 41 號 6 樓之 3
　　　　　電話 (02)23216565
　　　　　傳真 (02)23218698
　　　　　電郵 SERVICE@WANJUAN.COM.TW
香港經銷　香港聯合書刊物流有限公司
　　　　　電話 (852)21502100
　　　　　傳真 (852)23560735

ISBN 978-957-739-743-0
2014 年 4 月初版二刷
2012 年 1 月初版
定價：新臺幣 360 元

如何購買本書：

1. **劃撥購書**，請透過以下郵政劃撥帳號：
   帳號：15624015
   戶名：萬卷樓圖書股份有限公司
2. **轉帳購書**，請透過以下帳戶
   合作金庫銀行 古亭分行
   戶名：萬卷樓圖書股份有限公司
   帳號：0877717092596
3. **網路購書**，請透過萬卷樓網站
   網址 WWW.WANJUAN.COM.TW

大量購書，請直接聯繫我們，將有專人為
您服務。客服：(02)23216565 分機 610

如有缺頁、破損或裝訂錯誤，請寄回更換

國家圖書館出版品預行編目資料

臺灣現代詩的現象學批評：理論與實踐 ／ 陳
政彥著.
-- 初版. -- 臺北市：萬卷樓, 2011.12
　面；　　公分.
ISBN 978-957-739-743-0 (平裝)
1.臺灣詩　2.新詩　3.詩評　4.現象學

863.21　　　　　　　　　　　　10026005